FRANC-NOHAIN

COUCI-COUÇA

ROMAN

COLLECTION LITTÉRAIRE DE LA RENAISSANCE DU LIVRE

COUCI-COUÇA

DU MÊME AUTEUR

VERS

Fables *(Renaissance du Livre)*.

Le Kiosque à musique: — Flûtes, les Chansons des trains et des gares, le Dimanche en famille. — *(Fasquelle)*.

La Nouvelle Cuisinière bourgeoise *(Fasquelle)*.

Les Inattentions et Sollicitudes (épuisé).

PROSE

Serinettes et petites oies blanches *(Renaissance du Livre)*.

Le Gardien des Muses *(Fasquelle)*.

Le Pays de l'Instar *(Fasquelle)*.

Jaboune *(Fasquelle)*.

Le Journal de Jaboune *(Pierre Lafitte)*.

Les Avis de l'Oncle Bertrand *(Renaissance du Livre)*.

De la Mer aux Vosges *(de Boccard)*.

Fiches *(Lethielleux)*

FRANC-NOHAIN

COUCI-COUÇA

ROMAN

PARIS

RENAISSANCE DU LIVRE

78, Boulevard Saint-Michel, 78

Couci-Couçà

PREMIÈRE PARTIE

CHAPITRE PREMIER

Par la pluie et par le vent...

Mme Hastière se piquait d'avoir le sommeil extrêmement léger, et répétait volontiers qu'elle ne dormait, comme on dit, que d'un œil.

C'est une qualité précieuse quand on doit avoir l'œil, précisément, de nuit comme de jour, sur une maison de famille et ses soins importants (car tout ce qu'entreprenait Mme Hastière, était important), et c'est, par ailleurs, une rare bonne fortune quand cette extrême légèreté du sommeil est affaire de tempérament et ne doit avoir sur la santé du veilleur, — ou de la veilleuse, — aucune fâcheuse répercussion ; or il suffisait de considérer Mme Hastière pour être aussitôt tranquillisé, et pour s'assurer que son tempérament demeurait excellent, en dépit de son sommeil précaire, qu'en tout cas les gens qui prétendent que, si l'on ne dort pas assez, on devient pâle et maigre, ces gens-là ne savent pas ce qu'ils disent...

Brusquement dressée sur son lit, la directrice du *Grenell's Family* (« la vie de famille dans un des plus beaux quartiers de Paris », suivant l'heureuse formule de Mme Hastière), Mme la directrice alluma l'électricité, constata qu'il était une heure du matin, et tendit l'oreille : il tombait une pluie torrentielle que, par instants, de grandes rafales de vent rabattaient contre les volets; mais, dominant le bruit du vent et de la pluie, le timbre de la porte d'entrée résonnait par saccades, tantôt de petits coups timides, puis s'arrêtant, puis reprenant longuement, impérieusement, avec angoisse, avec une sorte de rage...

Mme Hastière était femme de tête ; il n'y avait jamais pour elle ni difficulté, ni embarras, ni péril, et, quelque situation qui se présentât, elle avait accoutumé d'affirmer qu'elle en avait vu bien d'autres, quand elle était dans le Sud-Algérien, avec feu M. Hastière son mari, qui était administrateur-adjoint de commune mixte.

Évidemment, que l'on sonnât à la porte du *Grenell's Family*, passé une heure du matin, cela n'était pas ordinaire...

Le *Grenell's Family* tient à justifier son titre de maison de famille, vraiment « de famille » en effet, et à une heure du matin il y a belle lurette que tous les pensionnaires doivent être rentrés et couchés ; ce soir-là comme tous les autres soirs, d'ailleurs, Mme Hastière, la dernière couchée, ne s'en était-elle pas assurée elle-même avant de se mettre au lit ?

Oui, tout le monde était dans sa chambre, tout le monde sauf, bien entendu, le chevalier Postel, qui a une autorisation spéciale, et qui a sa clé, tenu à demeurer dehors une partie de la nuit, pour des « raisons d'État » au sujet desquelles il avait eu, lors de son arrivée au *Grenell's Family*, une explication grave avec Mme la directrice, suivie, depuis, de conciliabules fréquents et mystérieux...

Mais, à supposer même qu'il eût, cette nuit-là, oublié sa clé, le chevalier Postel ne rentre jamais avant l'aube, en tous cas toujours beaucoup plus tard qu'à une heure du matin.

Rentrées également les deux femmes de chambre, Anna et Caroline, qui avaient eu « permission de cinéma »; la fatigue du cinéma les empêchait d'entendre sans doute carillonner à la porte :

— C'est jeune, ça dort tout de suite comme une masse de plomb !... — pensa avec une moue de pitié dédaigneuse celle « qui ne dormait jamais que d'un œil »; et Mme Hastière se rappela aussi qu'en engageant dernièrement, à la suite d'une nouvelle crise domestique, ces deux femmes de chambre (où étaient les chaouchs empressés et dociles de la commune mixte, quand Mme Hastière administrait avec son mari le Sud-Algérien ?) il avait été formellement spécifié que ni Caroline, qui avait des varices, ni Anna, qui avait besoin de ménagements, et, notamment, de beaucoup de sommeil, aucune de ces demoiselles ne pourrait, sous quelque prétexte que ce fût, être requise de se lever la nuit...

Quant à Céleste, la cuisinière, épouse légitime de M. Antonin Gérôme, huissier à la Chambre des députés, elle couchait naturellement chez elle et ne prenait son service au *Grenell's Family* que pour le petit déjeuner du matin.

Après un moment d'accalmie, la sonnerie venait de reprendre avec une frénésie renouvelée, comme en un appel désespéré. Cette fois, Mme Hastière n'hésita plus ; elle sauta à bas de son lit, revêtit le « saut-de-lit » précisément qui était toujours là sur une chaise, prêt à tout événement, et s'approcha résolument de la fenêtre de sa chambre, qui ouvrait, au rez-de-chaussée, à côté de la porte d'entrée : poste stratégique

de premier ordre, éminemment propre à sa fonction
de directrice, et qu'elle aimait à comparer à la dunette
d'un navire, en souvenir du temps où, avec M. Hastière, son mari, elle avait accompli, sur les paquebots
de la Compagnie Transatlantique, de prodigieuses tra-
versées et où elle recevait à sa table des officiers des
armées de terre et de mer, des officiers de marine, par
conséquent, à l'occasion, et même, un jour, un amiral...

D'un mouvement prudent à la fois et énergique,
elle tourna l'espagnolette, entr'ouvrit la fenêtre, et
puis le volet ; tout de suite, éclairé par le réverbère
voisin, elle avait aperçu l'entêté sonneur : encore
que son aspect dût surprendre, il n'avait l'air ni bien
redoutable ni bien méchant ; c'était un petit vieillard
maigre et chauve, qui ruisselait tête nue sous l'ondée,
et qui, une main sur la sonnette, s'efforçait, de son
autre main, à contenir les pans de la robe de chambre,
dont il était seulement recouvert, et à empêcher que
ne s'y engouffrât le vent.

Le vent s'était-il irrité de cette résistance du chétif
vieillard, et se piquant au jeu, voulut-il en triompher
d'un suprême effort ? Toujours est-il qu'il se mit à
souffler en tempête, et, d'un coup soudain, arracha
au bras pourtant vigoureux de Mme Hastière le volet
qu'elle maintenait entr'ouvert, et qui vint se plaquer
avec fracas contre le mur près du sonneur nocturne.
Celui-ci s'écarta, en un bond effrayé, puis voyant
Mme Hastière qui, le corps à demi penché hors de la
fenêtre, était alors surtout préoccupée de rattraper
son volet, il se drapa du mieux qu'il put dans sa robe
de chambre, s'inclina, et, d'une voix suppliante :

— Ouvrez, madame, dit-il, ouvrez-moi la porte,
au nom de l'humanité !...

Cette objurgation sembla avoir du moins pour
premier effet d'apaiser le vent ; seule la pluie conti-

nuait à tomber à grosses gouttes ; Mme Hastière, qui avait repris son volet et son sang-froid, accepta, par l'entrebâillement dudit volet et de la fenêtre, de parlementer :

— Mais, monsieur, protesta-t-elle aussitôt avec une grande dignité, ma maison n'est pas une auberge ; on n'y reçoit pas les gens de jour et de nuit comme dans un moulin ; ceci, monsieur, est un hôtel privé...

— Je sais, madame, je sais... Croyez qu'il a fallu un ensemble de circonstances... de circonstances exceptionnelles... Mais je vous supplie de prendre en considération mon âge, madame, l'état où je suis, et le temps qu'il fait...

Mme Hastière dut convenir à part elle que l'inconnu s'exprimait avec grâce, et qu'il ne semblait point un rôdeur vulgaire. Mais nous assistons à un tel bouleversement social, le recrutement des bandits réserve de telles surprises, que les apparences les plus séduisantes d'une instruction même remarquable, d'une éducation même raffinée, ne sauraient plus constituer des garanties suffisantes, ni nous dispenser de nous tenir sur nos gardes, surtout à une heure du matin, dans une rue déserte...

Comme si l'inconnu eût démêlé le mécanisme obscur des pensées de Mme Hastière, il insista :

— Je vous assure que vous n'avez rien à craindre, madame, que je suis un homme inoffensif et bien élevé... bien élevé et inoffensif !... Mais, je vous en prie, je vous en supplie, ne me laissez pas sous la pluie, dans la rue... Ouvrez-moi, ouvrez-moi, madame ! Voulez-vous que je tienne les mains hautes pour vous bien montrer que je n'ai pas d'armes ?...

Malheureusement, à cet instant, le vent, qui estimait sans doute que le colloque avait assez duré, se remit à souffler et redoubla de violence, obligeant le chétif vieillard à retenir plus fortement que jamais entre ses doigts crispés les pans de sa robe de chambre, et, à peine de manquer gravement aux lois les plus élémentaires de la décence, l'empêcha de lever les mains, comme il l'avait offert, pour prouver la pureté de ses intentions.

Aussi bien Mme Hastière venait de refermer ses volets et sa fenêtre, lasse de lutter contre le vent, et résolue d'autre part à éclaircir un mystère dont restait malgré tout friande cette personne énergique et aventureuse, qui « en avait vu bien d'autres », et qui avait vécu dans le Sud-Algérien.

— Entrez, monsieur, entrez donc !... ordonna-t-elle d'un ton impérieux et bref, lorsque, passée de sa chambre voisine dans l'antichambre-bureau qui au *Grenell's Family* s'appelait le hall, elle eut ouvert vivement la porte de la rue qu'elle referma aussitôt, pour empêcher le vent d'entrer avec le vieillard.

Celui-ci ruisselait.

Il eut tout de suite un regard timide vers une panoplie, qui, au-dessus d'un sofa algérien et avec deux palmiers stérilisés, rappelait le passé héroïque de l'hôtesse, longs pistolets arabes à la crosse incrustée de nacre, et sabres damasquinés, encadrant une cale-basse... Et instinctivement, maintenant que le vent laissait en paix les pans de sa robe de chambre, il esquissa le geste de lever les mains, en balbutiant des protestations, des remerciements et des excuses, qu'interrompit une grande quinte de toux...

— Remettez-vous, monsieur, — s'empressa, pleine de condescendance, Mme Hastière qui avait retrouvé son ton de grande dame, cet air de noblesse qui lui était familier, et avec lequel jadis, à la table de la Commune Mixte, elle recevait l'amiral... — Remettez-vous !...

Le vieillard mouillé s'écroula, plutôt qu'il ne s'assit, dans un des quatre fauteuils d'osier disposés là pour accentuer le caractère de « hall » du bureau-antichambre. Et, après des efforts émouvants pour lutter contre la toux opiniâtre dont il parvint enfin à triompher un moment :

— Je vous dois, madame, des explications sur ma visite aussi incongrue... aussi incongrue... et sur les circonstances exceptionnelles... je vous l'ai déjà dit, exceptionnelles...

Mais ici la toux recommença de le secouer à nouveau, compliquée cette fois d'éternûments incoercibles...

— Je vais aller vous chercher un mouchoir, mon pauvre monsieur ! — dit Mme Hastière, qui ne pouvait résister à l'élan de sensibilité de son cœur pitoyable, cependant que le vieillard mouillé répétait en secouant sa tête désolée :

— Excep... tchoum... tionnelles... Atch... Excep... tchoum... tionnelles !...

Le mouchoir apporté par l'indulgente et secourable Mme Hastière causa au vieillard mouillé une grande impression de bien-être ; il se moucha longuement, à trois ou quatre reprises, put s'éponger légèrement de façon discrète, bref il parut reprendre ses sens et un usage à peu près normal de la parole. Mais cette fois il n'osa plus se lancer dans un discours détaillé, et s'en tint à cette prière répétée et brève, mais vraiment angoissante dans son laconisme haletant :

— Madame... chère madame... me coucher d'abord... me sécher...

Mme Hastière était maintenant installée au sévère bureau d'acajou massif, qui, en opposition avec le sofa algérien et les quatre fauteu'' d'osier ripolinés,

suffisait à rendre au hall son caractère d’antichambre-bureau.

L’autre haletait toujours :

— Me coucher, d’abord... me sécher...

— Mais, monsieur, — objecta du haut de son
siège administratif la directrice du *Grenell’s Family*
— vous devez bien penser qu’il ne me reste plus une
seule chambre de disponible, plus une seule chambre
en dehors du « Quatorze », que je ne loue pas, et
qui est réservé à ma fille lorsqu’elle vient à
Paris.

Et Mme Hastière crut devoir ajouter :

— Ma fille est mariée à un haut fonctionnaire de
province.

Sans même songer à féliciter Mme Hastière que
sa fille eût contracté, comme elle se plaisait à l’affirmer, une alliance si flatteuse, le vieillard haletant
ne vit dans cette histoire de famille qu’une possibilité
favorable, une lueur d’espoir à laquelle il voulut se
raccrocher désespérément, et qui détermina chez lui,
en dépit de la crise de toux imminente, un regain
d’éloquence :

— Ah ! madame, chère madame, donnez-moi le
quatorze, n’est-ce pas que vous allez me donner le
quatorze ?... Bien sûr que si madame votre fille était
là, votre fille qui est mariée à un haut fonctionnaire
de province, elle interviendrait pour moi, pour que
vous me donniez le quatorze...

Mme Hastière ne s’attarda point à faire remarquer
au vieillard l’incohérence fondamentale de ce raisonnement, et que si sa fille avait été là, justement, l’at-
tribution du quatorze, occupé par elle, n’eût plus été
en cause.

La pluie tombait toujours. On entendait toujours
les rafales du vent, et, à les entendre, l’infortuné

vieillard, encore bien imparfaitement séché, frisson-
nait des pieds à la tête.

Visiblement, Mme Hastière faiblissait.

— Enfin, monsieur, de toute façon, si vous passez
la nuit ici, vous ne m'avez pas dit votre nom, et les
règlements de police exigent que je le connaisse et
l'enregistre...

L'inconnu s'était levé aussitôt et s'empressait
auprès du bureau d'acajou ; il articula faiblement :

— Le Riquier...

— Le quoi ?... Qu'est-ce que vous demandez ?

— Le Riquier... c'est mon nom : q.u.i.e.r.

— Profession ?

— Ancien ministre...

— Ministre protestant ?

— Non, ministre, ancien ministre, ministre de
l'Instruction Publique...

Ce fut le tour de Mme Hastière de se dresser tout
d'une pièce ; par-dessus le bureau d'acajou qui les
séparait, elle considérait avec stupeur le chétif vieillard mouillé et chauve, dans sa robe de chambre
luisante d'eau, et qui laissait à ses pieds une petite
flaque, comme un parapluie trempé par l'orage. Elle
insista, criant presque :

— Vous avez été ministre de l'Instruction
Publique ?

— De l'instruction publique et des Beaux-Arts...

— Mais d'où ça ? de quel pays ?...

— Mais de France... République française...

Il ne songeait ni à s'étonner, ni à s'attrister, que
son passage aux affaires eût si peu marqué dans la
mémoire des hommes et des femmes, et que cette
dame, en particulier, cependant apparemment sa contemporaine, n'eût manifestement conservé aucun
souvenir du temps qu'il avait été Grand Maître de

l'Université et participait en cette qualité aux conseils du gouvernement. Il poursuivait cette unique pensée, son idée fixe, sa hantise : — Se sécher... se coucher... un lit... des draps... le quatorze...

.Cependant Mme Hastière donnait les signes de l'agitation la plus vive :

— Un ministre... Le Riquier... le ministre Le Riquier... Et ministre de l'Instruction Publique : M. Hastière, mon mari, qui avait les palmes... Mais vous n'allez pas rester ici, dans cet état, monsieur le ministre ; venez, monsieur le ministre, venez que je vous installe dans votre chambre...

— Le quatorze ?...

Mme Hastière s'exaltait :

— Un ministre de l'Instruction Publique, en pleine nuit, en robe de chambre, au *Grenell's Family !* Ces choses n'arrivent qu'à moi ! Ah ! comme je le disais encore hier au chevalier Postel, et comme j'ai bien raison de le répéter souvent à ma fille, et à mon gendre, et à mes bonnes, et à tout le monde : ma vie est un roman. Monsieur le ministre, quand vous m'aurez fait l'honneur de m'écouter, quand vous me connaîtrez un peu, monsieur le ministre, quand vous connaîtrez ma vie, vous direz comme moi, monsieur le ministre : — Ma vie est un roman !...

Mais il était sensible que Le Riquier devait être plus pressé de se coucher enfin entre des draps secs que de provoquer et de recueillir les confidences de Mme Hastière ; au milieu de ses gestes d'acquiescement poli, par un violent éternuement, dont il s'excusa avec délicatesse, et par une recrudescence de toux, à la vérité un peu forcée, il rappela ingénieusement son hôtesse aux réalités de l'heure, et à l'éventualité qui paraissait bien alors la plus opportune, et qui serait pour lui de quitter enfin sa robe de chambre misérable, ruisselante et transpercée, de se rouler dans une couverture, et de s'endormir dans un bon lit.

La directrice du *Grenell's Family* avait compris ; elle guida, elle précéda M. le ministre, attentive et diligente ; la porte du quatorze s'ouvrait, elle aussi, sur l'antichambre-bureau :

— C'est l'appartement que je réserve à ma fille, monsieur le ministre, je vous l'ai déjà dit, je ne peux pas mieux vous dire !...

Et la bonne dame se multipliait, allant, venant, tournant dans la chambre, avec une activité sans seconde, tirant la couverture, retapant l'oreiller, entre-coupant tout cela de soupirs, d'exclamations, qui, à la vérité, relevaient du monologue plutôt que de la conversation :

— Un ministre... monsieur le ministre... Ma vie est un roman... J'en ai vu bien d'autres, mais celle-là !... Ma vie est un roman... un roman... un vrai roman...

Tandis que Le Riquier contemplait ces préparatifs avec béatitude, encore qu'il n'eût point cessé de frissonner dans sa robe de chambre mouillée, et qu'il n'osât témoigner à Mme Hastière la hâte qu'il éprouvait qu'elle se retirât, — pour la retirer, — et, de son côté, monologuant :

— Circonstances exceptionnelles, chère madame... exceptionnelles...

— Mais j'y pense, monsieur le ministre, — s'interrompit tout à coup Mme Hastière, toujours femme du monde et parfaite maîtresse de maison : ou plutôt excusez-moi, je n'y pensais pas, à quoi avais-je la tête ?... Vous allez prendre une infusion chaude.. Mais si, mais si... monsieur le ministre, c'est indispensable, j'ai toujours tout ce qu'il faut !...

Et elle se précipita vers l'office, qui, au *Grenll'se*

Family, s'appelait l' « économat », et, dans sa fièvre, brûla la moitié d'une boîte d'allumettes avant d'arriver à faire prendre le gaz de la cuisine...

Enfin seul, Le Riquier ne barguigna guère à profiter de sa solitude ; débarrassé de sa robe de chambre dans le cabinet de toilette où la sollicitude de l'hôtesse avait disposé deux serviettes-éponges et un peignoir de bain, il se frictionna avec une vigueur que n'eût point laissé soupçonner son corps débile, puis il enveloppa ce corps débile dans le peignoir, et, par là-dessus, roulé dans la couverture du lit, il s'allongea délicieusement.

— Un sucre ou deux sucres? s'informait Mᵐᵉ Hastière, avec cette grâce qui émerveillait même les amiraux et avait été célèbre sur tout le territoire de la commune mixte administrée par son mari, Mᵐᵉ Hastière, qui venait de rentrer portant sur un plateau de cuivre, bien entendu arabe, une tasse de camomille:

— C'est de la camomille, monsieur le ministre, l'aimez-vous très sucrée ou seulement un peu sucrée?..

— Couci-couçà, chère madame, couci-couçà !... prononça doucement M. le ministre Le Riquier, qui déjà se sentait gagné à demi, après de telles émotions violentes, par un sommeil réparateur.

A ce « couci-couçà », Mᵐᵉ Hastière tressaillit ; il lui sembla que, des profondeurs de sa mémoire, jaillissait une lumière soudaine. Elle répéta pour elle-même :

— Le Riquier... Couci-couçà...

Elle posa le plateau et demanda encore :

— Comment vous sentez-vous, monsieur le ministre? Vous sentez-vous mieux, à présent, vous sentez-vous tout à fait bien?...

— Couci-couçà... couci-couçà...

Alors, elle n'hésita plus, Le Riquier, le ministre

Le Riquier, c'était bien lui, elle se souvenait, et, au comble de l'exaltation :

— C'est vous... c'était vous... celui qu'on avait appelé Son Excellence Couci-Couçà...

Le petit vieillard ne répondit pas. Après avoir tant éternué, tant toussé, maintenant il ronflait.

CHAPITRE II

Le « Dictionnaire européen ».

Les personnes que passionnent les débats parlementaires, et qui suivent avec assuidité, tout au moins dans les journaux, les manifestations de l'activité et de l'éloquence des représentants de notre pays, n'ont sans doute pas oublié cette séance fameuse où s'écroula le cabinet Langannerie, aux cris de « couci-couçà !... couci-couçà !... » mille fois répétés par une assemblée qui semblait atteinte d'un irrésistible délire.

Jamais crise n'avait été plus imprévue. On était à la veille des vacances, et Langannerie, vieux loup de mer gouvernemental, avait réussi, pendant toute la saison, à louvoyer entre les récifs de droite comme de gauche.

Ce jour-là, il était allé, en toute tranquillité d'âme, inaugurer, dans une ville du Sud-Ouest, une statue, un musée, une école professionnelle et un pont. Pendant qu'il accomplissait ce quadruple event, aucun orage ne semblait devoir menacer la barque ministérielle.

Sur le coup de cinq heures du soir, l'ordre du jour venait d'appeler la suite de la discussion d'un de ces vastes projets financiers qui font, par leur ampleur

même, que personne n'y prête attention. Le ministre
intéressé avait accompagné Langannerie dans son
voyage, car il représentait précisément la circonscription où l'on inaugurait la statue, le musée, l'école
professionnelle et le pont. Trousquin, le garde des
sceaux, vice-président du conseil, était retenu au
Sénat. Les autres ministres étaient dans des commissions, dans les couloirs, ou à la buvette.

Bref, il n'y avait alors, au banc du gouvernement,
que le seul Le Riquier, ministre de l'Instruction
Publique et des beaux-arts, quand, — sans que l'on
ait su exactement ce qui lui prenait, la chaleur, peut-
être? ou la présence dans une tribune des personnes
chez lesquelles il avait déjeuné et à qui il tenait à procurer en échange quelque régal oratoire d'un goût plus
relevé, — on entendit tout à coup Fachol, un des
leaders d'extrême-gauche, qui, solidement arc-bouté
à la tribune, un index vengeur tendu vers Le Riquier,
s'écriait de cette voix dont la profondeur et les
accents caverneux sont célèbres :

— «Au milieu de la carence gouvernementale,
c'est donc Monsieur le ministre de l'instruction
publique que j'interroge, et je lui demande : Varus,
qu'as-tu fait de tes légions? Vous, monsieur Le
Riquier, vous et vos collègues, qu'avez-vous fait de
nos finances? Et, à cette simple question : — Comment vont les affaires de la France? — si vous n'avez
pas le courage de répondre qu'elles vont mal, aurez-
vous le cynisme d'affirmer qu'elles vont bien?
J'attends, monsieur le ministre : Bien ou mal, comment vont les affaires de la France?... »

Personne, certes, ne comptait sur une réponse, et
l'honorable Fachol moins que personne, qui, après
avoir pris un temps, et un verre de petit bordeaux-
blanc, adjuvant accoutumé de son éloquence, s'était

essuyé la moustache d'un revers de main familier et
triomphant, et continuait déjà :

— « Eh bien ! moi, je vais vous le dire, monsieur le
ministre, je vais vous dire comment, sous votre
ministère, comment vont les affaires de la France... »

Et voici que soudain Le Riquier s'était levé à son
banc, et, avec un mouvement conciliant des bras et
des épaules, doucement, posément, dans le brusque
silence impressionnant, avait laissé tomber ces
paroles étonnantes :

— « Couci-couçà ! mon cher collègue, couci-
couçà !... »

Le silence se prolongea quelques secondes, silénce
de stupeur ; puis, gagnant du bas en haut tout l'hémi-
cycle, et la salle tout entière, et le public, les journa-
listes, et le président à son fauteuil, et les sténogra-
phes, et jusqu'aux huissiers, ce fut la tempête
déchaînée de cris et de rires, et, dominant le vacarme
des pupitres, les gens les plus calmes, les plus graves,
qui s'interpellaient par ces mêmes mots fusant de
tous les côtés :

— « Couci-couçà !... Couci-couçà ! »

On sait la suite : comment Bâtonnet, un des plus
habiles manœuvriers de l'opposition, et que l'on ne
prend jamais sans vert, sauta sur l'incident, et, avec
une dextérité magnifique, contraignit le garde des
sceaux Trousquin, que l'on avait rappelé du Sénat
dare-dare, et qui n'a pas inventé la poudre, à des
déclarations sur la « solidarité ministérielle » dont il
ne parvint plus à se dépêtrer, après le rejet de
l'ordre du jour pur et simple « accepté par le gouvernement » ; et Langannerie, qui n'avait encore procédé qu'à l'inauguration du pont et de la statue, dut
rentrer à Paris pour remettre entre les mains du Président de la République la démission de son cabinet,

laissant à d'autres le soin d'inaugurer le musée et l'école professionnelle, et gardant ainsi deux discours inutilisés.

Bien entendu, pendant quelques semaines, « Couci-Couçà » fut le cri du jour, la scie à la mode ; dans les salles de rédaction, dans les cafés, dans les théâtres, les gens d'esprit ne s'abordaient plus qu'avec de joyeux « Couci-Couçà » ; le nom de « Couci-Couçà » fut donné à un rasoir mécanique, à un nouveau système breveté de jarretelles, et à une boisson apéritive ; enfin, consécration suprême, la revue à grand spectacle, que s'apprêtait à lancer le Majestic-Hall, et pour laquelle ses deux auteurs, familiers du succès, hésitaient entre l'appellation pittoresque de « Ohé ! les Belles !... » et celle non moins ingénieuse de « A la Papa-risienne », reçut décidément le titre de « Couci-Couçà », qui s'installa, flamboyant, sur tous les murs, et sur toutes les palissades des travaux en construction.

Puis l'intérêt, comme toujours, fut appelé ailleurs ; l'assassinat d'une rentière, dont le cadavre et l'assassin avaient été retrouvés l'un et l'autre dans deux malles, à la vérité différentes, expédiées en gare de Bellegarde par une troisième personne qui affirmait ignorer tout de cette étrange et tragique aventure ; et, par ailleurs, le mariage d'une artiste célèbre par sa beauté et par ses perles avec un chasseur de cercle, doué, paraît-il, d'une voix merveilleuse, et dont on annonçait en même temps les prochains débuts à l'Opéra, dans le rôle de Frère Laurent, — voilà qui ne tarda guère à imposer des préoccupations différentes à la foule inconstante, à l'esprit changeant des hommes...

Simplement continua-t-on à entendre, pendant de longues années encore, dans les cabarets où se distille en chansons la pure fleur de l'esprit parisien, des couplets satiriques qui se chantaient sur l'air de « Funiculi-Funicula » :

L'autre jour, en r'montant les Champs-Elysées,
— Couci-couçà, couci-couçà, —

Couplets auxquels un public complaisant souriait et applaudissait de confiance, mais sans avoir désormais la moindre idée de ce dont il était question...

Chose singulière ! On n'avait jamais tiré au clair la genèse même de l'incident, et ce qui avait bien pu amener M. Le Riquier à cette intervention vraiment inconcevable. Tout au plus, sur le moment, insinua-t-on que le ministre de l'Instruction Publique et des Beaux-Arts était légèrement pris de boisson, explication manifestement erronée, et que ne parvinrent à accréditer ni ses adversaires, ni ses amis.

On oublie trop que les hommes politiques sont des hommes, et que leur vie publique subit, nécessairement, au fur et à mesure, le contre-coup de toutes les émotions de leur existence privée : au moment où tel ministre monte à la tribune pour répondre à un interpellateur, savez-vous s'il ne vient pas d'avoir, tout à l'heure, avec sa femme ou avec ses proches, parfois même avec des créanciers, une discussion qui lui a tendu les nerfs autrement que les problèmes les plus délicats de notre politique étrangère ?...

La vie privée de Le Riquier était peu connue ; il était veuf ; quand les hasards d'une combinaison ministérielle l'avaient appelé aux affaires, il n'avait pas quitté pour cela l'appartement, d'ailleurs confortable, qu'il occupait modestement avec sa fille, et la servante fidèle qui l'avait élevée.

Pourquoi Le Riquier était-il devenu ministre, et

singulièrement ministre de l'Instruction Publique et des Beaux-Arts? Les Le Riquier ont acquis dans la tannerie une fortune honorable ; la tannerie était prospère et allait toute seule ; Alexis Le Riquier s'était laissé faire une douce violence par ses compatriotes du Plateau-Central, qui l'avaient envoyé les représenter au Palais-Bourbon ; ils ne soupçonnaient pas que l'ancien tanneur deviendrait ministre de l'Instruction Publique; lui non plus ; personne non plus. Ce sont là les mystères de la répartition des portefeuilles, du « travail dans les commissions », et de l'équilibre des groupes.

Le jour de la fameuse séance, Le Riquier avait déjeuné seul ; au moment de se mettre à table, sa fille Lucienne avait fait dire qu'elle avait la migraine ; depuis quelque temps, Lucienne Le Riquier annonçait ainsi de fréquentes migraines.

Tout aux soucis de sa charge, — car Le Riquier était un homme consciencieux, — et naturellement fort absorbé par cette initiation imprévue aux fonctions de grand maître de l'Université, l'ancien tanneur ne s'était pas autrement préoccupé des absences de sa fille et de ses malaises.

Pourtant, après déjeuner, quand il avait voulu, avant de partir, aller embrasser Lucienne dans sa chambre, et que Valérie, la servante fidèle, l'en avait empêché en l'assurant qu'elle dormait, Le Riquier avait été frappé par le ton de Valérie, par son air, un « drôle d'air » :

— Enfin, elle n'a rien de grave?

— Rien, bien sûr, rien du tout !

Il avait insisté :

— Elle n'a rien qui la chagrine? Je la vois si peu !... Elle est toujours contente? Elle est heureuse?

C'est alors que Valérie, en guise de réponse, avait prononcé le fatidique :

— Couçi-couçà !...

Et elle avait fondu en larmes.

Mais, à ce moment, Castaing, sous-chef de cabinet, arrivait pour chercher le « patron ».

Pendant tout le trajet de sa maison au ministère, puis du ministère à la Chambre, Le Riquier n'avait écouté que d'une oreille distraite les rapports que lui faisait Castaing ; il ne cessait de ruminer la réponse sibylline de Valérie et son mystérieux « Couci-couçà » ; ce « Couci-couçà » devenait pour lui une hantise : et c'est ce qu'il fit bien voir à ses collègues...

Le soir, Le Riquier n'avait plus ni son portefeuille, ni sa fille.

La « migraine » de Lucienne Le Riquier était, en effet, un peintre italien dont elle avait commencé par admirer, au jardin du Luxembourg, les « visions cubistes », qu'il avait entrepris de fixer sur la toile, du Palais du Sénat français. Elle l'avait, ensuite, rencontré à plusieurs reprises, tantôt à des cours de la Sorbonne, tantôt à des conférences libertaires, où la fille de l'ancien tanneur poursuivait son éducation, que les soucis politiques de son père ne lui permettaient de surveiller que de loin.

Son père étant ministre, ou sur le point de le devenir, il était normal que Lucienne se portât vers l'anarchie ou vers la réaction. Elle avait choisi l'anarchie, et l'anarchie l'avait doublement séduite quand elle s'était présentée à elle sous les traits avantageux de Luigi Faliero.

Rien ne dit, au demeurant, que Le Riquier, indulgent et distrait, n'eût consenti au mariage de Lucienne avec Luigi. Mais, romanesque et exaltée, Lucienne considérait que ce ne serait vraiment pas là

peine d'épouser un peintre anarchiste et cubiste, si
l'on en devait demander l'autorisation à son père,
comme pour n'importe quelle union bourgeoise. Elle
avait exigé l'enlèvement. Et c'est ainsi que par l'effet
d'une coïncidence désastreuse, mais bien connue : —
jamais un sans deux, — la fille de Le Riquier lui
avait été enlevée le même jour que son portefeuille,
et qu'il ne devait plus revoir ni l'une ni l'autre.

Et sans doute est-il douloureux, mais assez naturel
en somme, qu'un père se refuse à jamais revoir l'enfant qui a trompé sa confiance et qui s'est mariée
contre son gré : Lucienne était majeure, elle avait les
droits de sa mère ; Le Riquier exigea que toutes les
questions d'intérêts et de mariage fussent débattues
en dehors de lui, au vice-consulat de Savone, où
Faliero avait emmené sa fille : car si l'on fait tant que
d'être enlevée par un Italien, il est bon que ce soit en
Italie, pays aussi favorable aux enlèvements qu'aux
voyages de noces.

Désormais, interdiction formelle à Valérie, la
dévouée servante, de faire la moindre allusion, fût-ce
par de simples hochements de tête ou par des soupirs,
à cette enfant qu'elle avait élevée et qu'il avait
perdue : Lucienne était morte pour Le Riquier.

Morte également toute ambition politique et
ministérielle, et c'est cela, apparemment, qui est de
beaucoup le plus extraordinaire. Le Riquier offrit
l'exemple peut-être unique d'un parlementaire qui,
ayant été ministre, ne l'était jamais redevenu, et,
mieux encore, n'avait jamais cherché à le redevenir.

D'abord, cette notoriété extravagante qui lui était
inopinément venue, à l'instant même où la trahison
de sa fille l'humiliait si cruellement, ses traits, sa
caricature, son surnom, répandus dans tous les journaux, sur tous les murs, — *Couci-Couçà !... Couci-*

Couçà ! — lui avaient causé une gêne insurmontable, une sorte de frayeur maladive, qui s'ajoutèrent à sa timidité. Il en vint à fuir le commerce des hommes, à demeurer enfermé chez lui, craignant toujours que si quelqu'un l'abordait, qui lui demandât : « Comment allez-vous? » une force mystérieuse ne l'exposât aux risées, et, en dépit de tout son esprit tendu, de tous ses efforts pour réagir, pour *ne pas le dire*, pour se mordre la langue, ne l'obligeât à répondre :

— Couci-Couçà !...

Il avait envoyé sa démission de député aux électeurs consternés du Plateau-Central. Il déménagea. Pour éviter les rencontres dans l'escalier et les commentaires dans la loge du concierge, il avait loué un petit hôtel dans une rue discrète du calme quartier de Vaugirard. Il vivait là, loin des bruits du monde, avec la fidèle Valérie, que venait aider seulement, vers midi, une femme de ménage.

Peu à peu, il avait d'ailleurs retrouvé l'apaisement et son équilibre, à mesure que l'éclat de son aventure parlementaire s'enfonçait dans les ténèbres de l'universel oubli. Le moment vint où il put dire « Couci-Couçà ! » sans que personne plus le trouvât comique ou surprenant. Il continua de le dire, à l'occasion, mais alors il ne tremblait plus, il souriait.

Ce n'est que sur la question de sa fille qu'il demeura intraitable ; il savait que Valérie n'avait point cessé de connaître les incidents de la vie conjugale de Mme Faliero ; ces incidents avaient pu être importants, mais il avait toujours coupé court, brutalement, aux confidences que la servante dévouée eût souhaité de lui en faire.

A part cela, l'existence qu'il s'était organisée ne lui paraissait pas sans charmes ; elle n'était pas non plus dépourvue de toute ambition, et c'est bien ce qui la rendait charmante, car, sans ambition, que serait la pauvre existence humaine?

Donc, si Le Riquier n'aspirait plus à s'asseoir aux conseils du gouvernement, il ne rêvait rien tant désormais qu'un fauteuil à l'Académie des Inscriptions et Belles-Lettres.

Ce rêve, l'ancien tanneur l'avait formé lors de son passage au ministère de l'Instruction Publique, et cela ne laissait pas d'être assez noble et touchant.

De s'être trouvé, par ses fonctions, appelé à présider les plus doctes assemblées, de s'être vu, lui, tanneur, prendre séance au milieu de ce que la France compte de plus brillant comme écrivains, comme penseurs, artistes, érudits et savants, Le Riquier s'était senti soulevé d'admiration pour ces intelligences d'élite, en même temps que pénétré de sa propre indignité.

Et quand les événements lui firent des loisirs, il n'eut plus qu'une idée : entreprendre quelque travail considérable, — le génie n'est qu'une longue patience, — qui lui assignât une place, si modeste fût-elle, mais que cette fois il aurait gagnée, lui, Le Riquier, par son labeur et ses mérites, une place qui fût accordée à Le Riquier par ses pairs, et non par les circonstances à un ministre.

Quelque travail considérable... Oui, mais quel travail ?...

En dehors de la tannerie, Le Riquier s'avouait à lui-même qu'il ne possédait guère de connaissances spéciales ; la tannerie, le doctorat en droit, quelques notions d'espagnol...

L'espagnol, que les obligations de son commerce l'avaient jadis contraint d'apprendre, voilà pourtant ce qui allait suffire à préciser chez Le Riquier sa vocation d'érudit. Il avait encore dans un coin de sa bibliothèque, assez disparate et peu garnie (en dehors des collections reliées du *Journal officiel*, interrompues depuis la chute du cabinet Langannerie), il avait encore un petit lexique franco-espagnol et hispano-français.

Ce lui fut un trait de lumière. Le Riquier eut soudain la vision superbe et merveilleuse d'un *Dictionnaire Européen*, le « Grand Dictionnaire Européen de Le Riquier », le « Le Riquier » (de l'Académie des Inscriptions et Belles-Lettres) : en somme, il y a des dictionnaires franco-espagnols, franco-anglais, franco-allemands, etc. Il s'agissait de fondre tout cela en un ouvrage vraiment considérable, auquel, lui, Le Riquier, attacherait son nom : un dictionnaire où l'on trouverait le même mot français traduit dans toutes les langues d'Europe.

Toutes les langues d'Europe, — sauf l'italien — ; ainsi Le Riquier, même dans le domaine de l'érudition, ne désarmait pas et poursuivait sa vengeance contre les compatriotes de son gendre indésirable, contre le pays d'adoption de Lucienne Luigi-Faliero... Simplement, s'il en avait le temps, Le Riquier compléterait son *Dictionnaire Européen* par un « Supplément », toujours conçu d'après le même principe ingénieux, un *Lexique général des dialectes de France*, où l'on trouverait, à la suite de chaque mot français, son équivalent pour chaque province, et où l'italien ne prendrait rang qu'après le provençal, le languedocien le basque, l'auvergnat, le bas-breton et le béarnais...

Tout plein d'une fiévreuse allégresse, l'ancien tanneur s'était mis à l'œuvre. Dix ans bientôt d'un labeur continu n'avaient rien diminué de cette allégresse et de cette fièvre. Mieux, il travaillait maintenant dans une sécurité plus complète, une sérénité absolue, passés les inévitables tâtonnements du début.

C'est ainsi qu'il n'avait pas tardé à se rendre compte qu'il serait absurde et inutile d'apprendre, comme il y avait songé d'abord, les langues qui devaient figurer dans son dictionnaire : aussi bien ce qu'il lui restait à vivre n'y eût sans doute pas suffi.

Sur sa table de travail s'empilaient les lexiques de tous les pays. Il les transcrivait au fur et à mesure, et c'était déjà assez long comme ça, car il avait tenu à faire tout lui-même, il n'avait voulu introduire chez lui aucun secrétaire, de peur qu'un collaborateur indélicat ne lui dérobât son idée. Et Le Riquier ne se dissimulait pas que l'idée, tout était là...

Chaque soir, confortablement installé dans le vaste et tranquille cabinet-bibliothèque, qu'il s'était fait aménager au rez-de-chaussée de son petit hôtel, l'ancien tanneur se donnait l'impression délicieuse d'accomplir une émouvante besogne de l'esprit ; il compilait, il compilait, il feuilletait, vérifiait, transcrivait, transcrivait : est-ce que cela ne valait pas mieux que de tourner des ronds de serviettes?...

Il se tenait au milieu de ses lexiques et de ses fiches, bien à l'aise dans une robe de chambre ample et douillette, équipage ordinaire du travailleur intellectuel, et, doucement éclairé par la lampe à huile qui lui versait une lumière mesurée, il oubliait les vains bruits du monde, ses tristesses d'autrefois, et ses déconvenues politiques, et ses déboires familiaux...

Il ne prenait même point garde à l'orage qui devait le surprendre ce soir-là, quand, par la fenêtre qu'il avait laissée entr'ouverte, le vent s'engouffrant tout à coup vint inquiéter sa lampe et jeter le trouble dans ses papiers. Vite, Le Riquier alla fermer la fenêtre, pas assez vite cependant pour qu'un des précieux papiers ne s'envolât. Ce document envolé, c'était un désastre.

C'était, livré au premier venu peut-être, le secret du *Dictionnaire Européen.*

Et Le Riquier, se précipita au dehors en toute hâte, et gagna la rue déserte, où il avait pu sans trop de peine, et après une brève poursuite, rattraper le précieux papier.

Mais quand après cela il voulut rentrer chez lui, il s'aperçut que le vent ne l'avait, selon toute apparence, laissé si aisément rattraper son papier que pour se livrer à d'autres jeux et lui créer malicieusement un plus grave tracas : quand Le Riquier voulut rentrer, il s'aperçut qu'un nouveau tourbillon venait de refermer sa porte, dont, bien entendu, il n'emportait pas la clé dans sa robe de chambre.

Or, par une rencontre diabolique, il avait autorisé Valérie à aller passer quatre jours auprès d'une de ces vieilles parentes malades que les servantes les plus dévouées ont toujours en province ou dans la grande banlieue ; Valérie devait bien rentrer cette nuit même, mais pas avant cinq à six heures du matin ; la femme de ménage ne serait pas là avant midi, à l'heure du déjeuner...

Le Riquier n'était pas homme à crocheter sa propre fenêtre ; il y faut un entraînement, et certaines aptitudes physiques, qui lui faisaient totalement défaut.

Allait-il attendre le retour de Valérie, mélancoliquement assis sur une des quatre marches arrondies du perron médiocre qui précédait la porte d'entrée ? Mais il n'était guère plus de minuit, il pleuvait, et Le Riquier regretta amèrement d'avoir jadis refusé, pour recouvrir ce perron, de faire les frais d'une marquise...

Il pleuvait de plus en plus ; sa robe de chambre était transpercée ; il ne pouvait pas demeurer là près de six heures à attendre sous cette pluie torrentielle...

C'est alors qu'il s'était souvenu, seul hôtel dans le voisinage, du *Grenell's Family*, qu'il s'y était rendu en rasant les murs, pour se protéger de son mieux contre les rafales, qu'il y avait sonné, resonné, et que Mme Hastière avait fini par recueillir, trempé comme une soupe, toussant, éternuant, grelottant, l'ancien ministre de l'Instruction Publique, auteur du *Grand Dictionnaire Européen*.

Ainsi suffit-il parfois d'un coup de vent pour bouleverser notre destinée...

CHAPITRE III

Un diplomate en habit noir.

Lorsque Mme Hastière se plaisait à répéter que sa fille était mariée avec un haut fonctionnaire de province, cela signifiait en effet que son gendre était chef de gare.

Et il est bien vrai que l'épouse d'un chef de gare jouit de certaines prérogatives que ne laisseraient pas de lui envier bien des femmes de fonctionnaires de province, entendez des plus huppés, quand ce ne serait que cette facilité, précieuse entre toutes, de voyager gratuitement, de venir à Paris quand on veut, comme on veut, pour la moindre course, pour le moindre achat : où qu'elle réside, la femme du chef de gare est et demeure une Parisienne, puisqu'elle peut toujours prendre le train de Paris.

La fille de Mme Hastière ne s'en privait point, d'autant que la gare aux destinées de laquelle présidait son mari (le chef de gare Baston-Desbastides, sortait des Arts et Métiers, mais il avait préparé Saint-Cyr, et sa belle-mère Mme Hastière ne cachait pas que les gros bonnets de la Compagnie avaient l'œil sur lui et lui réservaient le plus brillant avenir), leur résidence actuelle n'était qu'à cinq heures quarante-cinq de la gare Montparnasse et desservie par un express montant et un express descendant d'une exceptionnelle commodité.

Il ne se passait guère de quinzaine que le *Grenell's Family* ne vît débarquer ainsi à l'improviste un peu avant sept heures du matin, la jeune Mme Baston-Desbastides, avec ses trois amours de petits garçons, Toto, Ronron et Doudou, qui, vrais fils de chef de gare, supportaient allégrement les fatigues d'un voyage nocturne, et dormaient en chemin de fer comme dans leur lit.

Certes, il n'y paraissait guère, qu'ils avaient fait cinq heures quarante-cinq d'express, quand, à peine arrivés chez leur grand'mère, le premier soin de Toto, Ronron et Doudou était de courir du haut en bas du *Grenell's Family*, de frapper à toutes les portes, de réveiller « en fanfare » tous les pensionnaires :

— Ce sont des diables !... Ce sont des diables !.., expliquait Mme Hastière attendrie.

Et vous vous représentez aisément que personne ne se fût malencontreusement avisé de protester contre cette agitation charmante des petits-fils de Madame la directrice, — et puis l'on savait que, pour célébrer leur venue, la cuisinière ne manquerait pas de mettre vraiment du chocolat dans le petit chocolat du matin.

Mais, ce matin, Mme Hastière pour accueillir sa fille, accompagnée de ses trois garçons, avait, dès le seuil, multiplié les gestes d'apaisement et de mystère, portant le doigt à ses lèvres, ou bien secouant les

deux mains en avant comme le maestro qui modère
son orchestre : Toto, Ronron et Doudou, arrêtés
dans leur élan, demeuraient tout intrigués au milieu
du hall-antichambre-bureau, sans même oser aller
embrasser leur grand'mère, ni se livrer à aucune de
leurs démonstrations familières à l'égard du chevalier Postel, qui, en habit de soirée, se tenait accoudé,
le front pensif et les sourcils froncés, au bureau
d'acajou de la directrice.

La jeune épouse du chef de gare eut l'impression
d'un événement extraordinaire :

— Il y a quelqu'un de malade? — s'informa-t-elle
tout de suite, en même temps qu'elle se dirigeait tout
naturellement vers la chambre du rez-de-chaussée, —
le Quatorze, — qu'avait accoutumé de lui réserver la
sollicitude maternelle.

Mais Mme Hastière la retint vivement, et même
le chevalier Postel s'était précipité :

— Non, non ! il est là !... Pas de bruit !... Il ne faut
pas le déranger !... Il dort...

— Le malade?

— Non, le ministre !... Va, ma fille, va je t'expli-
querai... coupa Mme Hastière, en déposant quelques
baisers silencieux, hâtifs et préoccupés sur les fronts
de Toto, Ronron et Doudou Baston-Desbastides, et
de Germaine Baston-Desbastides, leur mère ; en
même temps elle les poussait doucement tous les
quatre vers sa propre chambre :

— Là, reposez-vous un instant, débarrassez-
vous, débarbouillez-vous. Je reviendrai vous chercher tout à l'heure pour votre petit chocolat. Mais
auparavant, j'ai encore quelques dispositions à
prendre avec le chevalier !...

Et Mme Hastière, tout enfiévrée, s'empressait à
nouveau à son bureau directorial, auprès duquel le

chevalier Postel avait repris, grave et concentré une attitude de confidence.

— Comme je vous le disais, chère Madame et amie, la coïncidence est vraiment providentielle, — et le chevalier, de son index levé, soulignait le mot en le répétant par deux ou trois fois, — providentielle, pro-vi-den-tielle...

On pense bien que Mme Hastière, en cette nuit mémorable, et après qu'elle eut installé Le Riquier dans la chambre habituellement réservée à la jeune femme du chef de gare, et qu'elle lui eut fait boire sa tasse de camomille, Mme Hastière, agitée de mille pensées tumultueuses, n'avait pu se rendormir.

Songer que le *Grenell's Family* abritait sous son toit, là, au Quatorze, un personnage célèbre, un ancien ministre, et qui semblait vraiment être tombé du ciel, — avec la pluie, — ceci méritait de provoquer quelque émotion, même chez la veuve d'un administrateur-adjoint de commune mixte, qui avait jadis reçu des amiraux à sa table, qui « en avait vu bien d'autres », et dont la vie était un roman...

Détail singulier et touchant, entre toutes les réflexions qui entretenaient alors sa fièvre et insomnie, la directrice du *Grenell's Family* était particulièrement hantée par cette idée qu'elle allait prier le ministre de rester à déjeuner, qu'il présiderait en ace d'elle ses pensionnaires émerveillés, et qu'il était indispensable, bien que ce ne fût pas le jour de l'entremets, qu'il y eût cependant un entremets, — un riz à l'impératrice, oui, c'est cela, un riz à l'impératrice...

— Vous reprendrez un peu de ce riz à l'impératrice, monsieur le ministre ?...

Et Mme Hastière ne se lassait pas de se répéter cette phrase machinalement, à satiété, mais avec

des inflexions différentes, tantôt minaudant, avec un
petit sourire mutin, ou bien avec le port de tête
majestueux, une grâce un peu hautaine :

— Vous reprendrez un peu de ce riz à l'impératrice, monsieur le ministre ?...

Le moyen de dormir, dans ces conditions, surtout
quand on a, comme Mme Hastière, une imagination
vive, qui vous fait représenter par l'esprit les choses
et les gens, le ministre Le Riquier, là, devant elle, et
le plat de riz à l'impératrice (il faudrait qu'elle veillât
elle-même à disposer harmonieusement l'édifice des
fruits confits, les petites cerises roses alternant avec
l'angélique, — et pourvu que Céleste, la cuisinière,
qui ne serait pas déjà de très bonne humeur à l'idée
de cet entremets supplémentaire et inattendu, ne fît
pas son riz trop pâteux...).

— Vous reprendrez un peu de riz à l'impératrice,
monsieur le ministre ?...

Ainsi rêvait Mme Hastière, qui n'avait pu se décider
à regagner sa chambre, et continuait à se promener
de long en large dans le hall-antichambre-bureau.

Non, certes, elle ne songeait guère à dormir !...

Aussi bien, la nuit avançait, ce serait bientôt le
petit jour, et l'heure où, sa « mission » accomplie, avait
accoutumé de rentrer le chevalier Postel.

Et, en effet, comme l'horloge normande qui, avec
a panoplie arabe, donnait un caractère si personnel
(— très « hôtel particulier », disait Mme Hastière), au
hall-antichambre-bureau du *Grenell's Family*, comme
l'horloge normande, en frappant cinq coups, venait
de signifier qu'il était cinq heures et demie, — car
elle retardait systématiquement d'une demi-heure,
pour que Mme Hastière, quand elle était au lit et
qu'une demie sonnait à la pendule de sa chambre, fût
renseignée par l'horloge voisine et, sans avoir à se

déranger, sût aussitôt de quelle demie il s'agissait,—
un bruit de clé se fit entendre à la porte d'entrée,
cette clé dont, seul des pensionnaires, il avait le pri-
vilège, et le chevalier Postel parut sur le seuil.

Le chevalier Postel avait tout à fait grande allure.
Les amples revers de son pardessus à pèlerine s'ouvraient sur un habit de coupe à la fois impeccable et
hardie, et découvraient, au milieu du plastron de la
chemise à petits plis, un bouton de diamant qui, par
ses proportions, semblait un bijou historique.

Mais plus remarquable que la cravate de soie
noire, si gracieusement chiffonnée (le chevalier portait
toujours, avec l'habit, une cravate noire : caprice de
dandy ou conséquence d'un vœu ?), plus remarquable que le chapeau mou aux larges ailes grises
par lequel il tenait à affirmer son mépris du chapeau
haute-forme, attribut glorieux et comique des petites
gens, plus remarquable même que le jonc qu'il tenait
à la main, témoignage précieux, ainsi qu'on ne
l'ignorait point, de quelque amitié princière, — le
plus remarquable encore était la couleur de son
visage et celle des favoris à l'autrichienne qui enca-
draient ce visage.

Toutes les tonalités du jaune pour l'un, et du noir
pour les autres, se rejoignaient en une sorte de camaïeu
verdâtre, auquel il était impossible d'assigner
une place dans le temps. Et, réellement, les seules indi-
cations vraisemblables, concernant l'âge du chevalier,
étant fournies par sa conversation, et les souvenirs
qu'il consentait parfois à évoquer, dont il ne restait
plus qu'à collationner les dates...

Au demeurant, ce petit travail de collationnement
était assez facile, car les souvenirs du chevalier se
rapportaient pour la plupart à des événements considérables, auxquels, sans qu'il s'en vantât, on voyait

bien qu'il avait participé, de même qu'il avait dû
très certainement approcher dans leur intimité les
personnalités les plus éminentes.

Mme Hastière n'avait donc éprouvé aucune surprise
à constater, dès les premiers mots, que le chevalier
Postel n'ignorait rien du ministre Le Riquier et qu'il
en parlait comme de l'un de ses familiers ; mais,
absorbée par sa propre émotion, elle n'avait pu se
rendre compte que le chevalier, dès sa rentrée, et
avant qu'elle ne l'entretînt, apparaissait lui-même
en proie à une émotion assez singulière.

— C'est une coïncidence providentielle, chère
madame et amie, prononça enfin, de sa belle voix
musicale et sourde, le chevalier Postel, que la venue
ici d'un homme qui fut un des puissants de la politique, à l'instant même où la plus misérable des cons-
pirations politiques, en s'apprêtant à m'atteindre,
menaçait peut-être de vous faire durement payer
votre confiance à mon égard, chère madame et amie,
et votre générosité.

Ce dramatique exorde plongea Mme Hastière dans
un extrême ravissement ; encore qu'il y fût obscuré-
ment question de quelque catastrophe, cette personne
aventureuse et romanesque avait un tel goût du
pathétique et des coups de théâtre, qu'elle demandait seulement qu'il arrivât quelque chose, même si ce
quelque chose devait lui arriver à elle, et être un
désastre. Un désastre se répare ; à quoi bon sentir
bouillonner en soi des trésors d'ingéniosité, et la plus
superbe énergie, s'il ne vous arrive jamais rien à quoi
les employer ?...

— Je n'ai fait que mon devoir ! — dit-elle au chevalier ; et, dans son fauteuil directorial, devant le
bureau d'acajou où le chevalier demeurait accoudé,
elle se rencoigna avec une attention fiévreuse,

en femme qui, souvent, se plaisait à répéter :

— Je ne donnerais pas ma place pour un billet d'opéra !

Le chevalier Postel sembla rêver un instant ; enfin il reprit non sans un soupir mélancolique :

— Oui, chère madame et amie, c'est une dangereuse amitié que la mienne ; mais la prodigieuse arrivée ici de ce Le Riquier le prouve, le ciel finit toujours par déjouer les ruses des méchants, et force reste à la Justice et à la Vérité. Ce Le Riquier, il est à peu près de ma taille ?

— Sensiblement plus petit... hésita Mme Hastière, un peu décontenancée par la question inattendue et qui tournait court.

— Ça ne fait rien, chère madame et amie, l'important d'abord est qu'il soit là...

— Mais vous parliez d'un danger, chevalier ?... se décida timidement à interroger Mme Hastière, n'arrivant plus à contenir la curiosité qui la rendait toute frémissante.

Le chevalier Postel eut un geste altier pour tapoter ses favoris à l'autrichienne, un sourire dédaigneux plissa l'ivoire et l'ocre de ses joues, et secouant fièrement la tête :

— Triste chose que l'humanité, chère madame et amie, triste et piètre chose!... Mais patience! Patience et confiance !... Le chevalier Postel sait, quand il le faut, coudre la peau du renard à celle du lion! Halte-là mes maîtres !... Ce n'est pas encore aujourd'hui que vous pourrez satisfaire vos jalousies et vos haines ! Ce n'est pas encore aujourd'hui que vous enchaînerez, pantelant et meurtri, le chevalier Postel au char des vainqueurs !...

Mme Hastière savait que, lorsque le chevalier se mettait ainsi à parler de lui à la troisième personne, il ne fallait plus espérer continuer, d'un certain temps, une conversation suivie, ni lui arracher rien de précis.

D'ailleurs qu'importait à Mme Hastière : un péril mystérieux qui planait dans l'air, cela ne suffisait-il pas ?

Un péril, — quel péril ?

Et Mme Hastière revivait délicieusement les heures d'angoisse du Sud-Algérien, autrefois, autrefois, là-bas, là-bas, quand, autour du bordj isolé de la commune mixte, elle entendait la nuit, toute la nuit, se plaindre et se rapprocher les chacals...

Ah ! les chacals de la grande ville !... Ahaha !... comme disait parfois le chevalier Postel dans ses moments d'abandon, quand il faisait quelque allusion — oh ! toujours discrète ! — à ses missions, à ses *chasses* (ahaha !), à ses chasses *diplomatiques !...*

Que le chevalier Postel appartînt à la diplomatie, c'est ce dont Mme Hastière avait eu l'intuition immédiate, le jour même où un hasard fortuné l'avait amené au *Grenell's Family* (le plus beau quartier de Paris, le Faubourg, la proximité des ministères...) pour y demander un appartement.

Oui, avant même qu'il eût pris la peine de la renseigner sur ce point, la directrice du *Grenell's Family* avait regardé le chevalier et, avec cette connaissance supérieure des hommes et cette grande habitude du monde qu'elle avait acquises jadis aux côtés de son mari, administrateur-adjoint de commune mixte, elle avait prononcé sans hésiter :

— Diplomate...

En sorte que le chevalier n'avait eu besoin que de dire comme elle.

Il n'en avait pas fallu davantage pour que le chevalier Postel prît, dans le *Grenell's Family* et dans la

confiance de sa directrice, une situation considérable
et vraiment unique. C'est que les seuls mots de « diplomatie » et de « diplomate » causaient à Mme Hastière
une inexprimable émotion. Et peut-être n'eût-elle
point consenti au mariage de Germaine Hastière,
sa fille, avec le chef de gare Baston-Desbastides, en
dépit des mérites certains de ce haut fonctionnaire et
de son superbe avenir, si les gares, par quelques côtés,
trains spéciaux, arrivées de souverains, — si les gares,
ça n'était pas encore de la diplomatie !...

Alors, avoir un diplomate, un vrai diplomate,
mieux encore qu'un chef de gare, au *Grenell's Family*,
comme elle se félicitait maintenant, Mme Hastière,
d'avoir pris la direction de cette pension de famille !...
Diriger une pension de famille où il n'y aurait rien que
des diplomates, — parfois même, depuis, n'avait-elle
pas caressé ce rêve ?

Mais quand elle s'en était ouverte au chevalier
Postel, quand elle faisait allusion à ces messieurs de
la diplomatie, ses collègues, que le chevalier pourrait
amener peut-être, et auxquels le *Grenells' Family*
serait heureux et fier de consacrer ses dix-huit numé-
ros, visiblement, le chevalier préférait parler d'autre
chose, et Mme Hastière avait cessé d'insister.

Et puis, elle savait bien qu'elle n'eût jamais été
capable de réclamer un sou de pension à un diplomate. Avait-elle jamais osé présenter sa note au cheva-
valier Postel, qui, de son côté, mettait une sorte de
malicieuse coquetterie à ne pas la lui demander ?...

Et tout en déplorant la misère des temps, Mme Hastière était forcée de se dire, pour se faire une raison,
que si le *Grenell's Family* pouvait se payer le luxe d'un
diplomate, dix-huit diplomates c'eût été un rêve,
certes, mais un rêve ruineux.

Du moins, quel régal et quel délice d'entendre

de la bouche du chevalier, les renseignements sur sa carrière, — la Carrière !... — qu'il voulait bien lui confier, *à elle seule !*... C'est ainsi que Mme Hastière avait appris, véritable secret d'État, ou que du moins ignorent les profanes, Mme Hastière savait maintenant qu'il existe une « diplomatie de nuit », à laquelle, précisément, était rattaché le chevalier Postel par son service « confidentiel et spécial ».

Spécial et confidentiel... Diplomatie de nuit... Qu'était-il besoin après cela d'en dire davantage ? Pour une femme d'imagination comme Mme Hastière, cela suffisait, et l'on n'avait pas besoin de préciser les combinaisons ténébreuses, les mille machinations embûches et périls, au milieu desquels doit se débattre, — et toujours avec le même flegme hautain, la même suprême élégance, — parmi lesquels passe et se joue un « diplomate de nuit ».

— Parlons peu, et parlons bien ! — sembla se décider brusquement le chevalier Postel : — c'est bien là (et il désignait le quatorze d'un geste impérieux), — c'est bien là que vous l'avez mis, et vous m'avez bien dit qu'il avait quitté sa robe de chambre?

— Oui, chevalier, elle sèche... — murmura Mme Hastière, qui, si habituée qu'elle pût être aux plus étranges exigences de la « diplomatie de nuit », ne laissait pas d'être un peu troublée par cette question soudaine ; et comme elle le voyait marcher vers la chambre où, par des ronflements sonores, le ministre Le Riquier continuait d'affirmer l'innocence et la profondeur d'un sommeil réparateur après tant de fatigues et d'émotions, la directrice du *Grenell's Family*, oubliant que l'on ne doit jamais interroger sur ses desseins un diplomate de nuit ne put se tenir de demander au chevalier, dans un balbutiement timide :

— Mais... mais, chevalier... au moins, vous n'allez pas lui faire de mal ?...

— Patience et confiance ! laissa tomber de ses lèvres dédaigneuses le chevalier Postel, sur un ton qui n'admettait pas de réplique, et en regardant Mme Hastière d'un œil qui la remplit de confusion.

L'irruption survenue, vers le même instant, c'est-à-dire vers six heures cinquante-cinq, de Germaine Baston-Desbastides et de Toto, Ronron et Doudou Baston-Desbastides, ses fils, avait, comme nous l'avons dit, momentanément intetrompu le chevalier dans son entreprise.

Mais à peine rélégués dans l'appartement maternel la jeune femme du chef de gare et ses trois amours d'enfants, le drame se précipita.

Mme Hastière vit le chevalier Postel se diriger à nouveau, résolument, vers la chambre de Le Riquier et y pénétrer sur la pointe des pieds, après en avoir, avec précaution, entrebâillé la porte. Les deux mains sur la poitrine pour contenir son cœur généreux qui battait à se rompre, Mme Hastière avait baissé la tête et regardait obstinément le sol, en attendant les événements. Près de cette porte, derrière laquelle avait disparu le chevalier, elle aperçut ainsi une carte à jouer qui traînait par terre ; certainement, cette carte n'était pas là tout à l'heure ; mais, on n'en était plus à un mystère près !...

La directrice du *Grenell's Family* avait la manie de l'ordre ; machinalement, elle ramassa la carte ; c'était un roi de pique...

Quand, au bout d'un instant, le chevalier Postel sortit de la chambre du ministre, Mme Hastière tenait toujours le roi de pique entre ses doigts et fixait sur lui des yeux vagues...

Mais le retour du chevalier la rappela au sentiment

des réalités, en même temps qu'elle ne pouvait s'empêcher de pousser un petit cri d'étonnement : le chevalier Postel avait déposé son équipage ordinaire de diplomate de nuit et apparaissait revêtu simplement de la robe de chambre de Le Riquier, qui, à la vérité, était pour lui un peu courte.

— Mais elle doit être encore humide !... Vous allez vous enrhumer, chevalier ! protestait doucement Mme Hastière, partagée entre la surprise et la sollicitude.

— Patience, confiance... et silence... — prononça le chevalier, et, désignant la carte à jouer sur laquelle s'était braqué tout de suite son regard d'aigle, et que Mme Hastière, inconsciente et troublée, gardait encore dans sa main :

— Cette carte ?...

Mme Hastière la lui tendit :

— Rien... Le roi de pique.

— Oui, une *bûche !...* maugréa entre ses dents le chevalier, qui s'en empara vivement et la fit glisser sous la porte de Le Riquier, où il la poussa d'une preste chiquenaude...

Il avait à peine achevé cette opération rapide et singulière, que, dans le hall-antichambre-bureau un jeune garçon d'une douzaine d'années, essoufflé et rouge, se précipita :

— Qu'y a-t-il, Gaston ? et qu'est-ce que ces manières? interrogea sévèrement Mme Hastière, qui, devant le « personnel », s'était immédiatement ressaisie. Et pourquoi n'avez-vous pas mis la jugulaire de votre casquette ?...

Mais, Gaston, fils de Céleste la cuisinière, et qui faisait, au *Grenell's Family,* son apprentissage de groom, Gaston pensa que l'instant n'était pas de s'arrêter à de telles remarques frivoles.

— Madame, c'est le commissaire que j'ai vu qui vient derrière moi, avec deux agents !...

— Ahaha !... le commissaire !... répéta le chevalier Postel en se drapant d'un geste de défi dans la robe de chambre de l'ancien ministre.

Mme Hastière, comme toujours, sut montrer une âme égale aux événements ; très calme, très digne, assise à son fauteuil directorial :

— Eh bien ! c'est bien, Gaston, quand le commissaire viendra, je le recevrai !

Et elle ajouta, pour affirmer sa présence d'esprit et son détachement superbe des contingences les plus graves :

— Que cela ne vous empêche pas, je vous prie, de remettre la jugulaire de votre casquette !...

Cependant, l'intrépide progéniture du chef de gare, Toto, Ronron et Doudou, las d'être débarbouillés et redébarbouillés, venaient de s'échapper de la chambre de leur grand'mère et entouraient Gaston, leur ami et souffre-douleur habituel, le groom Gaston, qui leur confia, important, à voix basse :

— V'là le commissaire, que je vous dis !...

Alors Toto, Ronron et Doudou, transportés, s'élancèrent à travers le *Grenell's Family*, trépignant dans l'escalier, tambourinant à la porte de chaque pensionnaire :

— V'là le commissaire !... v'là le commissaire !...

Drapé dans la robe de chambre de Le Riquier, le chevalier Postel avait repris, près du bureau d'acajou de la directrice, sa pose majestueuse, son port de tête hautain et son sourire sardonique.

Et Mme Hastière, impuissante à retenir Toto, Ronron et Doudou et leurs joyeux éclats de voix, avait seulement la force de redire, comme dans un rêve :

— Ce sont des diables !... Ce sont des diables !...

CHAPITRE IV

Un coup de revolver.

La crise des appartements et la crise des domestiques ont amené dans les pensions de famille toute
une clientèle inaccoutumée, dont, au *Grenell's
Family*, les petits Bardin, d'une part, et, d'autre part,
M. et Mme Guingois et leur charmante fille, Isabelle
Guingois, offraient à l'observateur des mœurs de ce
temps des exemplaires parmi les plus représentatifs.

C'est d'ailleurs sur la recommandation des Guingois que Mme Hastière avait accueilli les petits Bardin, Isabelle Guingois, amie de pension de la petite
Mme Bardin, ayant même été demoiselle d'honneur
au mariage Bardin.

Les Guingois ont bien un appartement, mais ils
n'arrivent pas à conserver de cuisinière. Pourquoi? Il
y a là un de ces mystères qui n'ont rien à voir avec la
question sociale, et que l'on doit se contenter d'enre-
gistrer sans même chercher à en pénétrer les causes.
Ces dames Guingois ne sont pas plus exigeantes avec
les domestiques que telles ou tellés de leurs amies
qui arrivent pourtant à se faire servir convenablement. Quant à M. Guingois, doux comme un mouton,
— et qui, depuis qu'il a si avantageusement cédé
son commerce de bronzes d'art, a des loisirs, — il est
prêt à manger n'importe quoi et à accomplir personnellement les plus basses besognes ménagères,
pour ne pas avoir d'histoires.

Mais il semble qu'un sort perfide et malicieux se
soit abattu sur la famille Guingois depuis le départ
d'Augustine, — Augustine, dont on se souvient avec
orgueil qu'elle était demeurée deux ans et demi...

— Ah ! du temps d'Augustine !...

Mais depuis le temps d'Augustine, les servantes
les plus invraisemblables se sont succédé, qui res-
taient huit jours, ou moins de huit jours, malgré les
protestations empressées et l'accueil cordial et con-
fiant de Mme Guingois :

— Ma fille, vous êtes ici dans une place où vous
pouvez être tranquille pendant des années !...

Aucune ne semblait comprendre son bonheur,
toutes partaient, quelques-unes sont parties une
heure après que Mme Guingois leur avait remis leurs
deux tabliers blancs et leurs deux tabliers bleus...
C'est un sort, vous dis-je !...

Les Guingois y ont mis d'abord beaucoup de
bonne humeur ; M. Guingois faisait le marché, Isabelle
Guingois faisait le ménage, et Mme Guingois faisait la
cuisine...

Mais cela peut durer comme cela quarante-huit
heures, à la grande rigueur une semaine, et surtout si
l'on a l'espoir que cela ne durera pas toujours...

Mais le soir où, par exemple, cette fameuse bonne
de Bretagne, en qui ils avaient mis leur suprême
espoir, leur a télégraphié que, décidément, sa mère
voulait la garder et qu'il ne fallait plus compter sur
elle, alors les Guingois ont été pris d'une morne lassi-
tude, d'un immense découragement. M. Guingois,
précisément, était allé attendre à la gare cette perle
bretonne, — le télégramme n'était arrivé qu'après son
départ, — pendant trois quarts d'heure, il avait erré
mélancoliquement sur les quais de Montparnasse,
portant à la main un mouchoir rouge et un numéro
du journal le *Temps*, signes convenus de reconnaissance. Quand il rentra écœuré, fourbu, il ne se sentait
vraiment plus la force d'aller encore aux provisions,
pour le repas du soir...

Et les Guingois ont pris une héroïque décision ; ils ont bouclé leurs valises, fermé leur appartement, et sont allés demander l'hospitalité à Mme Hastière, dont le *Grenell's Family* est à deux pas de leur maison, et les avait souvent séduits au passage par son aspect bourgeois et paisible.

Sans doute n'est-ce pas là une installation définitive. Cela n'empêche pas ces dames Guingois et M. Guingois, chacun de son côté, de battre les bureaux de placements, de suivre passionnément les petites annonces, et d'écrire en province à toutes les adresses qu'on veut bien leur donner. Les Guingois n'ont pas renoncé à ce rêve d'avoir une bonne, une bonne qui resterait chez eux des deux ans et demi, comme Augustine...

De temps en temps, en effet, une lettre arrive du fin fond de la Creuse, de la Normandie, ou du Pays Basque ; ou bien, c'est Mme Guingois qui rentre, tout enfiévrée, d'un bureau de placement qu'elle a découvert dans un quartier encore inexploré du côté de la place des Ternes ou de la place d'Italie, et qui annonce, avec une feinte désinvolture, qu'elle a enfin trouvé un « numéro » de tout premier ordre, quelqu'un de tout à fait bien.

Les Guingois refont leurs valises, rentrent chez eux, et ne reparaissent plus au *Grenell's Family* qu'au bout de huit jours, quelquefois dix, jamais plus de quinze, lorsque la personne tout à fait très bien, ou la Creusoise, la Normande ou la Basquaise, a déclaré un beau matin sans qu'on sache pourquoi, — ce n'est pas les gages, ce n'est pas la nourriture, ce n'est pas Madame, ni Monsieur, ni Mademoiselle... — a déclaré à son tour qu'elle voulait s'en aller, — et s'en va...

Et les Guingois reprennent le chemin du *Grenell's Family*, où ils retrouvent le cordial accueil de

Mme Hastière, et une nouvelle période de tranquillité,
— en attendant, bien entendu, rien qu'en attendant...

C'est au cours de l'une de ces « périodes d'attente »
que Marthe Garigue était venue voir son amie de
pension Isabelle Guingois et lui avait fait part des
circonstances déplorables qui retardaient depuis
près d'un an son mariage avec Léon Bardin. — « Tu
te rappelles bien, Léon Bardin, le frère de Madeleine
Bardin !... » — Léon, qui avait fini par achever son
droit, qui avait maintenant une très gentille situation
de début au contentieux de la Compagnie d'assurances, *La Salamandre,* ce qui ne l'empêchait pas de
continuer à nourrir les ambitions littéraires qui lui
valaient jadis la plus flatteuse célébrité dans ce pen-
sionnat des demoiselles Cambrone où sa sœur, Madeleine, avait été élevée avec Isabelle Guingois et Marthe
lGarigue.

Oui, le jour viendrait certainement où Léon Bardin pourrait abandonner la *Salamandre* pour la
littérature... Mais ce n'est pas même ce jour-là que les
deux fiancés attendaient pour que l'on célébrât
leur mariage ; ils n'attendaient que le jour d'avoir
un appartement.

Car si, à la rigueur, ils eussent pu occuper une
partie du petit hôtel que le père de Léon Bardin avait
fait construire au fond de ses chantiers d'entrepreneur
de démolitions, « Bardin père et frères, Eugène Bardin,
successeur », — si pressée qu'elle fût de devenir
Mme Léon Bardin, Marthe Garigue avait tout de
suite, très nettement, posé en principe que M. et
Mme Bardin père et mère étaient des gens délicieux,
qu'elle serait pour eux une bru attentive et dévouée,
mais qu'elle était bien décidée à ne jamais vivre sous
le même toit que ses beaux-parents.

— Comme vous avez raison, ma chère petite !—

avait approuvé Mme Guingois. Mais vous n'allez pas laisser votre bonheur à la merci des propriétaires !...

— Nous avons bien un appartement en vue, l'appartement d'une vieille dame qui est en train de mourir dans le Midi, mais qu'on ne peut pas nous louer tant qu'elle n'est pas morte... Léon est tenu très exactement au courant de sa santé par l'inspecteur de la *Salamandre*, à Nice...

— Et elle est très mal ?

— De plus en plus mal...

— Ta, ta, ta !... Je connais ça ; voilà déjà près d'un an que ça dure, m'avez-vous dit ; eh bien ! ça peut durer encore des années !... Non, ma petite ; si j'étais à votre place, je n'hésiterais pas, je me marierais tout de suite et, après le voyage de noces, — car vous ferez un voyage de noces ?...

— Pas très long, Léon n'aura que quinze jours de congé à la *Salamandre*...

— Eh bien ! je viendrais ensuite m'installer avec mon mari dans une pension de famille comme le *Grenell's Family*. Voulez-vous que j'en parle à la directrice, à Mme Hastière ?

— Oh ! Marthe, c'est cela qui serait gentil !... s'enthousiasmait déjà Isabelle Guingois, en battant des mains.

— D'ailleurs, avait conclu Mme Guingois, cela se fait couramment en Amérique.

Il n'est pas absolument certain que Mme Guingois ait été très exactement renseignée sur les habitudes qu'elle prêtait ainsi, d'autorité, aux fiancés américains. Cet argument n'en avait pas moins paru le plus décisif ; et comme d'autre part, M. Bardin le père, entrepreneur de démolitions, n'était pas sans constater que la tendance du « bâtiment » était beaucoup plutôt de démolir, en effet que de reconstruire, ce dont il se réjouissait pour ses affaires, mais ce qui n'apparaissait pas de nature à simplifier la crise du logement, ni, partant, à hâter le mariage de son fils, l'avis de Mme Guingois avait prévalu ; on avait célébré la noce, sans plus se soucier de l'état de santé de la vieille dame de Nice, et le jeune ménage Bardin, — les petits Bardin, comme on les appelait, — avaient jeté les bases de leur foyer, — foyer provisoire évidemment, — au *Grenell's Family* de Mme Hastière.

Mme Hastière avait été parfaite ; des jeunes mariés, cela donnait à sa pension de famille un caractère d'intimité qui la ravissait ; elle était aux anges, et il n'y avait pas d'attentions délicates dont elle n'entourât, — c'était son mot, — les « deux tourtereaux ».

— Vous serez ici comme chez vous, un nid, un véritable nid !...

Cela désolait bien un peu la petite Mme Bardin de ne pouvoir utiliser la lus grande partie des cadeaux dont elle avait été comblée.

Les sept truelles à poisson, notamment, qu'elle devait à l'amitié de sept personnes, entre autres, généreuses et bien intentionnées, encore qu'un peu dépourvues d'imagination, — sept truelles à poisson, c'est déjà beaucoup quand on est dans son ménage, et il est manifeste que, lorsque l'on doit vivre à l'hôtel, cela ne sert à rien du tout : on ne peut tout de même pas les disposer pour orner la cheminée, sur laquelle, du moins, avaient trouvé place quelques-uns des vases artistiques qui semblent se partager, avec les truelles à poisson, l'ingéniosité des parents et des vieux amis de la famille...

Des vases, on peut toujours en mettre, et partout :

— Comme cela fait intime, tout de suite !... — s'émerveillait Mme Hastière. Ah ! vous pouvez dire que vous n'avez pas, ici, une banale chambre d'hôtel, non, vous n'avez pas la chambre de tout le monde !...

Ce que tout le monde, en tout cas, n'a pas dans une chambre d'hôtel, c'était cette table à thé, du plus pur style anglais, montée sur des roues caoutchoutées, qui permettent de la faire circuler aisément du hall à la salle de billard, de la salle de billard au fumoir, du fumoir dans le cabinet de monsieur ou dans le petit salon de madame, et du petit dans le grand salon.

Malgré son cube d'air très satisfaisant, la chambre qui, avec un cabinet de toilette et une entrée minuscule, composait, au *Grenell's Family*, le petit nid des petits Bardin, se prêtait mal aux évolutions de cette table à thé monumentale, sur ses roues caoutchoutées, et ne les justifiait guère.

Marthe avait tenu, cependant, à emporter sa table, perle de ses cadeaux de noces. Mais, plus d'une fois, elle ne la contemplait pas sans quelque mélancolie.

C'est que, sur ses roues caoutchoutées, la table à thé symbolisait pour elle, moins encore l'appartement de ses rêves, que les réceptions qu'elle rêvait de donner dans cet appartement.

Marthe Bardin n'avait **pas** épousé Léon Bardin pour qu'il demeurât éternellement attaché au contentieux de la Compagnie d'assurances la *Salamandre*. Elle n'avait pas épousé un employé d'assurances, elle avait épousé un poète, un romancier, l'auteur à succès, le dramaturge célèbre, que les élèves des cours Cambrone devinaient et admiraient déjà en secret dans le grand frère de Madeleine Bardin.

Elle savait, elle en était sûre, que Léon, — son Léon, — avait un immense talent. Mais il était indolent, comme sont les vrais artistes, les vrais poètes. Alors c'était elle, la petite Mme Bardin, qui le pousserait, qui le forcerait à arriver à la gloire...

Seulement, pour cela, il lui faudrait un salon, n'est-ce

pas ; il lui faudrait recevoir, avoir des relations, beaucoup de relations, et pas de ces relations comme on en avait chez ses parents ou chez ses beaux-parents, ni chez les Bardin ni chez les Guingois, dans les bronzes d'art ni dans les démolitions !...

Mais allez donc vous créer et cultiver des relations importantes et nouvelles, quand votre table à thé, du plus pur style anglais, montée sur des roues caoutchoutées, est reléguée, avec ses roues inutiles, dans un coin d'une chambre de pension de famille, cette pension de famille fût-elle le *Grenell's Family* !...

Et voilà pourquoi, au *Grenell's Family*, en dépit de la présence des bons Guingois, en dépit de la chaude et turbulente affection de sa grande amie Isabelle Guingois, et malgré toutes les prévenances de Mme Hastière, Marthe Bardin ne pouvait s'empêcher d'avoir, pour sa table à thé et les roues caoutchoutées de sa table à thé, de longs regards mélancoliques ; la petite Mme Bardin rongeait son frein...

Il est vrai que, comme relations à cultiver pour la jeune femme légitimement ambitieuse d'un futur auteur dramatique, le *Grenell's Family* offrait peu de ressources. Il y avait bien le chevalier Postel, qui, au dire de Mme Hastière, ou du moins d'après ce qu'elle laissait confidentiellement entendre, « faisait si haute figure dans la diplomatie », et que la petite Mme Bardin se représentait, en effet, assez bien, un soir de grande première, — ah ! la première grande première de Léon Bardin ! — au fond d'une loge d'avant-scène...

Mais le chevalier, toujours d'une courtoisie raffinée, se montrait distant, et, sauf avec Mme Hastière, auprès de laquelle il s'arrêtait quelquefois pour de longues et secrètes conversations, il saluait profondément, — et passait...

A part le chevalier Postel, le lot, assez fréquemment renouvelé, d’ailleurs, des autres pensionnaires, était médiocre et insignifiant, sauf encore cette personne étrange que l’on ne faisait qu’apercevoir, toujours de blanc vêtue, le visage également recouvert d’une voilette de dentelle blanche, Mme Hryniska, qui intriguait si fort Isabelle Guingois, — une comtesse polonaise, paraît-il, ma chère... — Mme Hryniska, dont il était impossible de déterminer l’âge exact, peut-être extraordinairement vieille, peut-être simplement plus très jeune, qui encombrait avec des malles énormes et magnifiques le couloir devant sa chambre, — cette chambre qu’elle ne quittait presque jamais, même aux heures des repas, car elle s’y confectionnait elle-même de mystérieuses et sommaires nourritures...

Ainsi la vie de Marthe Bardin, au *Grenell's Family*, s’écoulait, toute frémissante d’impatience et d’impuissance, pendant les heures que Léon devait, malgré tout, consacrer à la *Salamandre* et à son contentieux. Rendre des visites, à quoi bon, quand on ne peut pas en recevoir ailleurs que dans le hall-antichambre-bureau d’une pension de famille honorable, mais si modeste ?

Force était bien à la petite Mme Bardin de différer son entrée en campagne, la brillante campagne qu’elle s’était promis d’entreprendre pour assurer la carrière littéraire de Léon Bardin, et marcher avec lui, épouse aimante et dévouée, son associée et sa muse, à la conquête de Paris...

Et, ma foi, en attendant, elle était encore bien heureuse d’avoir là son amie Isabelle, avec qui, de son mieux, elle passait le temps à courir les bureaux de placement, toujours à la recherche de l’hypothétique cuisinière que Mme Guingois s’obstinait à espérer avec une confiance robuste et une de ces volontés de fer que rien ne parvient à rebuter ; et c'était une distraction qui en valait d'autres que d'aller, avec Isabelle, au fond de Passy ou au fond des Ternes, parfois aussi jusque dans la banlieue, Fontenay-aux-Roses ou Fontenay-sous-Bois, prendre des renseignements sur une vague Elodie ou une incertaine Marianne, que tel bureau de placement leur promettait toujours et qui ne venait jamais.

— C'est chez moi un principe absolu, déclarait Mme Guingois ; auriez-vous un certificat signé du pape (hypothèse, au demeurant, bien invraisemblable !), ou du Président de la République, je n'engage jamais une domestique sans avoir des renseignements verbaux !...

Et, de temps en temps, en effet, le miracle se produisait, les Guingois, ayant découvert et arrêté une bonne, quittaient le *Grenell's Family* pour rentrer chez eux, et c'était une période — oh ! jamais bien longue, heureusement ! — où Marthe, sans Isabelle, se trouvait toute désemparée.

Isabelle, d'ailleurs, n'abandonnait pas complètement la petite Mme Bardin, et comme, momentanément, il n'y avait plus besoin d'aller dans les bureaux de placement, ni de prendre des renseignements sur Marianne ou sur Elodie, les deux amies occupaient leurs loisirs à chercher non plus l'hypothétique cuisinière, mais le non moins hypothétique appartement.

Et puis Mme Hastière, toujours attentionnée, avait imaginé, pour tromper l'ennui de sa jeune pensionnaire, une occupation délicate et charmante : elle lui donnait à garder ses trois petits enfants, — ce sont des diables, mais ils sont délicieux, — elle confiait à Marthe la garde de Toto, Ronron et Doudou, quand on les amenait, entre deux trains, à Paris, le temps

que leur mère, la femme du chef de gare Baston-Desbastides, faisait ses courses dans les grands magasins :

— Il faut bien vous entraîner, petite madame, —
affirmait Mme Hastière, avec bonhomie et jovialité, —
il faut vous entraîner au métier de maman !...

Et la petite Mme Bardin, qui ne voulait pas déso-
bliger la directrice du *Grenell's Family*, emmenait
Toto, Ronron et Doudou manger des gaufres et
monter sur les chevaux de bois, aux Tuileries, ou bien,
quand il pleuvait, demeurait avec eux dans le hall-
antichambre-bureau à jouer aux « cubes » ou au chemin de fer ; hélas ! ce n'était pourtant pas de cette
façon-là qu'elle avait rêvé d'aider le poète Léon Bardin,
son mari, à quitter la *Salamandre*, et à forcer les portes
de la Renommée et de l'Odéon...

Ce fut sur ces entrefaites que se produisit un événement dont on ne tardera guère à saisir l'importance
singulière, et qui allait rompre enfin avec la mono-
tonie de l'existence que menait, au *Grenell's Family*,
la petite Mme Bardin.

Un matin, vers neuf heures, le *Grenell's Family*
d'ordinaire si calme s'emplit soudain de gammes et
d'accords, et une puissante voix d'homme, tantôt
grave, tantôt aiguë, sortant inopinément d'une
chambre du premier étage hier encore inoccupée,
s'éleva, — Ah, ah, ah, ah, ah, ah, ah !... — qui, sou-
tenue tant bien que mal par un piano un peu grêle,
faisait des études et des vocalises.

Précisément le jour précédent avait vu revenir
chez Mme Hastière les Guingois et leurs valises, le
brusque départ d'Elodie, au sujet de laquelle depuis
quinze jours bientôt Mme Guingois ne tarissait pas en
éloges mérités, ayant déterminé chez les Guingois
une nouvelle crise domestique, qui, Dieu merci, ne
les prenait plus sans vert.

Et comme son mari venait de la quitter appelé par les exigences quotidiennes du contentieux à son bureau de la *Salamandre*, Marthe était allée retrouver les dames Guingois dans leur chambre, pour aider à leur installation, toute à la joie du retour de son amie Isabelle.

— « Ah, ah, ah, ah, ah, ah, ha !... » continuait toujours la voix inconnue et sonore ; et ce n'était pas pour calmer les nerfs de Mme Guingois qui s'était réveillée avec une de ces migraines auxquelles elle n'est que trop sujette, — les complications du ménage y sont bien pour quelque chose, — et qui sont terribles. La pauvre dame affalée dans un fauteuil, incapable de remuer ni bras ni jambes, et la tête, ainsi qu'elle l'expliquait, « prise dans un étau », avait, à chaque nouvel « ah ! ah ! ha !.. » une sorte de soubresaut fébrile, qui lui agitait le corps tout entier, que c'en était une pitié !...

Marthe Bardin, qui est l'obligeance même, s'offrit donc pour « aller voir ce que c'était », et obtenir au nom de l'humanité, — il y a là, à côté, une dame très malade !.. — obtenir du chanteur (car, à en juger par le volume de la voix, ce devait bien être un chanteur), qu'il interrompît ses exercices.

— Je t'accompagne !... — proposa aussitôt Isabelle Guingois.

Voici donc nos deux amies frappant résolument à la porte d'où s'échappaient les « ah ! ah ! ah ! » — et c'est alors que le destin apparut sous les espèces d'un jeune homme mince, élégant et blond, un peu chauve, mais qui, par manière de compensation sans doute, portait de longues moustaches à la gauloise, — qui s'appelait Roger Tournade, et qui, fils d'un architecte fort honorablement apprécié dans la région lyonnaise, se proposait d'abandonner les études d'ingénieur-chimiste, qu'il était venu achever à Paris, pour se consacrer à l'art du chant, vers lequel il s'était senti brusquement appelé par une vocation impérieuse, un soudain dégoût de la chimie, et une qualité de voix que ses camarades se plaisaient à considérer comme exceptionnelle.

Ces détails de la biographie de Roger Tournade, il va de soi que Marthe et Isabelle ne les connurent pas ainsi d'un bloc, à l'instant même. Mais avec quelle grâce, un peu timide, mais si charmante, le jeune homme, aux premiers mots de Marthe Bardin, s'était confondu en protestations et en excuses, et quelle sympathie émue il avait témoignée à l'opiniâtre migraine de Mme Guingois, sollicitant aussitôt l'honneur d'aller, au cours de la journée, prendre de ses nouvelles...

Marthe Bardin se pique d'être physionomiste ; et puis, comme la plupart des jeunes mariées, elle tient que le mariage lui a conféré une grande connaissance du cœur humain, qu'elle en pénètre les mystères du premier coup, avec la plus rare clairvoyance.

Il lui a suffi de voir ce grand jeune homme blond et ses longues moustaches gauloises, — un artiste, avec cela ! — manifestement impressionné par la démarche inopinée des deux jeunes femmes, dont la présence au *Grenell's Family* ne pouvait que lui rendre infiniment plus plaisant le hasard heureux qui l'avait amené chez Mme Hastière, — et voici Marthe, toujours romanesque (elle avait déjà cette réputation au cours des demoiselles Cambrone), Marthe qui s'ennuie, et il n'est rien comme l'ennui pour nous prédisposer aux romans, voici Marthe qui, toutes affaires cessantes, imagine le roman du grand jeune homme blond et de son amie Isabelle Guingois.

— N'est-ce pas qu'il est bien ? s'est-elle émerveillée auprès d'Isabelle, dès que, les portes refermées, elles s’en retournaient vers la dolente Mme Guingois pour lui faire part du succès de leur ambassade. — Et il a encore une plus jolie voix quand il parle que quand il chante !...

Depuis le cours des demoiselles Cambrone, Isabelle a toujours subi l’influence de Marthe. Du moment que Marthe trouve ce jeune homme charmant, c’est qu’il est charmant ; d’ailleurs, il est charmant, en effet : comme il s’est gentiment enquis de la santé de Mme Guingois et des suites de sa migraine !... Tous les jours, maintenant, il vient s’en informer, et c’est à peine s’il ose chanter, dans la crainte de provoquer une nouvelle migraine de Mme Guingois ; il faut qu’on l’y oblige, qu’on l’en presse.

— Mais non ! mais non !... c’est au contraire un délice de vous entendre, c’est une distraction, c’est un repos !...

Et les « ah ! ah ! ah ! ah ! » ont recommencé, inquiets d’abord, puis éclatants. Et c’est Isabelle, elle-même, qui, au piano, accompagne les ah ! ah ! ha !... Encore une idée de Marthe !

Marthe a persuadé Isabelle d’abord, et, ensuite, ses parents, ce qui n’était pas difficile, qu’il y avait là, pour elle, une occasion unique de se perfectionner en musique d’ensemble et en déchiffrage, — Isabelle, qui avait à la pension un si joli talent de pianiste, une nature musicale remarquable, et qu’il était déplorable de voir abandonner tout cela et « se rouiller » complè- tement, ce qui lui arriverait à la longue, et ce qui, vraiment, « était un meurtre, quand on est doué comme elle l’était !... »

Alors, comment voulez-vous que Marthe Bardin s’ennuie, quand son amie Isabelle est au piano, que le ténor-chimiste, Roger Tournade, penche au-dessus d’elle, sur la partition de « Werther » ou de « Faust »,

sa haute taille élégante et mince et ses moustaches
à la gauloise, et que c'est Marthe qui les « chaperonne »,
Marthe, psychologue averti et observatrice subtile,
avec sa grande expérience des choses du cœur !...

Et comme elle a, chaque soir, à en raconter à
Léon Bardin, son mari, quand il quitte son bureau
de la *Salamandre* !...

— Tu en feras d'abord un petit acte en vers, dont
tu tireras un opéra-comique, et c'est Roger Tournade
qui le créera !...

Mais si le mariage de Roger et d'Isabelle s'arran-
geait trop facilement, trop vite, ça ne serait pas
amusant. Quand Marthe est seule avec Roger, —
Roger, bien entendu, timide comme la plupart de
ces grands garçons blonds un peu chauves et qui
portent de longues moustaches, Roger qui n'a jamais
osé la moindre allusion à l'impression profonde que
produisait sur lui Isabelle Guingois, et puis, il n'a pas
de situation, à cheval entre ces deux selles, la chimie
et la musique, — Marthe se plaît à jeter dans des
transes terribles l'infortuné ténor-chimiste, en parlant
de la hâte dont témoignent les parents d'Isabelle de
quitter le *Grenell's Family*.

Et, dame ! quand les Guingois auront trouvé,
une fois encore, la cuisinière qui, une fois de plus, leur
permettra de réintégrer leur appartement, adieu la
musique d'ensemble, et les rencontres et les causeries
dans le hall-antichambre-bureau ! Et, à supposer
même que les Guingois consentent à recevoir Roger,
il ne pourra pas chaque jour aller s'informer chez
Mme Guingois si elle n'a pas eu la migraine...

Ainsi, le bonheur du ténor-chimiste apparaît entièrement suspendu à la bonne volonté d'une cuisinière !...

Mais voici que, par une coïncidence assez étrange,

Mme Guingois, qui était si avantageusement connue,
et très connue, dans les différents bureaux de placement du quartier, ne peut plus s'y présenter sans
être accueillie avec un « drôle d'air » ; les placières, dès
qu'elle se nomme, ont un sourire glacial et contraint,
pour affirmer qu' « elles n'ont personne, et que c'est
bien inutile qu'elles inscrivent le nom de madame », —
elles n'ont absolument personne en vue qui puisse faire
l'affaire de Mme Guingois...

Plus étrange encore : coup sur coup, deux cuisinières, avec qui Mme Guingois était entrée en relations par correspondance, étaient allées, ainsi qu'il
va de soi, prendre d'abord des renseignements sur
les Guingois, chez leur concierge.

Et brusquement, ces deux personnes n'ont plus
donné signe de vie.

Pourtant, la concierge l'affirme et c'est la vérité,
les renseignements fournis étaient excellents. N'est-ce
pas assez extraordinaire ?

Mais, attendez donc : la concierge se souvient parfaitement maintenant que la deuxième de ces deux
cuisinières, une Berrichonne, qui portait un chapeau
à plume violette par-dessus un bonnet plat, a été
accostée, comme elle sortait de la loge, par un homme
— non, pas un homme, un monsieur, — et ils se sont
éloignés ensemble en causant avec animation. Et cet
homme, ou ce monsieur, la concierge croit bien se
rappeler qu'elle l'avait vu déjà qui rôdait devant la
maison, le jour où était venue aux renseignements la
première cuisinière...

En tout cas, ce qu'il y a de certain, c'est qu'il n'est
plus question, en ce moment, pour les Guingois, de
pouvoir quitter l'asile opportun que leur offre du
moins Mme Hastière, et dont ils n'ont jamais mieux
apprécié, en effet, l'opportunité. Ainsi plus de sépara-

tion menaçante, plus de départ à craindre : le péril des cuisinières semble conjuré pour Roger Tournade, dont rien ne viendra interrompre l'émouvante idylle avec Isabelle, sous la garde amicale, complaisante et ravie de la petite Mme Bardin...

Tranquille et idyllique asile de Mme Hastière !... Hier soir encore, pour la quatorzième fois depuis un mois, Isabelle et Roger ont déchiffré *Mireille*, pendant que Marthe Bardin, tout en leur jetant des regards attendris, s'ingéniait à se faire montrer par Mme Guingois un point de broderie assez compliqué, et que Léon Bardin jouait au jacquet avec M. Guingois. Asile idyllique et tranquille, si tranquille !...

— En somme, n'est-ce pas que nous ne sommes pas si mal installés, et que les Guingois ont eu une rude idée de nous indiquer cette pension de famille ? interrogeait, au saut du lit, l'excellent Léon, que les exigences du contentieux de la *Salamandre* rendent matinal ; — n'est-ce pas, ma petite Marthe, que tu ne te déplais pas trop ici ?

— Je me plais partout où je suis avec toi, mon grand Léon !... répondait Marthe.

Et tous les deux de reprendre en chœur :

— On est si tranquille, si tranquille !...

Au même instant, l'escalier, les couloirs avaient retenti de la galopade des trois Raston-Desbastides et du groom Gaston, annonçant l'arrivée du commissaire de police ; on entendit des bruits de portes qui s'ouvraient et se fermaient, — et soudain, un coup de revolver :

— On a tiré un coup de revolver !... Où donc ? Qui ça ?...

Dans la chambre de Roger Tournade.

CHAPITRE V

LE COMMISSAIRE ROBINSON.

Il est remarquable qu'un commissaire de police ne puisse se présenter nulle part, fût-ce dans les milieux les plus bourgeois, chez les gens les plus honnêtes, sans qu'il en résulte une impression pénible, une gêne, un trouble certain.

Le commissaire Robinson était trop ancien dans la carrière, — psychologue, avec cela, psychologue, aimait-il à répéter, « psychologue, observateur et analyste », — pour s'étonner que son entrée au *Grenell's Family* fût ainsi saluée d'un ecup de revolver ; et tout au plus pensa-t-il à se féliciter que ce coup de revolver n'eût pas été tiré sur lui.

Puis comme, pas un instant, il n'avait douté que la personne au revolver ne fût son « client », tout naturellement, il piqua droit vers la chambre d'où était partie la détonation.

Cependant, si vous entendez des gens affirmer que, lorsqu'ils dorment, on peut bien tirer au pistolet à côté de leur lit, cela ne saurait troubler leur sommeil, dites-vous que ces gens-là ne savent pas ce que c'est...

Je vous assure qu'après le coup de revolver de Roger Tournade, personne plus ne songeait à dormir au *Grenell's Family*, et Le Riquier lui-même fut instantanément arraché aux abîmes de torpeur où l'avaient plongé les incidents de cette nuit d'orage.

D'ailleurs, si le bruit de la détonation n'y avait suffi, on imagine sans peine quel vacarme en avait été la conséquence naturelle, cris des enfants, pâmoi-

sons des femmes, ordres brefs des hommes, M. Guingois, Léon Bardin, que l'honneur du sexe obligeait
à ne pas perdre la tête, et qui réclamaient d'abord
les secours immédiats et la présence d'un médecin,
— et, dominant le tout, comme le capitaine du navire
à l'instant du naufrage, la voix puissante de
Mme Hastière, en proie à une émotion désordonnée,
et exhortant chacun au calme, en répétant, au hasard,
ses phrases favorites :

— Ces choses-là n'arrivent qu'à moi !... Ma vie
est un roman... Ma vie est un roma.. !...

On comprend qu'au milieu de toutes ces rumeurs
extravagantes, le ministre Le Riquier ait eu quelque
peine à se ressaisir et à reprendre ses esprits, et si ses
premières paroles, en se réveillant, ne furent pas :
« Où suis-je? » c'est qu'en réalité il n'est guère, pour
s'exprimer ainsi, que les personnages de tragédie, ou
les héros de roman-feuilleton.

Mais, s'il ne le dit pas, il le pensait, au moins tout
d'abord qu'il se vit dans cette chambre inconnue, —
le quatorze, — et qu'il lui fallut apparemment un
certain effort pour s'expliquer à lui-même quel
concours de circonstances, le grand vent, le feuillet
envolé de son *Dictionnaire Européen*, la fenêtre
ouverte, la porte fermée, son attente sous la pluie,
son dialogue avec la bienfaisante vieille dame qui
l'avait accueilli avec tant d'éloquence et de dignité, —
oui, quelle succession d'événements l'avait amené à
achever la nuit en un endroit qu'il ignorait encore la
veille, où on lui avait donné pour l'endormir, il
se rappelait maintenant, une tasse de camomille,
et où on venait de le réveiller par un coup de revolver...

Le coup de revolver le pressait de se lever, en même
temps que le souvenir de la camomille évoquait pour

lui la robe de chambre, qui ne lui avait servi qu'imparfaitement à braver la pluie.

Mais, quand, pour se lever, il voulut à nouveau s'envelopper dans cette robe de chambre, vainement la chercha-t-il au pied de son lit ; il y avait à la place un pantalon noir, avec un gilet à boutons de cristal et un habit de cérémonie.

Le Riquier ne douta pas que ce ne fût une preuve nouvelle de la sollicitude de son hôtesse, qui avait dû, pendant son sommeil, emporter la robe de chambre que la pluie avait transpercée, pour la faire sécher. Et comme Mme Hastière lui avait dit qu'elle était veuve, — veuve d'un administrateur adjoint de commune mixte : c'est extraordinaire comme Le Riquier se sentait lucide maintenant, et comme la mémoire lui revenait !... — il ne manqua pas de supposer que l'habit sortait de la garde-robe du défunt M. Hastière, et tout en éprouvant quelque malaise à se mettre ainsi en habit dès huit heures du matin (ce dont il avait perdu l'habitude depuis qu'il n'était plus ministre), il pensa que c'était peut-être le seul vêtement civil de cet ancien administrateur, et que cela valait encore mieux que s'il avait été contraint d'endosser un uniforme à broderies d'argent.

Donc Le Riquier commença par enfiler le pantalon noir, qu'il lui fallut, à la vérité, retrousser légèrement du bas, ainsi que font, dit-on, les élégants de Paris quand il pleut à Londres ; pour ce qui est de l'habit, les basques flottaient bien un peu, et lui descendaient peut-être un peu plus que de raison au long des mollets, mais sa coupe était excellente ; et, tout compte fait, c'est dans un équipage fort honorable que l'honorable Le Riquier, ancien ministre, put quitter le quatorze, et apparaître au seuil du hall-antichambre-bureau.

Quelqu'un vint au-devant de lui, qui semblait l'attendre, et à constater que ce quelqu'un était précisément revêtu de sa propre robe de chambre, Le Riquier ne put se tenir d'une surprise et d'une émotion, qui se traduisirent par ce cri du cœur :

— Mais, c'est ma robe de chambre !...

L'homme à la robe de chambre l'arrêta d'un geste :

— Chut !... Plus bas, monsieur le ministre !...

Et, avec une légère inclinaison de tête, il se présentait :

— Chevalier Postel...

— Enchanté !... — balbutia Le Riquier, à qui cela n'expliquait tout de même pas comment il se faisait que ce chevalier Postel eût sa robe de chambre sur le dos.

Mais déjà le chevalier Postel, avec une grande aisance et beaucoup d'autorité, avait indiqué à Le Riquier un des fauteuils d'osier ripolinés, orgueil du hall-antichambre-bureau de *Grenell's Family*, et s'installant dans un autre fauteuil auprès de lui, grave et confidentiel :

— Vous êtes un homme du monde et un galant homme, monsieur le ministre, commença le chevalier. Vous ne voudriez rien faire, même involontairement, qui fût de nature à porter atteinte à la réputation d'une femme...

Le ministre Le Riquier acquiesça chaleureusement à cet exorde, encore qu'il n'en pénétrât pas très exactement les raisons ; mais le chevalier expliquait :

— Le *Grenell's Family*, monsieur le ministre, est une maison respectable que dirige une femme d'élite, et qui mérite tous les respects. Il n'y a pas que l'épouse de César, monsieur le ministre, qui ne doive pas être soupçonnée ; aucun soupçon ne doit effleurer la veuve de cet Hastière qui fut, de son vivant, en Algérie, administrateur adjoint de commune mixte.

Le Riquier s'apprêtait déjà à protester que rien, en effet, ne lui était apparu plus respectable que le peu qu'il connaissait de Mme veuve Hastière, directrice du *Grenell's Family :*

— Mais avez-vous réfléchi, monsieur le ministre, à l'impression que pourrait produire la vue d'un étranger sortant en robe de chambre de la maison de Mme Hastière où, puisqu'il n'y était pas la veille, il serait manifeste qu'il avait pénétré de nuit? Avez-vous réfléchi aux gloses que l'on en pourrait faire, à ce que l'on dirait dans le quartier?

Le ministre Le Riquier témoigna avec beaucoup de feu et d'émotion qu'il n'avait point envisagé ces conséquences déplorables, mais qu'aussi bien, son entière bonne foi, l'état de ses mœurs, et même son âge impropre aux aventures, suffiraient bien vite à écarter tous soupçons, au-dessus desquels, par ailleurs, Mme Hastière se plaçait d'elle-même...

— Le monde est méchant, monsieur le ministre !...

— Couci-couçà !... — murmura à mi-voix Le Riquier.

— Oui, je sais votre formule indulgente ; mais elle vous a jadis coûté votre ministère.

— Je ne regrette rien, et ne m'en suis-je pas admirablement trouvé?...

— Couci-couçà, monsieur le ministre, permettez-moi l'expression à mon tour : couci-couçà !... En tout cas, dans l'intérêt de Mme Hastière, dont je suis le pensionnaire fidèle et un ami très respectueux, pour l'honneur de Mme Hastière, j'ai cru agir prudemment en échangeant contre votre robe de chambre l'habit noir que vous avez été ainsi amené à revêtir à ma place, et qui, je me plais à le constater, vous va comme un gant. Cet habit noir sauve les apparences et déjoue la calomnie ; un monsieur en habit noir peut être rencontré à toute heure de nuit, et même à l'aube : il semblera simplement qu'il se soit attardé à son Cercle.

— Mais je ne vais jamais au Cercle...

Le chevalier Postel eut un imperceptible mouvement d'impatience ; et, tout de suite il insista :

— N'importe, monsieur le ministre, promettez-moi que, si on vous interroge, vous répondrez que vous sortiez du Cercle, et que si on vous le dit, vous ne le démentirez pas.

Et, debout, solennel :

— Je répète, monsieur le ministre, que je vous le demande pour l'honneur de Mme Hastière. Ai-je votre parole d'ancien ministre et de galant homme ?

— C'est la même chose, dit Le Riquier.

— Alors c'est promis ?

— C'est promis.

Cependant la psychologie et l'expérience du commissaire Robinson s'étaient trouvées en défaut, quand, guidé par le bruit de la détonation, il s'était précipité vers la chambre de Roger Tournade, persuadé de « tenir son homme ».

Dans cette chambre où, bousculant le groom Gaston et les trois Baston-Desbastides, écartant tout le personnel domestique aussitôt accouru, les deux bonnes Anna et Caroline, et Céleste la cuisinière, se frayant un passage au milieu des Bardin et des Guingois consternés, et sans même prendre garde à la comtesse Hryniska, mystérieusement surgie, blanche apparition, auprès de ses malles, repoussant même les bons offices de Mme Hastière qui protestait : « Mais, monsieur le commissaire, en ma qualité de directrice... », — dans cette chambre où, bien entendu, le commissaire avait voulu pénétrer seul, et dont il avait pris soin de refermer la porte pour n'être point troublé dans ses constatations, Roger Tournade baignait non pas dans son sang, mais (ou presque) dans l'eau de Cologne.

Quand, d'un geste fou de sa main tremblante, le ténor-chimiste avait tourné vers soi le revolver libérateur, sa main tremblait tellement, en effet, il était tellement affolé, que la balle lui était passée par-dessus l'épaule et était allée briser, sur sa table de toilette, un grand flacon d'eau de Cologne, dont tout le contenu s'était répandu.

Et maintenant le malheureux jeune homme ne cessait de geindre :

— Je l'aimais tant !... je l'aimais tant !...

Mais il est clair qu'en parlant ainsi, il ne faisait pas allusion à l'eau de Cologne...

Dès l'entrée du commissaire Robinson, les gémissements redoublèrent :

— C'est l'amour, monsieur le commissaire ! Je l'aimais tant... Je l'aimais tant !

Le commissaire l'interrompit rudement :

— Qui donc aimiez-vous tant que ça? Oui, la dame de pique !

Car le commissaire Robinson, victime de l'ordinaire déformation professionnelle, se refusait à imaginer qu'une autre passion que celle du jeu eût armé le bras de Roger Tournade ; la piste qui, à la suite d'une descente de police dans un tripot clandestin, venait de l'amener tout droit au *Grenell's Family*, ne se révélait-elle pas excellente par le geste même de ce jeune écervelé? Parce que c'était lui le coupable, et au moment où il se sentait pincé, le jeune écervelé aux abois avait simulé sa tentative de suicide : c'était classique...

Pourtant, en dépit qu'il en eût, le commissaire ne dut pas tarder à renoncer à une hypothèse séduisante et facile, mais que suffisaient à ruiner ses constatations les plus immédiates. Il était clair que Roger Tournade n'avait pas bougé de la nuit, et qu'il n'avait donc pu, d'aucune manière, être mêlé au dernier scandale du « Club Industriel », où, malgré ce que les statuts en affirment, on se préoccupe infiniment moins de « protéger, favoriser et encourager en France la race des chiens ratiers », que du développement du jeu de baccara, et, en particulier, du baccara dit « chemin de fer ».

Visiblement, il fallait chercher ailleurs ; et si, en se retirant, le commissaire crut devoir inviter Roger à « se tenir à la disposition de la justice », ce n'était qu'une clause de style, et pour se ménager une sortie. Aussi bien, puisque le jeune homme avait dit vrai, histoire d'amour, anecdote, attentat passionnel, aujourd'hui cela n'intéressait pas le commissaire Robinson, ce n'est pas pour cela qu'il était au *Grenell's Family*.

Néanmoins, quand, en sortant de la chambre, parmi les femmes bouleversées par l'angoisse et tremblantes sur le palier, il avisa l'énigmatique comtesse Hryniska, il ne douta pas, tant elle figurait exactement, dans ses longs voiles blancs, la « dame blanche », la femme fatale, bien connue des policiers en ces sortes d'affaires, le commissaire Robinson ne douta pas qu'elle ne fût l'héroïne du drame, et, galant homme, en passant près d'elle, il la rassura :

— Tranquillisez-vous, madame, votre ami s'en tire à bon compte ; il n'a rien !...

La comtesse demeura, sans manifester aucune

émotion, souveraine et impassible, en femme accoutumée à semer derrière sa beauté triomphante les
ruines et les deuils...

Mais auprès d'elle, la petite Mme Bardin avait
entendu la surprenante confidence. Comment ! c'est
cela qu'il venait de découvrir, le commissaire !... Le
ténor-chimiste entretenait une intrigue secrète avec
la comtesse polonaise ; c'est pour la comtesse polonaise que Roger Tournade avait tenté de se brûler la
cervelle !...

Certes, Marthe Bardin avait au plus haut point, et,
nous l'avons dit, depuis le temps même qu'elle suivait les cours de l'institution Cambrone, Marthe
avait le goût du romanesque, et, en toute autre cir-
constance, qu'un jeune homme, un artiste, se sui-
cidât pour une comtesse, et qui plus est, pour une
comtesse polonaise, oui Marthe Bardin en eût
accepté la nouvelle avec ravissement. N'était-ce pas
un scénario tout trouvé pour le poète Léon Bardin,
son mari?

Mais c'est qu'elle-même, depuis des semaines, et
on ne l'a sans doute pas oublié, travaillait à un autre
scénario, où le même Roger Tournade devait tenir
le rôle principal ; et brusquement, un personnage
intervenait, qui menaçait de compromettre toute
l'intrigue qu'elle avait si ingénieusement ébauchée :
que venait faire là cette Hryniska, cette Polonaise,
entre Roger et Isabelle, au milieu de l'idylle d'Isabelle
et de Roger?

Et Marthe Bardin ressentait un vif chagrin à la
pensée de ces fiançailles secrètes, qu'elle avait
encouragées et protégées, et qui se trouvaient lamentablement rompues par l'odieuse trahison de Roger ;
elle pleurait le bonheur brisé de son amie Isabelle ;
mais, par-dessus tout, la petite Marthe Bardin était

humiliée et furieuse qu'avec toute sa clairvoyance
sentimentale, et sa grande expérience des choses du
cœur, elle n'eût pas démêlé tout de suite le drame
qui se tramait au *Grenell's Family*, en marge de
l'idylle, et que l'infortunée et ingénue Isabelle n'était
qu'un jouet dont Roger Tournade abusait indigne-
ment pour cacher ses amours avec la mystérieuse et
dangereuse comtesse Hryniska.

Dans un état d'exaspération facile à comprendre
et sans réfléchir à ce qu'une telle démarche pouvait
avoir d'extravagant, — mais après un coup de revolver et une descente de police, songe-t-on à s'embarras-
ser des habituelles convenances mondaines? —
Marthe Bardin n'hésita plus, il lui fallait une explication immédiate, elle pénétra délibérément dans la
chambre de Roger Tournade.

Et tout de suite, frémissante, elle apostropha le
jeune homme, qui, machinalement, s'était mis à
éponger l'eau de Cologne dont les dernières gouttes
continuaient à s'écouler doucement du flacon mis
en morceaux par sa balle malencontreuse. Roger
interrompit cette opération délicate et se retourna à
la voix qui l'interpellait sans aménité :

— Ah! monsieur! c'est abominable!... Qu'ai-je
appris et qu'avez-vous fait?...

— Eh! quoi, balbutia le malheureux jeune
homme : quoi, madame, c'est vous qui me le repro-
chez!...

Et comme Marthe s'arrêtait, surprise, il reprit
avec chaleur :

— C'est abominable, dites-vous? Mais l'amour
n'est-il pas une suffisante excuse? Et puis, c'est votre
faute, après tout, et vous savez bien que si j'en suis
venu là, c'est à cause de vous!...

Cette fois, Marthe Bardin eut l'intuition rapide que

le mystère était plus profond qu'elle ne l'avait
supposé, ou que du moins il y avait dans le cœur
troublé du ténor-chimiste des abîmes de complications qu'elle ne soupçonnait pas encore.

— A cause de moi? A cause de moi?... répétait-elle,
agitée et songeuse.

Voyons, ce n'était pas possible : après Isabelle,
après la comtesse Hryniska, comment pouvait-il être
question d'elle, qu'est-ce que Roger avait à la mêler
à tout ceci, à parler de sa responsabilité, à invoquer
son nom?

A moins que...

Eh ! sans doute, et Marthe ne l'ignorait pas, cela se
voit dans bien des romans, un jeune homme qui feint
quelque passion désordonnée pour faire rompre une
union où l'on veut l'amener contre son gré, et parce
qu'il sait que l'objet réel de ses vœux est inacces-
sible...

Aurait-elle donc, l'honnête petite Mme Bardin,
innocemment, insconciemment, à son insu, aurait-
elle produit sur ce jeune homme une telle irrésistible
impression, — alors quel martyre, pour Roger de voir
Marthe, qui se refusait à l'attendre et qui s'obstinait
ainsi cruellement à le jeter dans les bras d'une autre,
à vouloir le marier avec Isabelle...

Pauvre chère Isabelle !...

Et il avait, pour en finir, imaginé ce mensonge et ce
scandale, — mais celle dont l'amour avait armé son
bras tremblant, Marthe en surprenait maintenant le
terrible et douloureux aveu, non, ce n'était pas cette
Polonaise, ce n'était pas la comtesse Hryniska !...

Misérable Hryniska, pauvre chère Isabelle, malheureux Roger Tournade !...

— Oui, malheureux, malheureux... — répétait,
complètement bouleversée par la révélation imprévue

et soudaine, l'honnête petite Mme Bardin : — à
cause de moi !... à cause de moi !...

— J'en conviens, prononça enfin d'une voix
sombre le ténor-chimiste, qui s'efforçait à se ressaisir,
je n'aurais pas dû faire ce que j'ai fait ; mais convenez
aussi, madame, que c'est vous qui m'avez poussé à
cette extrémité déplorable...

— C'est moi, malheureux, qui vous ai poussé à
vous tuer ?...

— C'est-à-dire que vous m'avez peu à peu donné
l'idée d'écrire ces lettres anonymes... Et c'est le fatal
enchaînement... Mais oui, madame ; si vous ne
m'aviez pas constamment répété que les Guingois fini-
raient bien par trouver une bonne, et qu'alors, avec
leur fille, adieu la félicité entrevue, adieu nos douces
causeries, nos chères rencontres quotidiennes, la
musique d'ensemble !... Que voulez-vous ? J'ai perdu
la tête !... Je me suis mis à écrire dans tous les bureaux
de placement pour mettre en garde les placières contre
la famille Guingois, des gens impossibles, — j'ai écrit
« impossibles », — et qui ne payaient jamais les gages
de leurs domestiques...

— Vous écriviez cela ?

— Et bien d'autres choses. — poursuivit le jeune
homme accablé ; j'ai fait pire : je suis allé me poster à
la porte de la maison des Guingois, j'ai guetté des
personnes qui avaient été engagées par correspondance ; je les ai endoctrinées, chapitrées, soudoyées
pour les détourner d'entrer au service de Mme Guingois...

— Mais c'est de la démence !... vous risquiez...

— Je risquais d'être arrêté pour dénonciation
calomnieuse, pour chantage, que sais-je ?... Je m'y
attendais ! Aussi, quand on a annoncé l'arrivée du
commissaire...

— Pourtant le commissaire, à l'instant, parlait de la comtesse Hryniska...

— La comtesse Hryniska ? C'est elle qui m'a dénoncé : j'en étais sûr, — la vieille chouette !... Toujours à rôder par ici, avec son visage de carême-prenant, ses habits de carnaval et ses manières d'espionne !... Dénoncé, arrêté, perdu dans l'esprit des Guingois, d'Isabelle elle-même, qui ne me pardonneraient jamais mon subterfuge indélicat, — c'est vrai, ça n'était pas très délicat, mais je l'aimais tant ! je l'aime tant !... Alors j'ai pensé que je n'avais plus qu'à mourir !...

Depuis un moment, la petite Mme Bardin passait par une succession d'émotions exagérément variées et violentes.

Bizarrerie du cœur humain ! Quand cette idée lui avait traversé l'esprit que Roger Tournade était peut-être épris d'elle, l'honnête petite Mme Bardin s'indignait et se révoltait de la meilleure foi du monde ; quand une parole inconsidérée du commissaire Robinson lui avait donné à supposer que le ténor chimiste sacrifiait Isabelle à la Polonaise, elle s'était sentie toute pleine de douleur sincère et d'ardente compassion à l'égard de son amie lâchement trahie...

Et voici que, maintenant que les choses apparaissaient telles qu'elle-même les avait préparées, telles qu'elle les souhaitait depuis des semaines, explique qui voudra cette inconséquence, la petite Mme Bardin ne pouvait se défendre d'une certaine humeur, d'une espèce de déception...

Et c'est avec une irritation secrète qu'elle gourmandait Roger, agressive vraiment, et désagréable :

— Mais aussi, monsieur, vous êtes extraordinaire ! Il y a d'autres moyens de prouver son amour à une

jeune fille que d'affirmer que ses parents ne paient
pas leurs bonnes...

— Mais puisque vous m'aviez dit...

— Je vous avais dit que les Guingois ne payaient
pas leurs bonnes ? Tenez ! vous ne comprenez rien à
ce qu'on vous dit, et vous ne dites rien pour vous faire
comprendre !... Vous voulez épouser Isabelle?...

— Doutez-vous que ce soit mon vœu le plus cher?..

— Eh bien ! il faut le dire, cher monsieur ; il faut le
dire tout de suite : comme cela, au moins, tout le
monde sera fixé, et vous ne vous exposerez plus,
ni vous ni personne, vous entendez ? à des malenten-
dus regrettables !...

Et, très décidée, la petite Mme Bardin, ouvrant la
porte toute grande, appela sur le palier :

— Isabelle !...   Madame Guingois !... Monsieur
Guingois !...

Justement, M. Guingois qui, dès que le coup de
revolver avait affolé le *Grenell's Family*, en homme
que le commerce des bronzes a habitué à agir toujours
avec sang-froid, avait d'abord, et sans perdre une
minute, couru en compagnie de Léon Bardin à la
recherche d'un médecin, M. Guingois revenait avec
Léon, mais sans médecin, pour l'excellente raison
qu'il ne connaissait aucune adresse de médecin dans
le voisinage, — ignorance dont Léon et lui n'avaient
d'ailleurs distingué l'inconvénient rédhibitoire qu'a-
près avoir un bon moment erré, à l'aventure,
de droite et de gauche, sans savoir exactement ce
qu'ils faisaient ni où ils allaient...

Et M. Guingois, rentré au *Grenell's Family*, était
en train d'expliquer qu'il était scandaleux que, dans
une ville comme Paris, il n'y eût pas, à chaque coin
de rue, des plaques indicatrices, avec des flèches,
qui permettent de trouver tout de suite, et par les

voies les plus rapides, tout ce dont on peut avoir besoin d'urgence, et, singulièrement, le domicile du médecin le plus proche...

Car M. Guingois aime à dépenser ainsi à des projets de réformes administratives ou d'améliorations urbaines, l'activité intellectuelle et les rares qualités d'ingéniosité et d'initiative qu'il consacrait jadis à son commerce de bronzes d'art.

— Ah ! cher monsieur Guingois, continuait précipitamment la petite Mme Bardin, Léon a pu vous dire que nous avions d'abord pris soin de nous renseigner par l'intermédiaire de l'inspecteur de la *Salamandre* dans la région lyonnaise où M. Tournade père est architecte : ce Roger Tournade est d'une excellente famille...

— Oui, il va falloir prévenir la famille ! Pauvre garçon !... Il est au plus mal sans doute !... Et nous qui n'avons pas trouvé de médecin !...

— Il n'a rien du tout, il se porte comme un charme, et il n'est pas besoin du médecin, mais du notaire... Venez, cher monsieur Guingois, et vous aussi, madame Guingois, et toi aussi, ma chère Isabelle.. Monsieur Guingois, madame Guingois, Roger Tournade a l'honneur de vous demander la main de votre fille !...

— Messieurs et dames, messieurs et dames ! criait au même instant le groom Gaston, qui avait remonté l'escalier quatre à quatre ; c'est Mme Hastière qui dit que vous descendiez à la salle à manger pour prendre le chocolat avec M. le commissaire et avec M. le ministre !...

Et, en effet, après tant d'angoisses et de péripéties, voici Mme Hastière, — ces choses-là n'arrivent qu'à elle !... — comme aux temps héroïques où elle présidait, à la table de la commune mixte, une brillante assemblée civile et militaire d'invités de marque et d'hôtes de choix, voici Mme Hastière, dans la salle à manger du *Grenell's Family*, ayant en face d'elle le chevalier Postel, à sa gauche un des fonctionnaires les plus éminents de la police républicaine, le commissaire Robinson, et à sa droite un ministre :

— Miel ou confitures, monsieur le ministre ? Monsieur le commissaire, encore un toast ?...

Le commissaire Robinson s'est laissé faire une douce violence, il a accepté l'aimable invitation de Mme Hastière, d'abord parce qu'il mourait de faim, et aussi et surtout, n'est-ce pas ? parce qu'il s'agissait de dissiper, avec de la cordialité, de la belle humeur et de la politesse, la fâcheuse impression de son arrivée intempestive.

C'est qu'on avait failli commettre là un joli impair !...

Quand, après avoir quitté la chambre de Roger Tournade, il s'était dirigé vers le hall-antichambre-bureau, et que la première personne qu'il avait aperçue, derrière qui le chevalier Postel s'effaçait modestement, c'était son ancien député, son bienfaiteur, le ministre Le Riquier !...

Car Robinson, lui aussi, est originaire du Plateau Central. Il avait eu jadis des ambitions universitaires, et lorsque Le Riquier était devenu ministre de l'Instruction Publique, il était alors maître répétiteur et préparait son agrégation de philosophie.

Le Riquier s'était intéressé au sort de son jeune compatriote, chaudement recommandé par quelques-uns des grands électeurs de sa circonscription.

Mais, comme l'Université est une des rares carrières où les recommandations ne sont pas inutiles, certes, mais où elles ne peuvent suppléer complètement aux diplômes, et comme, en dépit de l'excellence de ses opinions, le maître répétiteur se sentait à peu près incapable de décrocher jamais son agrégation, c'est Le Riquier qui, aimablement, agissant auprès de son collègue de l'Intérieur, avait eu l'idée de le faire entrer dans la police : la police, c'est encore un peu de la philosophie, du moins en ce que la philosophie comporte de psychologie et de morale...

Et maintenant que Robinson avait ainsi, grâce à Le Riquier, trouvé dans la police son chemin de Damas, eût-il donc fallu qu'il ne fût devenu commissaire que pour arrêter Le Riquier ?

Car le commissaire Robinson avait pu se tromper une fois avec Roger Tournade ; avec Le Riquier, il était bien sûr de ne pas se tromper une seconde fois, et que le scandale du « Club Industriel » aboutissait décidément, sans confusion possible, à l'ancien ministre.

L'habit, d'abord, n'est-ce pas, et cette mine inquiète, cette figure ravagée par la nuit de tripot; et même, au pied du bureau d'acajou près duquel il se tenait, cette carte, — que le chevalier Postel avait négligé de ramasser, — cette carte qui avait dû glisser du gilet manifestement (et volontairement) trop large, sous lequel l'ancien ministre devait avoir accoutumé de dissimuler une « portée »...

Tous ces détails, le commissaire Robinson les avait saisis du premier coup d'œil, de son coup d'œil d'aigle, et les considérait avec tristesse aussi...

Hélas ! Le Riquier n'était pas la première personnalité politique qui s'était laissée aller à tricher au jeu, passion fatale, et dont l'honneur avait sombré dans quelqu'une de ces vilaines histoires !...

Mais, déjà, le commissaire Robinson était bien résolu à ne pas insister, à ne point poursuivre plus loin son enquête, bref à laisser tomber l'affaire. Agir autrement serait, vis-à-vis de Le Riquier, son bienfaiteur, de la plus noire ingratitude, et probablement

aussi une gaffe au point de vue parlementaire. Car les
scandales de cette nature n'ajoutent rien à l'affection
populaire pour le Parlement.

Et Robinson se disait que l'on ne pardonne pas à
un commissaire de s'être montré gaffeur, à supposer
qu'on lui permette de se montrer ingrat.

D'ailleurs Robinson n'était pas un ingrat, et ce
n'est pas sans émotion qu'il murmura à voix basse, à
l'oreille de Le Riquier :

— Soyez tranquille, monsieur le ministre, nous
allons étouffer cela !...

Et sans prendre garde à la stupeur qui s'était peinte,
à cette révélation inattendue, sur le visage de son bienfaiteur, désireux seulement de hâter les choses, il prononça simplement en saluant Mme Hastière :

— Je sais ce que je voulais savoir ; votre jeune sui-
cidé s'en tire à bon compte : il ne me reste plus qu'à
m'excuser, madame, et à me retirer...

Mais Mme Hastière, en de pareilles circonstances,
ne manquait jamais à retrouver ses manières aisées
de femme supérieure et de grande mondaine ; déjà
elle minaudait :

— Non, monsieur le commissaire, non, je n'accepte
pas vos excuses, si vous n'acceptez pas de prendre
avec nous votre petit déjeuner !... Car je suis bien
sûre que vous n'avez pas pris votre petit déjeuner.
Le chocolat est servi, et sans vanter mon cordon-
bleu, le chocolat que l'on sert au *Grenell's Family*
n'est pas de ces chocolats comme on en fabrique dans
les hôtels, — un vrai chocolat de famille, épais à la
fois et mousseux : n'est-ce pas, chevalier ? Dites à
monsieur le ministre !... Et vous aussi, monsieur le
ministre, insistez auprès de M. le commissaire...

— Puisque c'est un ordre ministériel !... conclut
avec bonhomie le commissaire Robinson ; et tout

le monde était passé dans la salle à manger.

Quand arrivèrent à leur tour, mandés par le groom Gaston, les deux Bardin et les trois Guingois, Robinson était en train de conter à Mme Hastière, émerveillée, les souvenirs impérissables que le ministre Le Riquier avait laissés dans cette Université dont il était grand-maître, à l'époque où lui-même, lui Robinson, avait l'honneur d'appartenir à l'Universisité, — *almä mater...*

— Quand on a été ministre... affirma sentencieusement le chevalier Postel.

— Et quel ministre !... renchérissait le commissaire Robinson.

— Quand on a été ministre, on est impardonnable de ne pas chercher à le redevenir !...

— Je bois au prochain ministère Le Riquier !... — proclama Mme Hastière, en levant sa tasse de chocolat.

Cependant la petite Mme Bardin s'était avancée, et intervenait tout enflammée :

— Et nous allons boire aux prochaines fiançailles de mon amie Isabelle et de Roger Tournade ! Mais oui, mais oui, n'est-ce pas, cher monsieur Guingois, n'est-ce pas, ma bonne madame Guingois !...

Le commissaire Robinson remarqua finement :

— Ça commence par un coup de revolver et ça finit par un mariage...

— Voilà comment je comprends la vie !... — dit Mme Hastière ; et d'un geste inconsidéré et folâtre, elle avait pris dans ses deux mains et serrait avec force la main de son voisin de droite, le ministre Le Riquier, qui contemplait cette suite d'événements d'un petit œil rond, et assistait à tout ceci vaguement inquiet, mais n'en pouvait mais...

CHAPITRE VI

Un petit enfant dans la nuit.

Il avait été entendu que le ministre Le Riquier, — quand on tient un ministre on ne le lâche plus, et il n'avait pu refuser cela à l'obligeante insistance de Mme Hastière et de ses aimables pensionnaires, — il avait été entendu que Le Riquier reviendrait déjeuner au *Grenell's Family*, mais qu'auparavant il irait jusque chez lui pour rassurer sa servante Valérie, qui avait dû rentrer pendant son absence, et pour remettre un peu d'ordre dans ses idées et dans sa toilette.

Mais une surprise assez singulière l'attendait au seuil de sa porte, jusqu'où, déférent et empressé, le commissaire Robinson avait tenu à l'accompagner.

Cette porte, Le Riquier le savait de reste, puisque de là était venu l'étrange enchaînement de péripéties multiples qui le ramenait, revêtu de l'habit de cérémonie d'un monsieur que, la veille encore, il ne connaissait pas, et escorté d'un commissaire de police, en ce même endroit dont, quelques heures auparavant, au milieu de la nuit, il avait été chassé par la solitude et l'orage, — cette porte, il l'avait laissée hermétiquement, trop hermétiquement close par le vent, si hermétiquement qu'il avait dû renoncer à rentrer chez lui...

Et voici qu'il la retrouvait grande ouverte...

Il ne put s'empêcher de faire part de son étonnement au commissaire Robinson, en même temps que d'une certaine hésitation qu'il semblait éprouver maintenant à pénétrer dans le vestibule,

— Mais, monsieur le ministre, ne nous aviez-vous point parlé tantôt de votre servantè, qui a dû revenir de voyage vers cinq ou six heures du matin?...

— Valérie est une femme d'ordre, elle referme toujours les portes !...

— Attendez ! attendez !...

Et en homme qui a l'habitude d'observer les moindres détails et d'en tirer les plus savantes déductions, le commissaire faisait aller et venir le battant de la porte.

— Oui, c'est bien cela, et vous remarquerez comme moi que cette porte s'ouvre de l'intérieur à l'extérieur... J'ajoute que cela est fort heureux, sans quoi le malencontreux coup de vent, dont vous vous êtes si ingénieusement plaint, aurait rouvert votre porte au lieu de la fermer, et la version que vous fournissez de votre présence au *Grenell's Family*, où vous auriez été ainsi contraint de chercher refuge, cette version, monsieur le ministre, ne tiendrait pas debout...

Puis, calmant aussitôt un mouvement de stupeur et de protestation de Le Riquier :

— Mais, c'est entendu, nous adoptons votre version, puisque, aussi bien et de toutes façons, je vous l'ai dit, monsieur le ministre, l'affaire sera étouffée, et vous voyez bien que je cherche en ce moment des indices qui vous donnent raison...

— L'affaire ?... Quelle affaire ?... Mais cela ne m'explique pas comment Valérie...

— Votre servante arrivait de la campagne, monsieur le ministre ; suivant toute apparence, elle arrivait chargée de paquets, et puisque c'est une vieille servante et dévouée, de légumes, de fruits, et de quelque poulet peut-être dont elle a voulu vous apporter la surprise et l'hommage. Bref, elle avait les mains et les bras encombrés ; si la porte s'était refermée de l'intérieur, il lui suffisait d'un geste, avec son coude ; pour ramener le battant de l'extérieur, au contraire, nécessité de poser sur le sol tout ce qui l'embarrasse. Elle a voyagé de nuit, dans des conditions apparemment pénibles, elle est fatiguée, elle a hâte de se reposer quelques instants dans sa chambre... Et voilà pourquoi, monsieur le ministre, nous trouvons maintenant grande ouverte la porte de ce vestibule où il est entendu, oui, entendu, je le répète, qu'il vous fut matériellement impossible de pénétrer cette nuit...

Et le commissaire Robinson, très satisfait de cette victorieuse démonstration de sa logique impérieuse, invita Le Riquier à passer devant, et lui-même, sans en être prié, pénétra derrière lui dans le vestibule, après avoir pris soin de refermer la porte.

C'est que Robinson ne voulait pas quitter l'ancien ministre sans lui avoir mieux fait comprendre le service important qu'il venait de lui rendre et dont il ne paraissait qu'imparfaitement averti ; il fallait que Le Riquier sût bien qu'il était, en somme, à la merci du commissaire Robinson, à la merci de sa discrétion, de son tact, et, pour le rapport que le commissaire, tout à l'heure, devrait rédiger, il était nécessaire de se bien mettre d'accord, de préciser les détails de l'indispensable alibi...

— Maintenant que nous sommes chez vous, et tranquilles, j'aurais deux mots à vous dire, monsieur le ministre...

Le Riquier dodelinait poliment de la tête, ce qui était un signe à la fois d'acquiescement et de découragement. Ceci, jadis, n'avait-il pas contribué à empoisonner sa vie publique, qu'il n'avait jamais su se débarrasser d'un gêneur ?

— Vous me permettrez, auparavant, dit-il en

jetant un coup d'œil mélancolique sur l'habit du chevalier Postel qui lui battait les mollets, — vous me permettrez d'aller revêtir un costume plus conforme à l'heure qu'il est et aux circonstances?...

— Mais comment donc, monsieur le ministre, prenez votre temps !...

Et le commissaire Robinson, les mains derrière le dos, se mit à examiner en connaisseur les gravures anglaises qui occupaient les panneaux du vestibule, de chaque côté de la porte de la salle à manger.

— On voit, dit-il, que le ministre de l'Instruction Publique était aussi ministre des Beaux-Arts ! Vous aimez les jolies choses !...

Cependant Le Riquier avait gagné sa chambre. Et, tout de suite, la vue de son grand lit blanc, ce bon grand lit d'où il ne lui souvenait pas d'avoir découché, depuis que, répudiant les tumultes de la vie publique, il était venu s'installer dans cette maison paisible pour s'y consacrer tout entier au tranquille et méthodique labeur du *Dictionnaire Européen,* la vue de son lit fut pour Le Riquier comme un muet reproche, en même temps que le rappel douloureux de sa nuit agitée.

Dire qu'il aurait pu dormir là, d'un sommeil bien calme et sans rêves, au lieu de vivre ce cauchemar des heures précédentes, où grimaçait l'inquiétante figure du chevalier Postel, où l'exubérance de Mme Hastière allait et venait sans trêve, sympathique certes, mais si fatigante !...

Et ce commissaire de police, encore, qui l'attendait !...

Et l'infortuné Le Riquier, ayant enlevé d'un coup le ridicule habit de cérémonie, dont il ne parvenait plus à s'expliquer pourquoi on l'avait affublé, tenait maintenant, par une manche, cet habit qui gisait

lamentablement à ses pieds, et il demeurait sans
courage et sans force pour chercher et endosser
quelque vêtement d'appartement...

Du cabinet de toilette voisin, une petite voix le
tira soudain de sa torpeur, une petite voix frêle qui
chantait :

> *Bonjour, ma tante,*
> *J'ai un p't it chat blanc ;*
> *La queue lui tremble,*
> *Quand il fait du vent...*

Et, d'abord, comme poussé par une force obscure
qui, du fond de sa mémoire, avait fait brusquement
surgir la suite de la chanson, Le Riquier avait
enchaîné :

> *J'ai passé par la rivière,*
> *J'ai bu du vin blanc...*

Mais, au même instant, le robinet de la baignoire
se mit à couler à flots avec un bruit de catastrophe,
et la même voix enfantine, interrompant sa chanson,
poussa des cris désespérés...

Le Riquier se précipita : dans la baignoire, un
petit garçon venait de basculer la tête la première,
évidemment par l'effort qu'il avait dû faire pour
actionner le robinet ; l'ancien ministre l'empoigna
vivement ; le petit garçon criait toujours, mais il
n'avait pas grand mal et s'était seulement un peu
mouillé.

Le Riquier l'avait pris dans ses bras, avec plus
de bonne volonté que d'adresse, — il n'avait pas
grande habitude, — et le tapotait assez gauchement,
de son mieux, pour le calmer :

— Allons, allons, ça n'est rien, il n'y a rien de
cassé !...

Et même il avait recommencé à chantonner
machinalement :

> *J'ai passé par la rivière,*
> *J'ai bu du vin blanc...*

Avec cette faculté merveilleuse des enfants de
passer en une minute par tous les sentiments les
plus variés, et surtout de ne point s'attarder dans
leur chagrin, comme tant d'adultes, qui eux, semblent s'y complaire, le petit garçon parut brusquement prendre son parti d'être consolé.

C'était un petit garçon, qui pouvait bien avoir
dans les trois à quatre ans, un petit garçon de bonne
figure, robuste, râblé, avec des joues rondes et rouges
comme des pommes d'api.

Par quelques secousses et gigotements frénétiques,
il n'eut pas de peine à échapper à l'étreinte mal-
habile de Le Riquier, et se laissa glisser jusqu'à
terre. Puis il s'élança à nouveau vers la baignoire,
et cette fois, arrêté prudemment sur le bord, il
trépignait joyeusement, en montrant du bout de
son petit doigt quelque chose, là, dans le fond, où
le robinet, toujours ouvert, continuait ses tourbillons :

— Bateaux... bateaux !...

A son tour, Le Riquier s'avança pour voir quel spectacle pouvait bien plonger ainsi le petit garçon en
un tel ravissement. Des papiers, une quantité de
petits morceaux de papier, déchirés en carrés, en
rectangles ou en triangles, tournoyaient, tourbil-
lonnaient dans le fond de la baignoire, qu'ils gar-
nissaient entièrement, emportés par l'eau jaillie du
robinet...

— Bateaux... bateaux !... répétait le petit garçon, prodigieusement attentif et intéressé.

Mais Le Riquier poussa un cri de douleur : ces papiers, il les reconnaissait, ces pauvres petites loques informes et misérables...

— Mais ce sont mes fiches, ce sont les fiches de mon *Dictionnaire Européen !...* — se désespéra-t-il ; et, ne se possédant plus, il secouait rudement, tour à tour le prenant à témoin et l'accusant de son infortune, le petit garçon de trois à quatre ans...

Tant que le petit garçon avait pris peur, et s'était remis à pleurer de plus belle...

Il s'agissait bien, maintenant, des larmes de ce petit garçon !... Dix années de recherches, de travail et d'application, dix années aussi d'espoir et d'ambitions secrètes, tout ce qui, depuis qu'il avait délibérément abandonné la politique pour l'érudition, tout ce qui depuis dix ans avait donné à sa vie son charme émouvant et sa raison d'être, — sa raison d'être un jour membre de l'Académie des Inscriptions et Belles-Lettres, — tout cela gisait lamentablement au fond de cette baignoire, où il ne se sentait pas le courage de recueillir, inutiles épaves, quelques-unes de ces notes qui surnageaient encore, de ces notes griffonnées avec tant de patience et d'amour, d'une petite écriture toute fine, dont l'eau avait déjà délavé l'encre bleue...

Et, devant l'irréparable désastre, il n'avait même pas fermé le robinet, — cependant qu'à côté de lui, entre deux sanglots, le petit garçon soupirait toujours au milieu de ses larmes :

— Bateaux... oh !... Bateaux...

Au fait, qu'est-ce que c'était que ce petit garçon? Qu'est-ce qu'il faisait là, qui l'avait amené, d'où venait-il? Est-il accoutumé que les petits garçons s'introduisent ainsi, de nuit, dans une maison déserte,—et comment, par où, puisque le vent avait fermé la porte, — des petits garçons de trois à quatre ans?

Accablé par le sort, Le Riquier, dans sa détresse, commençait seulement à prendre conscience de ce que la présence de cet enfant, qu'il ne connaissait pas, avait de difficilement explicable, et, pour l'expliquer, il s'efforçait, peu à peu, à reprendre et à rassembler ses esprits ; hélas ! il allait subir une nouvelle secousse.

Du cabinet de toilette, il entendait s'ouvrir violemment la porte de sa chambre, et une voix qui criait :

— Haut les mains !...

Le Riquier n'avait pu tout d'abord reconnaître la voix, que la colère ou la peur étranglait ; mais il n'eut pas de peine à reconnaître qui s'avançait, le browning au poing : c'était le commissaire de police.

De son côté, le commissaire l'ayant avisé aussitôt :

— Ah ! Monsieur le ministre, dit-il en remisant son browning, vous êtes seul? Vous n'avez rien remarqué de suspect?... Oh ! je pensais bien que les oiseaux s'étaient envolés !... Néanmoins, pour plus de sûreté, je vais encore inspecter les autres pièces. Vous, pendant ce temps, vous pouvez toujours descendre dans la salle à manger mais je vous demande, monsieur le ministre, et le ton du commissaire Robinson avait pris un subit accent de sévérité,

— je vous demande instamment de ne toucher à rien avant mon retour, et surtout de laisser la personne dans l'état où elle est...

Le Riquier en était arrivé à ce point où, ma foi, une catastrophe de plus ou de moins, cela ne compte

plus, et où même, bien au contraire, l'annonce d'une
catastrophe nouvelle procure une sorte d'âpre jouis-
sance ; oui vraiment, il y a quelque chose d'inouï,
de presque comique, dans cet acharnement du destin
contre un seul et pauvre homme !.. .

Alors quand, dans la salle à manger parfaitement
en ordre cependant, Le Riquier constata que sa
servante Valérie, un bâillon sur la bouche, était
étroitement ligotée à l'une de ses six chaises en cuir
de Cordoue, c'est juste si l'ancien ministre, tout
d'abord, ne se sentit pas l'envie d'éclater de rire, —
mais de quel rire effrayant !...

Valérie avait encore son chapeau sur la tête, ce
chapeau avec des raisins noirs, dont on ne la voyait
coiffée que dans les grandes occasions, et notamment
quand elle allait en voyage. Évidemment, elle avait
été attaquée dès son retour à la maison, puisqu'elle
n'avait pas même eu le temps de retirer son chapeau,
ce qui était toujours son premier soin, elle qui avait
accoutumé de répéter : — Je ne peux pas me voir
avec un chapeau sur la tête !...

Et Le Riquier ne pouvait s'empêcher de frémir
et de s'étonner aussi à la pensée que s'il n'avait pas
été à la porte de sa maison à l'heure où des bandits
trouvaient le moyen de s'y introduire avec cette
incompréhensible aisance, sans doute serait-il ligoté
en ce moment sur une autre chaise de cuir de Cordoue
à côté de sa servante dévouée...

— Vous ne souffrez pas trop, ma pauvre Valérie?
— s'apitoya-t-il, oubliant que le bâillon empêchait
Valérie de répondre, et que le commissaire lui avait
formellement interdit de toucher à rien.

Au demeurant, Valérie ne semblait pas souffrir
outre mesure, et même eût-on dit qu'elle n'avait
jamais fait que cela de sa vie, d'être bâillonnée et

ligotée ; car bâillon à part, et si l'on ne prenait pas
garde qu'elle fût ficelée, n'avait-elle pas plutôt, avec
son chapeau, l'air d'une dame en visite?

— Et maintenant, je suis tout à vous, monsieur
le ministre, — déclara le commissaire Robinson, en
rentrant dans la salle à manger, son inspection
terminée. La maison est vide, ainsi que je le pensais...

— Ne croyez-vous pas, monsieur le commissaire
qu'il serait temps de débarrasser enfin de son bâillon
et de ses liens cette malheureuse?

— Rien ne presse, monsieur le ministre, rien ne
presse ! riposta sèchement le commissaire ; il faut
d'abord que je regarde les nœuds d'un peu près...

Et, après un examen attentif, le commissaire
conclut, triomphant :

— C'est bien ce que je pensais ; ces nœuds-là n'ont
pas été faits par des professionnels ; c'est un attentat
d'amateurs, retenez bien ce mot, monsieur le
ministre, de simples amateurs !...

— Mais Valérie va sans doute pouvoir vous renseigner, et il faudrait, je crois, commencer par le lui
permettre, en lui enlevant...

Robinson n'écoutait pas ; le menton en avant,
les yeux en l'air, les sourcils froncés, il réfléchissait,
— et cependant, bien qu'il semblât ainsi regarder
sans voir, il aperçut une large tache et de l'eau qui
suintait au plafond...

— Mais il y a une inondation, là-haut !...

Une inondation... et puis, n'est-ce pas, l'instant
suivant, un incendie?...

Le Riquier savourait, une fois de plus, l'âcre
pensée qu'il était dit que tous les fléaux fondraient
sur lui, ce jour-là, tour à tour...

L'inondation... Bateaux, bateaux... Eh, parbleu !
Il n'avait toujours pas fermé le robinet de la baignoire,

— et le mystérieux petit garçon qu'il avait oublié
là-haut, quand le commissaire l'avait invité à descendre voir un peu ce qui se passait dans la salle
à manger...

L'enfant...

Pour la première fois, Valérie, sur sa chaise de
cuir de Cordoue, sembla donner des signes d'impatience...

Le commissaire, avec un couteau de table, avait
fait sauter ses liens, et elle-même, de ses mains
dégagées, venait d'enlever son bâillon ; Le Riquier,
sans souci des circonstances, redevenait le maître
qui donne un ordre à sa servante, et il lui dit, comme
la chose la plus naturelle du monde ·

—Valérie, il faudrait fermer le robinet de la baignoire ; le petit garçon qui est dans ma chambre a dû
encore y toucher !...

Tout de suite, Valérie s'était précipitée.

— Elle adore les enfants, crut devoir expliquer
Le Riquier au commissaire.

Mais le commissaire Robinson ayant fait asseoir
l'ancien ministre sur la chaise en cuir de Cordoue de
l'ex-ligotée, et ayant pris soin d'approcher une autre
chaise :

— Monsieur le ministre, dit-il gravement, monsieur le ministre, tout ce qui se passe pour vous, chez
vous, autour de vous, tout cela n'est décidément pas
clair, et il faut que vous me permettiez une bonne
fois de vous parler net.

Et tout de suite après cet exorde, le commissaire
Robinson prit place sur la chaise qu'il avait encore
rapprochée plus confidentiellement de celle où était
assis l'ancien ministre. Et il continua :

— Certes, je vous suis tout dévoué, monsieur le
ministre, et je n'oublie pas les égards qui sont dus

à votre haute personnalité, ni surtout de quelle
bienveillance vous aviez jadis entouré et facilité
les débuts de ma carrière administrative. Ce dévouement, vous avez vu tout à l'heure avec quel empressement j'ai saisi l'occasion de vous en donner la preuve.
Vous avez vu avec quelle discrétion je me suis abstenu
de vous poser devant des étrangers aucune question
gênante et délicate, avec quelle complaisance j'ai
consenti à admettre et même à favoriser votre alibi...

— Un alibi ?... Mais ce n'est pas un alibi !... pro-
testa Le Riquier, en se dressant subitement de sa
chaise en cuir de Cordoue.

— Rasseyez-vous, monsieur le ministre, et tâchons
d'envisager votre situation avec calme. On vous
trouve hors de chez vous, en habit noir, à une heure
avancée de la nuit. Vous répondez : « C'est le vent ! »
Admettons. Je l'admets. Je vous ai dit et je ne m'en
dédis pas, que nous étoufferions l'affaire. Mais ce
n'est qu'une première affaire. Voici maintenant où
tout se complique. Pendant votre absence, des gens
ont forcé l'accès de votre domicile, ils ont ligoté votre
servante... Nous ne pouvons plus répéter : « C'est
le vent !... »

— C'est une fatalité !...,

— C'est une explication dont on ne se contente
que pour les tragédies antiques, ainsi, du moins, qu'on
me l'enseignait au temps où je préparais ma licence
ès lettres... La vérité, monsieur le ministre, c'est
que vous avez des ennemis qui sont malheureusement au courant de vos mœurs, de vos habitudes et
de vos sorties nocturnes, des ennemis qui vous
guettent, et qui ne sont pas des malandrins ni des
cambrioleurs vulgaires, puisque la façon maladroite,
presque puérile, dont le ligotage de votre servante
avait été opéré, m'en a apporté la révélation immé-

diate, et puisque, ainsi que je m'en suis rendu compte en faisant le tour de votre maison, on n'a rien dérangé, rien emporté, puisque votre secrétaire et votre coffre-fort n'ont pas même été touchés...

Et, se levant à son tour, le commissaire Robinson avisa une crédence, toute chargée de pièces d'argen-terie :

— Voyez d'ailleurs !... A qui feriez-vous croire que ceci n'aurait pas tenté de simples, d'ordinaires cambrioleurs !... Et voici qui me frappe encore davantage...

Ce disant, le commissaire montrait à Le Riquier, sur une petite tab'e, un plateau qui supportait un flacon de cristal taillé, avec ses verres ; le flacon était à peine entamé...

— C'est du porto ?

— C'est du porto ! confirma Le Riquier, qui, du geste instinctif de l'amphitryon, en remplit deux verres.

— Merci, monsieur le ministre !

Et, machinalement lui aussi, le commissaire Robin-son avait pris un des deux verres, l'avait bu d'un trait, et proclamait, en connaisseur :

— Il est excellent !...

— Il est excellent, reprit le commissaire, et il n'y a pas d'exemple que des malfaiteurs, venus pour cambrioler, et qui trouvent un porto de cette classe, ne commencent par vider le flacon !...

— Pourtant, dit Le Riquier, qui tenait l'autre verre en main et s'était mis à en lamper le contenu par petites gorgées, mais, vraiment, sans prêter la moindre attention (n'était-ce pas une pitié !) à ce qu'il buvait, — pourtant je ne me connais pas d'enne-mis !...

— On a toujours des ennemis, monsieur le ministre,

quand on a occupé, comme vous, de hautes fonctions dans l'État. On peut chercher à vous compromettre ou mieux à compromettre avec vous le gouvernement dont vous faisiez autrefois partie, l'État que vous avez représenté.

— Mais je ne suis plus rien, j'ai renoncé à tout...

— C'est le malheur, justement, et ce qui vous rend plus facile à atteindre. Vous êtes sans défense. Voulez-vous, — et, tout au feu de cette discussion capitale, le commissaire Robinson s'était versé un second verre de porto, — voulez-vous, monsieur le ministre, que je vous dise le fond de ma pensée ? Si j'étais à votre place, les événements de cette nuit me dicteraient ma conduite : je prendrais résolument l'offensive. Quel âge avez-vous ? Pas même soixante-cinq ans !.. C'est le moment ou jamais de rentrer dans la vie publique ; député, ministre, je vous promets que l'on ne se risquerait plus à essayer de vous intimider, et, pis, de vous faire chanter !...

Le Riquier était extrêmement ému ; les discours du commissaire Robinson lui paraissaient empreints de la plus singulière incohérence ; ils ne l'en inquiétaient que davantage.

Il fit un effort pour achever le verre de porto, qu'il tenait toujours près de ses lèvres tremblantes, et tâcha de se ressaisir :

— Voyons, monsieur le commissaire, ne croyez-vous pas que, pour préciser tout ceci et savoir exactement à quoi nous en tenir, il y aurait quelques renseignements utiles qu'il serait bon de recueillir, d'abord en interrogeant Valérie? elle pourrait nous donner des détails sur les conditions dans lesquelles elle a été attaquée, ligotée ; en interrogeant même ce petit garçon...

— Quel petit garçon ?...

— Eh bien ! l'enfant que j'ai trouvé, tout à l'heure, dans mon cabinet de toilette...

— Comment, vous ne le connaissiez pas ? Ce n'est pas votre petit garçon ?

Le commissaire était bouleversé.

— Alors, monsieur le ministre, la réalité est bien plus grave encore que toutes mes hypothèses, et la machination, — une épouvantable machination, — est évidente. Mais, rassurez-vous, je suis votre ami, vous me permettez, n'est-ce pas, monsieur le ministre, de me dire respectueusement votre ami ? Rassurez-vous, nous ne sommes pas assez naïfs pour tomber dans le panneau !...

— Qu'est-ce que vous allez faire ?

— Ce que je vais faire ? — le commissaire Robinson releva fièrement la tête, d'un air de défi, — ce que je vais faire ? RIEN.

Le commissaire se frotta les mains, il se versa et but un troisième verre de porto, et répéta triomphalement :

— Rien du tout !

Il exultait !

— Ah ! ah ! les amateurs de scandale ne s'attendaient pas à celle-là.

« Je n'ai rien vu, rien entendu. Je vais rentrer immédiatement chez moi *comme si de rien n'était*, et vous, monsieur le ministre, comme si de rien n'était, vous allez tranquillement annoncer votre retour aux affaires et préparer votre rentrée dans les conseils du gouvernement. Si ! si ! monsieur le ministre ; vous avez été ministre, vous le serez à nouveau, c'est dans l'ordre, *et il le faut*...

Le commissaire Robinson, maintenant, semblait tout attendri :

—Et alors, revenu au pouvoir, peut-être voudrez-

vous vous rappeler, monsieur le ministre, l'humble
fonctionnaire qui, au matin d'une nuit qui méritera
d'être nommée une nuit historique, en mettant à
votre service, je n'ose pas dire son intelligence et son
tact, mais, du moins, tout son cœur et tout son zèle,
fut assez heureux pour vous garder des embûches et
déjouer les ruses infâmes de vos ennemis.

Et comme, ayant quitté la salle à manger, il croisait
dans le vestibule Valérie qui revenait, tenant par la
main le mystérieux petit garçon de trois à quatre ans :

— Bonsoir, mademoiselle !... Bonsoir, jeune
homme !... dit-il avec, au passage, une petite tape
gaiement amicale sur la joue du jeune homme ; et,
près du seuil, avant de partir, il se retourna une
dernière fois vers Le Riquier, qui le suivait tout
éberlué, et répéta, un doigt aux lèvres :

— *Comme si de rien n'était !...*

Comme si de rien n'était, en effet, Valérie se dirigeait vers sa cuisine, avec le petit garçon qui paraissait déjà tout à fait apprivoisé.

— Je vais toujours lui faire une tartine de confitures !... dit la vieille servante dévouée.

Ce n'était certes pas pour les confitures, mais cette
sorte de prise de possession de sa maison par le jeune
inconnu, et le flegme de Valérie, qui avait l'air de
considérer cette présence insolite comme toute naturelle, cela détermina chez Le Riquier une poussée de
rage soudaine; et puis, il revoyait le spectacle du
petit garçon tripotant dans l'eau de la baignoire les
documents précieux qui lui avaient été dérobés,
achevant, consommant la ruine définitive du *Dictionnaire Européen...*

Au fait, quand le commissaire, tout à l'heure,
parlait d'ennemis, qui sait si les travaux d'érudition
de Le Riquier n'avaient pas soulevé de telles jalousies

et des haines si ardentes dans le monde savant, parmi des rivaux peu scrupuleux, qu'aurait ainsi poussés jusqu'au crime l'ambition d'obtenir avant lui un fauteuil à l'Académie !...

Les cambrioleurs n'étaient peut-être que des candidats à l'Institut ?

Mais le petit garçon, le petit garçon de trois à quatre ans, que pouvait-il bien avoir à faire avec les Inscriptions et Belles-Lettres ? Et Le Riquier tournait vers lui sa   impuissante :

— Répondras-tu, gamin de malheur ! Qu'est-ce qui t'a amené cette nuit ? Et, d'abord, comment t'appelles-tu ?

Mais c'est une chose bien connue que l'on n'obtient rien des enfants par la violence, et en faisant une si grosse voix. Le seul résultat de cet interrogatoire fut que l'enfant effrayé se mit à hurler, en se cachant dans les jupes de Valérie. Celle-ci s'interposa :

— Vous n'avez pas honte, dit-elle sévèrement à son maître, avec la rudesse des vieilles servantes, vous n'avez pas honte de faire peur à un petit enfant du Bon Dieu ? Qu'est-ce qu'il y peut, d'abord, le pauvre innocent, qu'est-ce que vous voulez qu'il vous dise ? Vous feriez mieux de chercher un peu avec moi où est-ce que nous allons le coucher ?...

— Le coucher !...

— Dame ! Vous n'avez tout de même pas l'intention de le mettre dans la rue ou de l'envoyer à l'Assistance publique, ce petit enfant du Bon Dieu !...

Le Riquier suffoquait :

— Mais, c'est de la démence !... Vous ne prétendez pourtant pas, vous, Valérie, vous ne prétendez pas que j'encombre maintenant mon existence d'un petit garçon de trois à quatre ans, qui me tombe du ciel, et que je ne connais même pas !...

Valérie haussa les épaules :

— Allons, monsieur Le Riquier (elle n'avait jamais
pu se décider à l'appeler monsieur le ministre), ne
vous faites pas plus méchant que vous n'êtes, monsieur Le Riquier ! Et dites-moi plutôt où est-ce que
vous pensez qu'on pourrait monter le petit lit qui est
toujours là-haut, vous savez bien, le petit lit de
Mlle Lucienne...

Le Riquier coupa net, frémissant et troublé :

— Valérie, je vous ai souvent défendu de prononcer devant moi le nom d'une certaine personne...

— Il ne s'agit pas de cette personne, comme vous
dites, monsieur Le Riquier, il s'agit de son lit, il
s'agit d'un lit pour y coucher ce petit enfant du Bon
Dieu ; sans compter qu'après une nuit comme celle-
là, il doit tomber de sommeil, ce petit enfant du Bon
Dieu, et qu'il faudra bien que je m'occupe de le faire
dormir, aussitôt que je vous aurai préparé votre
déjeuner...

— Je ne déjeune pas ici, déclara sèchement
l'invité de Mme Hastière.

— Alors, c'est à merveille. Viens mon petit !

Elle avait pris l'enfant dans ses bras.

— Voyez, il dort déjà à moitié !... Avouez tout de
même qu'il est gentil !...

Et elle fredonna doucement :

> *J'ai passé par la rivière,*
> *J'ai bu du vin blanc...*

Machinalement, Le Riquier s'était mis à fredonner
lui aussi la même chanson ; il s'interrompit brusquement :

— Mais qu'est-ce que c'est donc que cet air-là ?...

— C'est ainsi, dit Valérie, que l'on chantait autre-

fois ici pour endormir une certaine personne, — une
certaine personne, que je n'ai pas le droit de nommer...

CHAPITRE VII

QUI A BU BOIRA...

Mme Hastière, un tel matin, un matin où elle allait
recevoir un ministre à la table du *Grenell's Family*,
Mme Hastière avait besoin de tranquillité, et peu de
loisirs à consacrer aux épanchements grand-mater-
nels. Aussi ne manqua-t-elle point de prier sa fille
d'emmener au plus vite Toto, Ronron et Doudou
jusqu'à l'heure du déjeuner, de ce déjeuner quasi historique. Et, devant l'insistance de sa mère, Mme Baston-Desbastides dut se résigner, en dépit qu'elle en
eût, à traîner ses trois fils avec elle dans ses courses
à travers les grands magasins.

En général, l'atmosphère des grands magasins
exerçait sur Toto, sur Ronron et sur Doudou une
influence apparemment pernicieuse et détestable,
et l'on n'obtenait rien d'eux qu'en les faisant monter
et descendre, sans désemparer ou presque, dans
les ascenseurs ; mais ce jour-là, Mme Baston-Desbastides sut trouver, tout de suite, pour les calmer,
cette irrésistible menace :

— Si vous n'êtes pas sages, je le dirai au ministre...

En sorte que, maintenant, si Mme Baston-Desbastides s'arrêtait pour choisir quelque coupon de crêpe
de Chine, Toto, Ronron et Doudou tenaient aussitôt
de longs conciliabules sur ce qui adviendrait au cas
où leur mère s'aviserait réellement *de le dire au ministre...*

Et jusqu'à la fin de la promenade, Mme Baston-Desbastides eut la paix.

Mme Hastière s'était installée résolument à son bureau d'acajou ; après un court instant de recueillement, prélude ordinaire des batailles décisives, elle sonna trois coups, qui étaient le signal convenu pour mander la cuisinière.

— Céleste, lui dit-elle, j'ai pu constater, depuis quatre ans, que vous n'étiez pas seulement une servante honnête, économe et propre ; je sais aussi que vous êtes une cuisinière de talent — oui, Céleste, une cuisinière de talent... Aussi n'éprouvé-je aucune inquiétude à remettre ce matin entre vos mains — c'est le cas de le dire — la bonne réputation de ma pension. Céleste, le ministre déjeune ici... Sans doute, est-il trop galant homme pour attacher à la nourriture une importance démesurée, mais encore convient-il de traiter dignement un homme que la bonne chère des banquets a peut-être blasé. Nous ne lui offrirons ici ni cuissots de chevreuil, ni dindonneaux truffés, Céleste, mais j'entends qu'il goûte au *Grenell's Family* de cette bonne cuisine bourgeoise et de ces vieux plats bien français à la confection desquels vous excellez...

Mais, voici que Céleste, au lieu de se féliciter des compliments que Mme Hastière lui prodigue, Céleste dresse la tête, et croise les mains sur son ventre, ce qui est très mauvais signe. C'est que Céleste est indignée :

— Comment ? Mme Hastière invite un ministre à huit heures du matin pour le déjeuner de midi, et elle l'invite sans même prévenir, sans même consulter la cuisinière !..

« Et elle l'invite un mardi, veille de marché, c'est-à-dire le jour où l'on épuise les dernières provisions de la semaine ; — et il faudrait, dans ces conditions, improviser un repas fin pour quinze personnes...

« Eh bien, que Mme Hastière n'y compte pas : *son* ministre, tout ministre qu'il est, mangera ce qu'il y aura, comme les autres, et s'il n'est pas content, il viendra le dire. » (Mais non, Céleste, il ne viendra pas le dire...)

D'ailleurs, les ministres n'impressionnent pas Céleste : son mari, Antonin Gérôme, qui est huissier à la Chambre, en voit tous les jours, — et pas des *anciens* ministres. — Un ministre ! Antonin a serré la main à plus de ministres que n'en saurait contenir tout le *Grenells's Family*, depuis la cave jusqu'au 18... Et puis la politique *dégoûte* Céleste, et si Mme Hastière veut faire de la politique, eh bien ! Céleste, elle, ne fera plus la cuisine... Parce que la cuisine, elle entend la faire *proprement*, et que la politique c'est toujours malpropre, plus ou moins, plutôt plus que moins !...

Mme Hastière connaît trop le caractère humain pour oser réprimer sur-le-champ, comme il conviendrait, d'aussi intolérables écarts de langage. Sans doute, déjà, montent à ses lèvres, toutes prêtes, quelques cinglantes ripostes, quelques phrases bien senties qu'il serait excellent de lancer à *cette fille*... Mais elle entrevoit aussi l'irrémédiable crise domestique qui succéderait à la discussion si elle l'envenimait...

Mettre la cuisinière à la porte le jour où le ministre vient déjeuner : « Ces choses-là n'arrivent qu'à moi... »

Et Mme Hastière se fait douce et pressante :

— Voyons, ma chère Céleste !...

Mme Hastière se rattrapera ce soir.

— Mais, en attendant, on mettra tout de même bien quelques hors-d'œuvre variés — les invariables hors-d'œuvre variés — pour commencer. Que

Céleste, d'ailleurs, songe aux avantages qu'il y aurait pour elle à ce que le ministre appréciât sa cuisine... Des œufs cocotte? oui... Avec un peu de jambon peut-être... Si Le Riquier redevient ministre, Mme Hastière ne manquera pas de lui recommander Antonin, — Antonin, le mari de la cuisinière qui réussit si bien la purée d'endives... Un poulet, évidemment, Céleste... Et qui est-ce qui sera fière de dire à son mari : Moi aussi, je connais un ministre, et grâce à lui, — grâce à moi... Épinards au beurre... tu vas être nommé... Quoi donc?... Viandes froides...

Et Mme Hastière soupire : elle aura son déjeuner. Car Céleste maintenant prend des notes sur son livre de comptes, et sourit : si Le Riquier redevient ministre...

Si Le Riquier redevient ministre...

Dans la chambre où ils se sont retirés, Monsieur, Madame et Isabelle Guingois sont assis tous les trois sur le lit défait. Mais la malheureuse Isabelle est peut-être encore plus défaite que le lit lui-même et plus pâle encore que les draps et les taies d'oreiller...

Mme Guingois serre sa fille dans ses bras.

— Pauvre petite... L'émotion... si inattendue... ce bonheur soudain... Quelle petite folle que cette Marthe... Embrasse ton père pendant que je vais un peu me recoiffer...

Et voici précisément Marthe et Léon qui frappent et qui entrent. Ils viennent apporter à Isabelle leurs félicitations.

Léon, pour plaisanter, s'incline longuement et cérémonieusement :

— Tous mes vœux, chère et excellente mademoi-

Belle... et toutes mes excuses aussi, de n'avoir pas revêtu ma jaquette pour la touchante cérémonie à laquelle vous m'aviez convié tout à l'heure... C'est tout juste si l'événement ne m'a pas surpris en pyjama... *Les fiançailles en pyjama*, un joli titre d'opérette, n'est-ce pas, Marthe?...

Mais Marthe était depuis longtemps dans les bras d'Isabelle ; elle lui prodigue mille encouragements, mille baisers ; et, comme Léon veut continuer le commentaire badin des péripéties de la matinée, Marthe lui impose le silence :

— Laisse-la donc cette pauvre petite, tu l'agaces... Je t'assure qu'elle n'a guère envie d'écouter tes plaisanteries... Tu n'étais pas si flambant que cela, toi-même, le jour où tu as demandé ma main... tu te rappelles, Léon...

Oh ! oui, Léon se rappelle...

M. Guingois est allé retrouver sa femme dans le cabinet de toilette, *pour laisser la jeunesse tranquille ;* il discute à voix basse avec Mme Guingois.

— C'est fait, c'est fait, dit-il. Ce garçon a l'air d'un brave garçon... Mais les choses se sont, à mon gré, beaucoup trop brusquement passées...

— Tais-toi donc, monsieur Guingois ! Il n'y a rien d'imprévu dans tout cela. Et ce n'est pas à la maman d'Isabelle qu'il faut le dire, en tout cas.

— Tu t'attendais à cette petite séance?...

— Tes occupations ne te laissent pas, monsieur Guingois, le loisir de veiller aux petits secrets du cœur de ta fille... Mais moi... moi, la maman...

Rien n'échappe à la perspicacité des mères. Et comme M. Guingois renchérissait :

— Avec la dot que nous lui avons constituée, Isabelle pouvait viser plus haut...

— C'est fait, c'est fait, reprit Mme Guingois, tu le

disais toi-même. Ce n'est pas pour quelques milliers
de francs que tu vas briser le bonheur de ta fille,
n'est-ce pas, monsieur Guingois... Et d'ailleurs, ce
petit Tournade doit parfaitement réussir dans la vie...

— Ce n'est encore qu'un étudiant en chimie...

— Laisse-moi tranquille avec ta chimie : Roger
est un chanteur. *Avec un ministre dans sa manche*, je
ne lui donne pas longtemps avant d'être à l'Opéra.
Et tu ne seras pas fâché toi-même, tout Guingois
que tu es, d'avoir pour gendre un ténor de l'Opéra,
et de connaître un peu le monde des théâtres, et
d'assister aux répétitions, et d'aller dans les coulisses... J'ai combiné tout cela depuis longtemps.

Et Mme Guingois avait combiné tout cela depuis
si longtemps qu'on croyait, à l'entendre ainsi parler
de *son* ministre et de *son* ténor, qu'elle connaissait
Le Riquier depuis toujours, et que Roger Tournade
chantait *Faust* le soir même... Et Mme Guingois
collait son oreille à la porte et tirait son mari par la
manche :

— Écoute-les, ces enfants ; sont-ils assez joyeux...

Léon avait réussi à se faire réintégrer dans la
conversation, avec quelques mots sur Le Riquier.

— J'ai d'abord cru, ma chère Isabelle, quand je
l'ai vu en habit noir, que c'était lui qui demandait
votre main...

— Ne plaisante pas *mon* ministre, répondait
Marthe : il est très propre et très gentil. Un peu
vieux pour faire un mari, c'est vrai...

— Mais assez bon, continuait Isabelle, pour présenter notre poète à des rédacteurs en chef de grands
journaux et à des directeurs de théâtre...

— Bien dit, Isabelle !...

— Ta, ta, ta... votre Le Riquier n'est qu'un ancien
ministre...

Mais Marthe souriait, toute pleine de confiance :
— Il n'y a que les anciens qui le redeviennent...
Et si Le Riquier redevient ministre...

Le premier soin de Roger Tournade avait été de
monter précipitamment dans sa chambre pour y
revêtir une tenue plus correcte ; son second soin avait
été de courir chez le premier coiffeur du quartier
et puis chez Labbesse et Fliret, le grand fleuriste,
qui ne vend que des fleurs du bon Dieu comme le
premier petit marchand venu, mais qui sait l'art
d'accommoder ces simples fleurs en d'impressionnants
bouquets, qui s'épanouissent sous de vastes feuilles
de papier blanc immaculées — au coin desquelles
brille cependant, en lettres d'or, la marque de la
maison...

Et tandis que Mme Labbesse, distinguée comme une
châtelaine qui cueille des roses dans son parc, choi-
sissait, çà et là dans sa boutique et rassemblait les
éléments épars d'un bouquet de soixante francs,
Roger Tournade mirait dans la vitrine ses cheveux
blonds fraîchement taillés. Et il réfléchissait...

Ne serait-il pas opportun, et d'un bon fils, de
télégraphier sans retard à ses bons parents quelque
résumé succinct des événements? Mais Roger Tournade éprouvait les plus sérieuses difficultés à ren-
fermer dans une formule lapidaire, et cependant
suffisamment explicite, tout ce qu'il désirait faire
savoir à ses bons parents...

Dans sa tête, Roger tournait et retournait des
phrases dans le genre de :

Suis fiancé jolie jeune fille, aisée, convenable.

Ses bons parents trouveraient peut-être le procédé un peu hâtif et cavalier ; car enfin, ils avaient envoyé leur fils à Paris pour apprendre la chime, non point pour contracter mariage ; et c'est la moindre des choses, quand on se mêle de faire part.à ses bons parents d'un événement aussi grave et aussi inattendu que des fiançailles, c'est la moindre des choses que d'y mettre au moins des formes.

De vive voix, rien de plus simple : on réunit le bon père, la bonne mère, et quelques aïeux, s'il y en a ; on commence par un petit préambule tour à tour ému et léger. On annonce qu'on va annoncer quelque chose de sérieux. Et quand on lâche la grande phrase, tout le monde a déjà compris depuis cinq minutes.

Mais dans un télégramme point de préambule possible :

Vais vous annoncer chose grave: suis fiancé, — c'était puéril. Et comme il n'y fallait pas songer, Roger n'y songea point.

Il finit par s'arrêter à une combinaison intermédiaire qui consista à jeter, dans le premier bureau de poste qu'il rencontra, la dépêche suivante :

Evénement capital dans vie heureux bien portant lettre suit.

Ainsi, rasséréné, rasé de près, frictionné à la violette, et portant dans ses bras le bouquet de chez Labbesse et Fliret, Roger Tournade reprit d'un pas léger la direction du *Grenell's Family,* en répétant mentalement le grand air de *Paillasse...*

Chemin faisant, il aperçut sur l'autre trottoir la singulière silhouette du chevalier Postel. Le chevalier Postel marchait à grands pas, les mains derrière le dos.

— Chevalier... chevalier de quoi? pensait Roger Tournade... Pas de la Légion d'honneur, en tout cas.

Roger Tournade éprouvait en face du chevalier Postel une secrète défiance ; aussi quand il le vit traverser la chaussée pour venir au-devant de lui, serra-t-il très fort dans ses bras le bouquet de chez Labbesse et Flirct.

Mais, plein d'une grâce onctueuse, le chevalier Postel s'approchait, avec un large salut :

— Je me félicite, monsieur, de vous rencontrer ainsi et de pouvoir, de la sorte, vous adresser en particulier tous mes vœux les plus sincères de bonheur et de prospérité.

— Mille remercîments, monsieur.

— Laissez-moi d'abord vous dire, cher monsieur, que ma vieille expérience de la vie m'avait permis depuis longtemps déjà de prévoir votre union avec Mlle Isabelle Guingois ; la nouvelle de vos fiançailles m'a donc beaucoup moins surpris en vérité que les conditions quelque peu singulières dans lesquelles elles ont été célébrées.

— Mon Dieu, monsieur...

— Cependant, je conviens que la présence inopinée de M. Le Riquier, ancien ministre de l'Instruction Publique, a donné à la petite cérémonie de ce matin un caractère quasi-officiel qui ne peut que faire admirablement augurer, cher monsieur, de votre carrière de ténor...

— Qu'entendez-vous par là, monsieur le chevalier?

— Un ancien ministre, cher monsieur, n'attend que la première occasion pour le redevenir — et Le Riquier tout spécialement ; je ne crains pas de l'affirmer, ayant des raisons très particulières pour le savoir. Or, Le Riquier ministre, ami du chimiste Roger Tournade, sera pour le ténor Roger Tournade le portier de l'Académie nationale de musique...

— Mais, mon cher chevalier, je ne suis pas l'ami de M. Le Riquier : je ne l'ai vu que dix minutes ce matin.

— Vous m'êtes, monsieur, infiniment sympathique : j'aime la jeunesse et j'aime votre talent ; aussi me permettrai-je de me mettre à votre entière disposition, et je ne vous demanderai, en échange des petits services que je suis à même de vous rendre, que la discrétion la plus absolue.

— Comptez sur moi, chevalier. De quoi s'agit-il ?...

— Voulez-vous m'autoriser d'abord à vous débarrasser quelques minutes de ce remarquable bouquet qui vous encombre... Mais si, mais si... nous le porterons chacun à notre tour, que diable !...

Malgré quelque résistance, le chevalier Postel enleva prestement le bouquet des mains de Roger Tournade ; il marcha quelques secondes sans rien dire ; puis il reprit :

— J'ai connu M. Le Riquier il y a bien longtemps, et devant même qu'il ne fût ministre. La diplomatie l'intéressait alors comme moi-même, et nous nous rencontrions, le soir, pour travailler, dans un club de la rue Pestour, près des Champs-Élysées. Le club n'existe plus maintenant : une grande banque s'élève à la place, peu importe ; c'est là que nous nous liâmes d'amitié... La politique, vers laquelle de vagues camarades l'avaient entraîné, nous sépara quelque temps. Je le retrouvai député du Plateau Central. C'est à mes démarches, à mon influence, à mon amitié pour tout dire, que Le Riquier doit son premier portefeuille...

Roger Tournade s'arrêta et regarda le chevalier Postel avec curiosité !

— Il ne m'avait cependant pas semblé, ce matin, cher chevalier, que vous fussiez si intimement liés ensemble...

Le chevalier Postel posa la main sur l'épaule de Roger Tournade :

— C'est maintenant que je vais être obligé de me fier à votre discrétion, jeune homme.

— Parlez, chevalier... Voulez-vous me rendre mon bouquet?... Non?... tout à l'heure...

— Vous connaissez trop, monsieur, pour que j'y revienne, l'histoire de l'interpellation Fachol, du célèbre *Couci-Couçà*... et de la chute du ministère. Pendant neuf ans, Le Riquier ne voulut plus entendre parler de politique. Il tenta d'oublier, monsieur : le vin, la poésie, le jeu... Et voici que, depuis quelques mois, par un retour inattendu, l'idée d'être réélu et l'ambition de remonter au pouvoir se sont mises à hanter le cerveau de mon malheureux ami, à le hanter sans arrêt, au point même qu'il ne peut plus dormir la nuit, ainsi que sa dernière équipée nocturne, dans notre *Grenell's Family*, vous en a d'ailleurs apporté la révélation troublante et singulière. On finit toujours par s'en apercevoir tôt ou tard : ce n'est pas impunément, mon cher monsieur Roger Tournade, qu'on a goûté, pendant sept mois, les honneurs et les agréments qui sont attachés à un, département tel que celui de l'Instruction Publique...

— Je me féliciterais, certes, que M. Le Riquier souhaitât de redevenir ministre au moment même où précisément, cela pourrait m'être d'une si précieuse utilité... Mais encore...

— J'ai dit à Le Riquier : « Tu as envie de rentrer dans la vie publique? A ton aise, et bonne chance ! La politique t'a déjà souri une fois ; je ne sais plus qui disait qu'elle est une maîtresse indulgente et fidèle qui accueille sans reproches ceux qui reviennent à elle après l'avoir quittée... »

— Qui donc a dit cela?...

— Je l'ignore ; moi peut-être?... Quoi qu'il en soit, mon Le Riquier, après de longues hésitations, se décida à me parler sans détours ; il y a des choses, au reste, qu'on ne peut pas longtemps se céler entre amis : « — Postel, me dit-il, tu m'as rendu jadis trop de services pour que je n'aie de nouveau, dans le besoin, recours à ta vieille obligeance. C'est que vois-tu, Postel, sans toi je ne puis rien : tous deux nous pourrions tout. »Et c'est alors que mon vieil ami m'avoua n'avoir plus entre les mains les fonds nécessaires à la préparation d'une nouvelle élection : le malheureux s'était ruiné au baccara.

— Et alors?...

— « Puis-je décemment, — c'est toujours, n'est-ce pas, le ministre qui parle, — puis-je décemment, Postel, aller trouver mes amis, leur dire : prêtez-moi de l'argent, je vous le rendrai quand j'aurai retrouvé, au pouvoir, un équilibre budgétaire propice au règlement de mes dettes? Ma dignité s'y oppose, Postel, et quand bien même elle ne s'y opposerait pas, il m'apparaît que mes intérêts matériels se trouvent ici d'accord avec mes répugnances morales ; pas de compromissions, pas de tractations humiliantes, déshonorantes ! Il me faut entre nos amis et moi un intermédiaire ; je te demande, chevalier, d'être cet intermédiaire. Pour le public, tu ne seras qu'un farouche partisan politique qui recueille de l'argent, non point pour l'homme, mais pour l'Idée... Et pour éviter tout soupçon, dès aujourd'hui, si nous nous rencontrons, nous aurons l'air de ne pas nous connaître... Tu n'en seras pas moins, jusqu'à mon élection, dans mon cœur, le vieil ami

Postel — auquel je dois déjà tant, auquel bientôt je devrai tout... »

— Et alors?...

— Alors, j'ai accepté, déclara froidement, après un temps, le chevalier Postel.

Et comme ils franchissaient tous deux le seuil du *Grenell's Family*, le chevalier Postel reprit :

— Je ne vous ai dit tout cela, mon cher monsieur Roger Tournade, que pour vous montrer les liens étroits qui m'unissent à Le Riquier — et pour vous prouver combien il me sera facile, à l'occasion et quand Le Riquier sera redevenu ministre, de vous appuyer sérieusement dans votre carrière de ténor...

Quand Le Riquier sera redevenu ministre...

Voyons, voyons...

Roger Tournade, tout étourdi par les discours du chevalier Postel, éprouverait le besoin de remettre un peu d'ordre dans ses idées : en un si court espace de temps, il s'est tiré un coup de revolver, il a failli être arrêté, il est maintenant fiancé, et un ministre le protège...

Voyons, voyons...

Et l'ardent jeune homme était si troublé, si troublé, qu'il oubliait de reprendre au chevalier Postel le chef-d'œuvre floral de Labbesse et Fliret.

En passant devant le bureau où, après le triomphe de sa dialectique sur la cuisinière Céleste, Mme Hastière s'était accordé quelques instants de méditation et de répit, le chevalier se pencha vers elle, et laissa tomber quelques mots mystérieux :

— *J'en viens*, madame. C'est une chose faite.

Puis, désignant le bouquet :

— Quelques fleurs pour la jeune fiancée, dit-il négligemment.

Et avant que le jeune Roger Tournade ait eu le

temps de se ressaisir et de ressaisir son bouquet,
voici que le chevalier Postel se précipite, grimpe l'escalier avec une agilité vraiment surprenante, parvient
jusqu'à la chambre et frappe à la porte des Guingois ;
voici qu'il entre et pose la gerbe sur la table, en accom-
pagnant son présent d'une révérence de grand style :

— Mes félicitations et mes vœux, mademoiselle.

Et le chevalier se retire en souriant, aimable,
galant et discret, sans vouloir écouter les remerciements qu'Isabelle, Marthe et Mme Guingois lui pro-
diguent confusément...

Il croise sur le palier Roger Tournade, qu'il prend
affectueusement par le bras :

— J'ai remis vos fleurs à mademoiselle Isabelle ;
je lui ai renouvelé les vœux que je vous assure avoir
formés pour le bonheur de votre union ; je suis, mon
cher monsieur Roger Tournade, à votre entière disposition.

Et tandis que Roger Tournade balbutie :

— Mais, je vous remercie beaucoup, cher cheva...,
— le cher chevalier disparaît lentement, silencieux et
noble, dans le couloir.

Roger était un garçon bien élevé ; il avait autant
de tact que de cœur et vous n'auriez pas voulu
qu'auprès d'Isabelle il se permît la moindre allusion,
vraiment peu délicate, aux fleurs qu'il avait achetées,
que le chevalier Postel avait remises, et qui s'épanouis-
saient maintenant dans un vase où Mme Guingois
prenait soin de les disposer...

En sorte que Léon Bardin ne put s'empêcher de
faire remarquer à Marthe, quand ils regagnèrent leur
chambre, pour laisser seul le « jeune couple » :

— La gerbe de M. Postel était fort belle ; mais
celle du fiancé m'a paru bien petite, bien petite...

A midi moins cinq minutes, tous les pensionnaires

du *Grenell's Family* se trouvaient réunis dans le
salon, sous la présidence de Mme Hastière sanglée dans
une robe violette, garnie de véritable valenciennes »,
— la robe du dîner de première communion de Toto.

Mme Hastière mettait en ce moment une sorte
de point d'honneur à soutenir avec enjouement une
conversation vive et animée, pour bien montrer
que l'attente d'un ministre la laissait en possession
de toute sa présence d'esprit et de tout son calme.

Et cependant, au fond de son cœur, quelle angoisse
secrète ! Mme Hastière avait beau se raisonner, et se
rappeler, pour assurer sa confiance, toutes les grandes
réceptions qu'elle avait déjà données avec le plus
grand succès, dans le Sud-Algérien, Mme Hastière
avait beau s'éventer et sourire...

Avoir été, la veille, la simple directrice d'une
pension de famille honorable, certes, mais bourgeoise,
et se trouver le lendemain, mêlée directement à la vie
politique, à tout l'avenir du pays, être appelée à jouer
un rôle très important, — « capital », lui avait dit le
chevalier Postel, — dans la réélection de Le Riquier
et dans son retour au pouvoir... Ah ! Mme Hastière pouvait la répéter avec raison en ce moment,
sa phrase favorite :

— Ces choses-là n'arrivent qu'à moi !... ...

C'est que le chevalier Postel, dès huit heures du
matin, l'avait prise à part pour l'avertir qu'il était
nécessaire — indispensable — qu'elle fût « au courant
de la *véritable* situation... »,

Mme Hastière, dont la perspicacité n'est jamais
prise en défaut, avait bien remarqué, — parbleu ! —
qu'il existait entre le chevalier Postel et le ministre
Le Riquier, une secrète connivence : cet échange de
mots à voix basse, cet habit singulier dont le ministre
se revêtait, la robe de chambre endossée par le che-

valier... Mais la discrétion innée qui est chez elle le signe de sa naturelle distinction, avait empêché Mme Hastière de se montrer intriguée ou surprise, de paraître solliciter une explication, provoquer une confidence...

Et c'était le chevalier lui-même qui était venu la renseigner et lui expliquer la vieille amitié qui l'unissait à l'ancien ministre, et les conditions dans lesquelles Le Riquier l'avait chargé de préparer sa nouvelle élection et de rassembler en secret les fonds indispensables pour atteindre au pouvoir.

— Vous jouissez ici, chère madame, lui avait-il dit, de la considération, de l'estime, de la confiance de tous vos pensionnaires ; je dirai plus, madame Hastière : vous exercez sur eux, par l'autorité qui se dégage de votre personne, grâce à vos exceptionnelles qualités morales et intellectuelles, vous exercez une influence déterminante, un empire quasi-absolu. Or, notez bien ceci, je vous en supplie, il se trouve précisément que tous vos pensionnaires ont besoin de Le Riquier, de Le Riquier ministre, s'entend.

— Le Riquier, ministre...

— Mais parfaitement, chère madame Hastière ! Récapitulons un peu : c'est un jeune auteur ambitieux et la femme de ce jeune auteur plus ambitieuse encore, c'est un Léon Bardin qui ne vit que pour faire du théâtre ou de la littérature, et dont tous les vers ne valent rien, permettez-moi de vous le confier, à côté d'une bonne petite recommandation des Beaux-Arts... C'est un Guingois, que dis-je, c'est un ménage Guingois, dont l'étroite et morne existence de petits bourgeois retirés des affaires serait brusquement et merveilleusement transformée par ces menues faveurs, par ces miettes savoureuses de la table gouvernementale, billets de théâtre et demi-tarifs de chemin de fer...

C'est une comtesse Hryniska, — que sais-je, la comtesse Hryniska ne serait pas fâchée... un ministre est toujours un ministre...

Le chevalier Postel sourit finement et, appuyant cette partie de son discours d'un clignement d'œil averti :

— Et croyez-vous que jointe à ses capacités exceptionnelles, la recommandation d'un ministre nuirait à certain chef de gare de notre connaissance?..

Mme Hastière respira avec force, les deux mains tendues ; le chevalier les lui prit et les serra longuement ; puis, ayant soupiré à son tour, il continua :

— Mais ce sont surtout ces deux petits fiancés, madame, dont le sort me touche si vivement ! Roger Tournade restera-t-il un pauvre chimiste ignoré ou chantera-t-il à l'Opéra ? C'est pour eux, sans aucun doute, une question de mariage ou de célibat... Sans ministre, c'est la chimie ; avec Le Riquier, c'est l'Opéra... Aussi ne m'adressé-je pas seulement, ma chère madame Hastière, à vos convictions politiques, qui sont les miennes, je le sais, comme elles sont celles de Le Riquier, — j'en appelle à votre bon cœur : il faut que nous fassions le bonheur de ces deux petits.

Un nouveau temps ; le chevalier Postel, dans un geste d'effusion, reprit les mains de Mme Hastière, et, les yeux dans les yeux :

— Bref, s'il s'agit ici de quelques billets de mille francs, chère, bien chère madame et amie, je vous charge de faire comprendre aux jeunes Bardin, Bardin le poète, à Guingois — et à Tournade lui-même au besoin — bref à tout votre entourage et à tous vos amis, qu'on n'y regarde pas à deux fois quand on vous demande de placer de l'argent à mille pour cent et lorsque, grâce à eux et grâce à vous, le *Grenell's Family* peut ainsi devenir, aujourd'hui, le *pivot* de la réélection de Le Riquier, demain le *noyau* de la politique littéraire et artistique de la France...

· Tout ce long discours, toutes ces phrases éloquentes tournaient maintenant dans la tête de Mme Hastière : *pivot de la réélection...* noyau... Grenell's pivot... Grenell's noyau...

Et puis, le chevalier Postel n'avait-il pas annoncé qu'il allait porter une petite note à la presse, une petite note...

— Gaston, ordonna Mme Hastière, aller donc acheter la *Onzième Heure*, ce nouveau journal qui paraît à midi. Oui, nous patienterons en lisant les feuilles publiques...

Mais le chevalier Postel, très calme, tirait la *Onzième Heure* de la poche de son habit et la tendait à Mme Hastière.

— Voulez-vous me permettre, chère madame ?...

Et il ajouta, sur un ton indifférent et détaché :

— Il y a précisément dans ce journal un petit filet qui pourra vous intéresser...

Mme Hastière, fort entourée et palpitante, lut, d'une voix fébrile, cette courte information, qui suivait, en seconde page, la rubrique des *Echos* :

Un ancien ministre en état de vagabondage.
Où allait-il ? — Où allons-nous ?
Le Couci-Coucisme.

Mme Hastière, directrice du *Grenell's Family*, l'établissement bien connu de la Rive-Gauche, fut assez surprise d'entendre tinter, cette nuit, vers une heure, le carillon de sa porte d'entrée.

Elle le fut encore bien davantage quand le nocturne visiteur eut décliné son nom :

— *Le Riquier, ancien ministre de l'Instruction Publique.*

En sortant du Cercle, pour des motifs qui n'ont pas été nettement établis, — notons que M. Le Riquier habite un hôtel particulier dans le voisinage et que peut-être avait-il simplement oublié sa clé, — bref l'ancien ministre dut apparemment à l'obligeance de Mme Hastière de n'être point arrêté pour vagabondage nocturne.

Voici donc l'attention rappelée sur une des plus curieuses figures de la politique contemporaine.

Le Riquier, surnommé jadis *Couci-Couçà*, défraya pendant de longs mois la chronique. Il avait disparu. Son aventure d'aujourd'hui est une occasion excellente pour nous demander si, en lançant son fameux cri de *Couci-Couçà !* l'honorable ancien ministre ne méritait pas mieux que des quolibets et des rires, s'il n'avait pas fait, au contraire, œuvre prophétique, et si la véritable orientation du pays n'est pas précisément, à l'heure actuelle, vers la politique définie alors et formulée par Le Riquier, vers la politique du *Couci-Coucisme*.

Cependant le chevalier Postel, d'un air lointain et comme absent, allumait une cigarette à bout doré, en posant avec distinction son coude sur le marbre froid de la cheminée, — tandis que Mme Hastière et ses pensionnaires répétaient à mi-voix, tout songeurs, et en hochant la tête :

— Le Couci-Coucisme !... Le Couci-Coucisme !...

— Mais alors, si le couci-coucisme redevient à la mode ?...

— C'est que M. Le Riquier va redevenir ministre...

— Et s'il ne revenait pas déjeuner ici ?... s'effraya soudain la petite Mme Bardin, et les Guingois, et Mme Hastière elle-même.

— Je vais le chercher ! déclara avec tranquillité le chevalier Postel.

DEUXIEME PARTIE

CHAPITRE PREMIER

Une demoiselle qui donne des leçons
de piano.

Le boulevard Briquet, planté de frênes poussié-
reux, part de la gare de Lissac-Ville (Rhône) et se
termine, un peu après le Monument aux Morts de la
guerre, à l'endroit où commence la rue Desmoutiers,
qui est la plus passagère ou la plus passante (les Lis-
sacois disent l'un et l'autre), en tout cas, l'en certainement la plus commerçante de Lissac. La deuxième
rue à gauche est la rue Antonille, et c'est au numéro 4
de la rue Antonille qu'habitent, en compagnie de
leur servante Sidonie, Mme et M. Tournade, — Tournade, architecte, travaux d'arpentage, expertises, —
les parents de Roger Tournade.

Deux maisons plus loin, au numéro 8, demeurait
depuis quelques années Mlle Andrée Assermant,
second prix du Conservatoire de Paris, qui donnait des
leçons de piano, ainsi que l'annonçait une petite
plaque en cuivre, gravée avec modestie, sans vains
ornements, et placée à la porte d'entrée, près de la
sonnette.

Quant au numéro 6, fort heureusement, il n'était
habité que par une vieille dame, très sourde, que
cette infirmité affligeante mais opportune avait
préservée d'un triple péril : entendre, du matin au
soir, d'un côté, les roulades de Roger Tournade, à
qui, dès son plus jeune âge, les personnes qui fréquen-
taient chez l'architecte son père avaient reconnu
une voix merveilleuse, qu'il fallait « travailler », et
qui en abusait ; d'un autre côté, les gammes de
Mlle Andrée et de ses élèves, leurs exercices persé-
vérants et impitoyables ; enfin, troisième péril, les
efforts combinés de la maîtresse de piano et de l'ap-
prenti ténor, efforts dont le succès ne pouvait s'affirmer que par les éclats les plus impérieux.

C'est qu'en effet, Roger Tournade n'avait pas
tardé à lier connaissance avec cette honnête et méritante petite jeune fille, au sujet de qui la gazette lissa-
coise, pour une fois indulgente et même sympathique,
contait qu'à la mort de ses parents, et à la suite de
revers de fortune, elle s'était mise courageusement
à donner des leçons de piano pour vivre.

Roger Tournade avait alors vingt ans, — elle
vingt-deux ; ce n'est pas impunément qu'un jeune
homme, qui, tout en préparant chez lui son P. C. N.,
a témoigné pour la musique de dispositions à ce
point étonnantes qu'il passe couramment pour avoir
la plus jolie voix de tout Lissac, — ce n'est pas impunément qu'un jeune chanteur, qui ne sait pas jouer
du piano, habite à moins de cinquante pas d'une
jeune pianiste, second prix du Conservatoire.

Les Tournade n'avaient, Dieu merci ! aucun pré-
jugé étroit, aucun de ces préjugés qui sentent le petit
bourgeois de petite ville, contre les *artistes* ; aussi
bien, dans *architecture*, n'y a-t-il pas *art* ? Cependant
M. Tournade le père tenait à ce que son fils eût

d’abord un métier en mains, des diplômes, qu’il
n’abandonnât pas la proie pour l’ombre, bref qu’il
poursuivît sérieusement des études sérieuses...

Mais si, après cela, il avait vraiment la vocation
le don...

Au demeurant, cela ne saurait nuire dans aucune
profession d’avoir un talent qui vous permet de vous
rendre agréable...

Loin d’empêcher leur fils de cultiver sa voix, les
Tournade, parents excellents, l’y encourageaient au
contraire ; ils avaient donc été les premiers à recher-
cher et à établir avec Mlle Assermant des relations de
voisinage, et, peu à peu, la jeune fille avait pris l’habitude de venir ainsi, après dîner, presque chaque soir,
chez les Tournade pour « faire travailler » Roger.

Et la musique permettait à Roger de soupirer devant Andrée, sans que cela, n’est-ce pas, engageât à
rien l’un ou l’autre, des choses qui lui semblaient
douces et hardies à la fois : *L’amour est enfant de
Bohême... Si tu ne m’aimes pas, je t’aime... Nous irons
tous les deux à Paris... On a l’âge du mariage, —
Quand on a l’âge de l’amour...*

Cette petite idylle musicale avait pris fin avec les
succès scolaires de Roger. Quand son fils eut remporté,
à Lyon, le diplôme du P. C. N., M. Tournade, fidèle
à son programme, jugea qu’il était indispensable de
l’envoyer à Paris pour qu’il y parfît ses études de
chimie, sans négliger pour cela ses études de chant,
pour lesquelles, plus encore peut-être que pour la chimie, rien ne saurait valoir et remplacer l’ « atmosphère parisienne » : *Paris est Paris !*

Roger parti, Mme et M. Tournade décidèrent
cependant de continuer à recevoir régulièrement
Andrée :

« — Cette pauvre fille, dirent-ils, ne mérite pas

qu'on lui supprime à la fois son chanteur et la petite illusion de vie familiale qu'elle trouve chaque soir auprès de nous. »

Aussi Mlle Assermant, ses leçons terminées, ne manqua-t-elle point de venir tous les soirs, après le dîner, tenir compagnie à ses vieux et sympathiques voisins. Elle leur faisait longuement la lecture des journaux de Lyon, puis celle des journaux de Paris, — Mme Tournade était fidèle aux feuilletons, dont elle se plaisait à apprécier et comparer les mérites respectifs, M. Tournade s'intéressait de préférence aux questions diplomatiques, — et Mlle Andrée avait accoutumé de terminer par quelque article de la revue bi-mensuelle à laquelle M. Tournade était abonné, et dont la lecture les amenait tout naturellement, vers dix heures du soir, à se souhaiter « bonne nuit »...

Le calme de ces soirées les réjouissait tous trois.

— Notre brave petite lectrice ! s'extasiait Mme Tournade en considérant Andrée.

Quelquefois aussi, Andrée Assermant, sur la prière de l'architecte, se mettait au piano et « jouait quelque chose », — oh ! pas de cette musique moderne à laquelle on ne comprend rien, — non, ce qui faisait plaisir à M. Tournade et à Mme Tournade surtout, c'était le *Clair de Lune*, de *Werther*.

— Voulez-vous bien nous jouer votre *Clair de Lune*, ma petite Andrée?...

Et M. Tournade soupirait, en bourrant lentement sa pipe :

— On est tout de même mieux ici qu'à Paris, dans le tourbillon de Paris, comme ce pauvre Roger !...

Et Mlle Assermant ne disait rien.

Les Tournade l'auraient assez volontiers interro-

gée sur son passé. Somme toute, ils ne savaient
d'elle que fort peu de chose.

Elle était arrivée, toute jeune, un matin, à Lissac,
— ils avaient aperçu, derrière leurs rideaux, Camille,
dit Tintin, le cocher borgne de l'omnibus de l' « Hôtel
des Deux Pachas » (service de ville), qui poussait
sur une brouette une toute petite malle...

Elle était descendue chez sa tante, la veuve Hilpereau, femme renfermée et singulière, qui, passant
ses journées à faire du spiritisme, se refusait à recevoir personne.

Andrée s'était mise à donner des leçons, mais les
pratiques spirites de la vieille dame inquiétaient
les familles, — peut-être faisait-elle tourner le piano?
— et la jeune fille, en dépit de son deuxième prix au
Conservatoire, n'avait guère eu d'élèves sérieuses
que depuis la mort de sa tante Hilpereau, dont elle
avait suivi, presque seule, le petit convoi d'avant-
dernière classe.

On savait, en outre, qu'elle était pauvre, douce,
et reconnaissante de ce qu'on faisait pour elle. Et
elle avait déclaré qu'elle était orpheline de parents
jadis aisés, qui n'avaient pas su lui conserver le
plus petit patrimoine.

Mais quand on insistait, quand on lui demandait
quelques détails sur son enfance, sur sa jeunesse,
sur son éducation musicale, sur ses projets même,
Andrée prenait un air triste et disait d'une voix
suppliante :

— Laissons cela, voulez-vous? laissons cela.

Ce *laissons cela* n'était pas sans intriguer Mme Tournade, et souvent, le matin, à la cuisine, elle supputait
avec Sidonie quelle pouvait bien être l'histoire de
cette jeune fille qui se taisait toujours quand on
l'interrogeait.

Et Sidonie ne laissait pas d'insinuer assez volontiers à Mme Tournade qu'elle ferait peut-être bien *de se méfier*, qu'il n'était pas prudent d'introduire ainsi chez soi des personnes dont on ne savait rien, et — pour employer l'expression de cette soupçonneuse domestique — que Madame, un jour *s'en mordrait peut-être les doigts* de n'avoir pas pris ses précautions...

Mais Mme Tournade fermait les oreilles à ces propos désobligeants, et elle se plaisait à affirmer hautement qu'elle était physionomiste, — vous entendez, Sidonie, *physionomiste*, — qu'il lui suffisait de fixer les gens dans les yeux pour découvrir immédiatement leurs idées de derrière la tête, pour pénétrer leurs pensées les plus secrètes, et discerner, rien qu'à leur regard, les personnes franches et honnêtes des intrigants et des suspects.

— Et si cette petite Andrée se tait sur son passé, mon Dieu, c'est que la pauvre enfant préfère, j'imagine, ne pas évoquer des souvenirs pénibles, des heures douloureuses, et une époque où elle a dû connaître, orpheline et abandonnée, la misère et tous ses tracas...

Et M. Tournade appuyait sa femme, car c'était un homme bon, qui n'entendait pas qu'on vînt lui gâcher, avec des calomnies ou de simples racontars, le plaisir qu'il éprouvait à mettre un peu de douceur dans l'existence de la petite maîtresse de piano...

N'avait-il pas été jusqu'à déclarer à sa femme, un soir, comme cela, tout à trac, — n'est-ce pas, nous causons..., — qu'il préférerait *cent fois* que son fils épousât une jeune fille comme Andrée — parfaitement, une jeune fille sans un sou de dot, — *je dis bien, sans un sou de dot,* — mais qui serait douce avec son mari, tendre pour ses beaux-parents,

attachée à son intérieur, et bonne mère — plutôt
que l'une de ces petites sottes que l'on rencontre
partout maintenant, et qui ne voient dans le
mariage que l'occasion de s'émanciper davantage.

Mme Tournade n'avait rien répondu, par crainte
d'avoir à formuler nettement, avec des paroles
précises, certains sentiments confus qu'elle éprouvait depuis quelque temps, à mesure qu'elle s'était
accoutumée davantage à ces petites visites quotidiennes d'Andrée Assermant, — à mesure qu'elle
en arrivait ainsi, presque inconsciemment, à ne plus
pouvoir se passer d'elle...

Sans doute, Roger, avec ses diplômes, avec sa
voix, avec son charme, avec sa distinction, avec sa
fortune, sans doute Roger avait-il le droit d'aspirer
aux partis les plus gracieux et les plus brillants...
Mme Crosne, avec laquelle Mme Tournade visitait
les pauvres, ne lui avait-elle pas confié que la
comtesse d'Andivisé, — mais oui, parfaitement,
la comtesse d'Andivisé elle-même, — rêvait d'unir
sa délicieuse aînée, Ghislaine, à un garçon sérieux...
(— Je ne vous en dis pas plus, chère amie, vous me
comprenez...)

Et Mme Pontorson, directrice de l'œuvre du Bas
de Laine, l'avait également pressentie, un dimanche,
à la sortie de la grand'messe, sur l'impression que
causait à son fils la jolie petite Élisabeth Lantillac,
que ses parents eussent été désireux de marier
promptement.

Voudrait-elle donc quelque jour déclarer à
Mme Crosne, et à Mme Pontorson, et aux autres :

— Roger, notre Roger, n'est ni pour Élisabeth
Lantillac, ni pour Ghislaine d'Andivisé ; Roger,
mes chères amies, a décidé d'épouser la petite Andrée
Assermant, — mais oui, tout simplement, cette

petite Andrée Assermant qui donne des leçons de
piano rue Antonille...

Et Mme Tournade se représentait aussitôt les
sourires ironiques ou les regards compatissants qui
accueilleraient une telle nouvelle déconcertante, —
les fiançailles de son fils avec une fille sans fortune...

Quand elle regardait Roger ou la photographie
de Roger, elle souhaitait qu'il contractât le plus
beau des mariages : Ghislaine d'Andivisé, Élisabeth
Lantillac...

Mais quand elle regardait Andrée, plus elle voyait
Andrée, plus il lui semblait que c'était une belle-fille
comme Andrée qu'il lui fallait, et qui, seule, ferait
le bonheur de Roger, et aussi des vieux parents
Tournade.

— Roger choisira sa femme comme il l'entendra,
répétait-elle souvent, pour arrêter le cours de son
imagination...

Roger choisira...

Et voici qu'un jour, un télégramme, suivi d'une
lettre, leur apprenait que Roger avait choisi, mais
qu'il n'avait choisi ni Ghislaine d'Andivisé, ni
Élisabeth Lantillac, ni Andrée Assermant.

Et l'idée que Roger avait *choisi*, en leur absence,
sans leur conseil, — et qu'il avait choisi une demoiselle de Paris, — ah ! ce Paris !... — une demoiselle
Guingois, que sa mère et que son père ne connaissaient
même pas de nom, — simplement cette indication
que M. Tournade avait trouvée dans un vieux Bottin,
au café de l'« Hôtel des Deux-Pachas », — *Guingois
et Compagnie, bronzes d'art, appareils d'éclairage,*
— l'idée qu'il leur fallait renoncer maintenant à
toutes sortes de projets matrimoniaux ébauchés,
les remplit de stupeur, d'abord, puis de chagrin...

Et tous deux eurent la même pensée :

— Pauvre Andrée...

Quand on fit part de la nouvelle à la jeune fille,
le soir, au moment où elle arrivait pour la lecture
quotidienne, elle se troubla légèrement, balbutia
des paroles de félicitations et mit quelques secondes
à reprendre un calme apparent :

— Je lui écrirai demain, dit-elle, pour lui faire
mes compliments et mes vœux.

Et elle ajouta :

— Je suis bien heureuse, *pour lui...*

Sans le vouloir, elle avait maladroitement appuyé
sur le *pour lui.*

Et les Tournade comprirent.

Les courriers chaque jour, à partir de celui-là,
apportèrent aux Tournade mille détails sur l'idylle
et les fiançailles de leur fils, et mille renseignements
sur leur future belle-fille et sur sa famille.

Ainsi, connurent-ils — Roger avait tenu, par
déférence et par délicatesse, à ne leur révéler les
choses que petit à petit, à ne point mettre tout d'un
coup — d'un seul coup — ses bons parents en présence
d'une situation où il ne leur appartenait plus d'inter-
venir — ainsi connurent-ils l'histoire des Guingois
avec leurs bonnes (surtout pas un mot à Sidonie :
la crise des domestiques, pour être moins aiguë
commence à se faire sentir en province, et même
à Lissac, tout comme à Paris) ; ainsi connurent-ils
le stratagème de Roger, le *suicide* (qui produisit
la plus grosse impression) et la mystérieuse aventure
du ministre — (vous savez bien, ce fameux ministre
que l'on avait appelé Couci-Couça !...) et sa providentielle intervention.

— Oh ! Oh ! déclara M. Tournade, un ministre
dans cette affaire, voilà qui me plaît moins...

Mais Roger les avait également avertis que ses

fiançailles avec l'exquise Isabelle n'étaient pas encore
à proprement parler des fiançailles, qu'elles n'avaient
absolument rien d'officiel, pas même d'officieux,
attendu que M. Guingois avait affirmé, sur ce point,
sa volonté formelle et bien arrêtée : il ne consentirait à rien tant que les billets de faire part ne pourraient annoncer le mariage de sa fille Isabelle Guingois
avec M. Roger Tournade, *de l'Opéra*.

Vous entendez bien : *de l'Opéra !*

Jusqu'à ce jour, c'est-à-dire jusqu'au jour où une
audition triomphale, appuyée par « quelque haute
influence », lui aurait ouvert les portes de notre
Académie nationale de Musique, les parents de
Roger eux-mêmes étaient censés ne pas être au
courant...

« *Cependant, mes chers parents,* — disait Roger
dans sa dernière lettre, — *je vous réserve une surprise, grâce à laquelle tout s'arrangera bientôt pour
le mieux...* »

Les Tournade, à vrai dire, étaient devenus peu
friands des « surprises » de leur fils, depuis que Roger
leur en avait ménagé de si singulières; aussi n'atten-
daient-ils pas sans une certaine inquiétude la nouvelle surprise qu'il leur annonçait ; elle ne tarda pas,
d'ailleurs, à se réaliser sous la forme d'une dépêche :

« *Arrive cette nuit, tendresses. Roger.* »

A midi, le lendemain, Mme et M. Tournade
déjeunaient gaiement avec celui qu'ils appelaient
maintenant *l'enfant prodigue...*

Dans le petit salon, où ils passèrent après le repas,
M. Tournade donna dans l'épaule de son fils une
vigoureuse et affectueuse bourrade :

— Eh bien, mon garçon !

L'heure avait sonné de parler de choses sérieuses.

— J'espère, mes chers parents, commença Roger, que vous ne me tiendrez pas rigueur de ce que j'ai eu l'audace de faire sans votre conseil — tant j'étais persuadé que je passais près du bonheur, et qu'il ne fallait pas lui laisser le temps de s'échapper...

Et, tendrement, avant de continuer, Roger Tournade embrassa son bon père, puis serra sa bonne mère, émue, dans ses bras...

— ... J'espère, non seulement que vous ne me tiendrez pas rigueur, mais encore que vous accueillerez comme votre fille cette délicieuse petite Isabelle que je n'ai pu m'empêcher d'aimer — et de « marier », comme disent les Anglais...

Roger récitait un peu par cœur, comme une leçon, ces paroles qu'il s'était répétées plusieurs fois tout bas dans le train qui l'amenait à Lissac :

— Il me semble, ma chère maman, qu'il était difficile de trouver une jeune fille plus accomplie, plus charmante et plus jolie que ma petite fiancée : accomplie, vous pourrez bientôt, j'espère, vous en rendre compte ; charmante, il vous suffira d'entendre sa voix... et jolie...

Roger tira de sa poche un petit album, qu'il tendit à sa mère avec un geste passionné :

— Jolie... jolie... comme les photographies d'elle que voici.

Pendant quelques instants, M. Tournade, la tête penchée par-dessus l'épaule de sa femme, considéra une série de petits clichés que Roger avait faits de sa fiancée.

— La voici devant la porte du *Grenell's Family,* expliquait le jeune homme... celle-ci est moins bonne : je l'ai prise à la tombée de la nuit... elle faisait une petite grimace... Mais là, avec son petit tailleur bleu, est-elle assez délicieuse ! — et celle-ci, aux Tuileries, près de la place de la Concorde : elle riait beaucoup parce qu'elle avait le soleil dans l'œil...

— Très bien, très bien, disait M. Tournade...

— Elle a l'air d'une belle et d'une bonne fille, disait Mme Tournade...

— Belle et bonne, c'est le mot, maman, renchérissait Roger, qui sentait confusément que ses parents avaient besoin d'être persuadés, et que l'on renforçât leur enthousiasme.

Mais M. Tournade s'était rassis dans son fauteuil :

— Tout cela, dit-il, est parfait. Mais ce n'est que le côté sentimental de cette affaire... Et le côté pratique maintenant?...

Roger secoua la cendre de sa cigarette, sourit, et reprit son exposé :

— Le côté pratique? J'y arrive, mon cher papa. Et je suis heureux de pouvoir vous annoncer tout de suite qu'il se présente aussi favorablement que ce que vous appelez le côté sentimental...

L'architecte Tournade rapprocha son fauteuil ; Roger continua :

— Nous sommes fiancés officieusement, et, je dois le dire, presque conditionnellement. Les Guingois ne savent même pas que vous êtes au courant, je vous l'ai écrit, encore qu'il leur soit facile de deviner qu'un bon fils comme moi ne saurait laisser bien longtemps de bons parents comme vous dans l'ignorance d'un événement aussi grave que des fiançailles ou des promesses de fiançailles : j'y reviendrai dans un instant.

— Cher petit !... — murmura Mme Tournade.

— « Il ne faut pas songer, m'a déclaré M. Guingois, à vous marier en ce moment : vous n'avez pas encore de situation fixe, et j'entends que ma fille ne devienne, si je puis dire, maîtresse de ménage, que lorsque son mari sera capable de pourvoir aux besoins de son intérieur. Bon. J'ajoute, continua M. Guingois, que je vous verrais avec plaisir pousser très sérieusement vos études de chant. Vous avez une voix splendide, — (je répète ses paroles...) et sans aucun doute, vous obtiendriez au théâtre des succès et une situation que la chimie ne vous procurera jamais... Voyez Caruso. Mais je ne prétends pas vous imposer d'attendre, ajouta-t-il en riant, que vous ayez la situation d'un Caruso pour vous donner ma fille. Nous allons donc, si vous voulez bien, fixer une échéance possible, une échéance raisonnable : vous épouserez Isabelle quand vous serez à l'Opéra. »

— A l'Opéra ? l'Opéra de Paris ? interrompit Mme Tournade...

— Eh oui, maman, l'Opéra de Paris.

— Voilà des conditions bien draconiennes, bougonna M. Tournade.

— Draconiennes serait le mot, papa, si je n'avais dans ma manche un atout formidable. Et voilà, précisément, où j'en voulais venir, et pourquoi je suis venu. Je vous ai parlé de Le Riquier, oui, Le Riquier, l'ancien ministre des Beaux-Arts, celui que tout Paris et la France entière saluaient jadis de ce nom célèbre : Couci-Couçà ! Je vous ai dit par quel concours de circonstances aussi étrange que providentiel le ministre Couci-Couçà était devenu le grand protecteur du *Cronell's Family*. D'ailleurs M. Guingois, très gentiment, a été le premier à me l'expliquer :

— Je précise que nous attendrons votre entrée à l'Opéra, mon jeune ami, parce que je suis certain que vous y entrerez avant deux ans, — à cause de votre voix d'abord, — et ensuite à cause de Le Riquier...

— Mais ce Le Riquier tu le connais à peine, mon pauvre petit, soupira Mᵐᵉ Tournade, et comment veux-tu que cela l'intéresse que tu entres ou non à l'Opéra...

— Je suis l'ami intime de Postel, du chevalier Postel, son secrétaire, triompha Roger.

— Admettons ! Encore faudrait-il qu'il y pût quelque chose ; et ton Couci-Couçà n'est qu'un *ancien* ministre, il n'est même plus député !...

Mais Roger, semblable à un président du conseil qui tient tête à des interpellateurs, Roger répartit très vivement :

— Il n'est plus député, non, mais il se présente dans quinze jours dans le Bas-Anjou, où une vacance vient de se produire. Et voici notre combinaison, elle est admirable. Une élection, cela coûte cher, enfin il y a des frais, et ces frais, Le Riquier n'est plus en mesure d'y subvenir. C'est ce que le chevalier Postel, très délicatement, nous a fait comprendre, à moi, et à nos amis du *Grenell's Family*. Les fonds qui lui manquent, nous lui en faisons l'avance ; et quand il sera au pouvoir, c'est *en nature* qu'il nous remboursera les intérêts de notre capital : sans nous, sans moi, Le Riquier ne peut pas redevenir ministre, Postel, très délicatement encore une fois, ne me l'a pas caché ; ministre grâce à moi, il m'ouvre les portes — ou plutôt les portants des coulisses de l'Opéra !... Voilà l'opération : je vous la donne pour ce qu'elle vaut ; mais par Dieu, dans un an je débuterai à l'Académie nationale de musique, et dans deux ans, vous serez grands-parents !...

Mᵐᵉ et M. Tournade, un instant, demeurèrent interloqués devant la véhémence de leur fils, et Roger lui-même parut surpris d'avoir si résolument et si brusquement dévoilé tous ses projets. Tous trois se

taisaient et comme Mme Tournade, pour sonder
son mari, lançait un timide : — « Eh ! eh ! tout cela
n'est pas mal », M. Tournade regarda son fils dans les
yeux :

— Es-tu bien sûr, mon petit, que ce soit très
propre,ce que vous êtes en train de manigancer là dans
votre *Grenell's Family* ? Payer l'élection de quelqu'un
sous condition qu'il vous rembourse, comme tu dis,
en nature ? N'est-ce pas là ce qui s'appelle en termes
de métier offrir des pots-de-vin ou quelque chose
d'approchant ?

Et le vieil architecte secouait doucement son fils
par l'épaule.

— Mon petit Roger, je t'en supplie, garde-toi bien
de ces marchandages politiques dont un homme ne
sort jamais grandi... Méfie-toi, mon enfant, méfie-toi :
ne va pas te salir dans de louches compromissions,
et pour entrer à l'Opéra — pour épouser Isabelle,
même — ne joue pas avec ton honneur... Quand on l'a
perdu, c'est une chose qui ne se rachète pas, même
avec beaucoup d'argent... Réfléchis longuement avant
de t'engager dans une affaire aussi suspecte...

Mais Roger, qui certainement avait prévu les
appréhensions de son père, lui répondit sans aucun
trouble :

— Réfléchir ? C'est tout réfléchi ; et je te donne
ma parole, mon cher papa, que tout ce qui se prépare
en ce moment est irréprochable, et que nous traitons
loyalement entre honnêtes gens... Le Riquier lui-
même est si peu l'homme des pots-de-vin, il a ces
questions d'argent en tel dégoût, qu'il demeure
entièrement en dehors de tous nos petits arrange-
ments financiers ; il veut les ignorer, il les ignore, et
c'est le chevalier Postel seul, le chevalier mon ami,
qui règle tout cela.

Roger s'animait :

— Enfin, quoi de plus net, de plus régulier, de plus propre : d'une part, un ancien ministre qui a besoin d'argent pour se faire réélire ; d'autre part, un petit groupe d'honnêtes gens qui ont besoin de l'influence d'un ministre pour se faire apprécier à leur juste valeur. Quoi de plus simple : le petit groupe aide le ministre, le ministre aide le petit groupe. C'est une convention synallagmatique...

Et, voulant à toute force trouver l'argument décisif, et emporter la conviction du vieil architecte :

— Ah ! si je demandais au ministre, en échange de mon argent, une place d'architecte du gouvernement, par exemple, je comprendrais tes préventions, et j'agirais, en effet, sans délicatesse, parce que je ne connais rien à l'architecture. Je vais plus loin, si je n'avais pas de voix, ou une voix de crécelle, et que je veuille obtenir uniquement par l'intrigue de chanter sur une grande scène subventionnée, cela ne s'appellerait plus chanter, je te l'accorde, mais faire chanter. Mais, tu m'as entendu, et toi, maman, et tous nos amis de Lissac (et vous ne savez pas encore toute l'ampleur qu'a prise ma voix, ces derniers temps) ; mon talent seul — c'est M. Guingois qui l'affirme — vaut que je sois à l'Opéra ; le talent de Le Riquier vaut qu'il redevienne ministre ; entr'aidons-nous pour gagner chacun le poste qui nous convient... Il n'y a dans un semblable accord rien à reprendre, rien à suspecter.

M. Tournade sembla convaincu par un raisonnement aussi subtil, peut-être aussi parce qu'il voyait son fils engagé à fond, et qu'il était trop tard maintenant pour rien changer à ce qui était fait.

— Tout cela est très joli, dit-il, mais, combien ?

Oui, quelle somme lui faut-il, à ce Le Riquier, ou à son Postel ?

— Soixante-quinze mille francs, — répliqua négligemment le jeune Roger.

— Seigneur !... s'exclama, les bras au ciel, Mme Tournade.

— Ça n'est pas rien, dit l'architecte.

Roger sourit :

— Soixante-quinze mille francs, mais le chevalier Postel met, à lui seul, cinquante mille francs dans l'affaire, ce qui montre bien, n'est-ce pas, qu'elle n'est pas si mauvaise. Restent vingt-cinq mille francs : Mme Hastière, la directrice du *Grenell's Family*, qui est une personne avisée, une femme de tête, a offert tout de suite dix mille francs. Cinq mille francs que donne Léon Bardin, ce poète dont je vous ai parlé, dont la jeune femme est l'amie intime d'Isabelle, et qui veut être joué à l'Odéon ; le ministre l'attachera à son cabinet. Cinq mille francs que M. Guingois a engagés, sans hésiter : « — Une avance sur la dot d'Isabelle, m'a-t-il déclaré plaisamment, — vous voyez que j'ai confiance en vous, autant que dans notre ministre. » Pour ce qui est des derniers cinq mille francs, il y a bien, au *Grenell's Family*, une grande dame polonaise, la comtesse Hryniska, qui aurait été heureuse de participer... Elle possède en Ukraine des domaines considérables... Mais en ce moment, avec le change... Alors c'est moi qui fournirai les derniers cinq mille francs...

— Cinq mille francs, comme tu y vas, maugréa l'architecte ; de mon temps, cinq mille francs, c'était une somme !...

— Cinq mille francs, mon pauvre petit, gémit Mme Tournade...

— N'ai-je pas les douze mille francs de l'héritage

de tante Adèle, douze mille francs qu'elle m'a légués
à moi, son filleul, qui sont à moi, bien à moi, et auxquels je n'avais pas encore touché ?...

— L'argent de tante Adèle t'appartient, mais si
tu crois que c'est pour cela que tante Adèle...

— Tante Adèle aurait été heureuse de me voir
heureux ; et vous aussi, mes chers parents, vous vous
féliciterez de la décision que j'ai prise : qu'est-ce
que cinq pauvres billets de mille francs...

— Ça fait cinq mille francs !

— Qu'est-ce que cinq mille francs pour assurer
son bonheur, et peut-être aussi le bonheur de la
France, car enfin le ministre Le Riquier...

— Qu'y a-t-il, Sidonie ? interrogea Mme Tournade
en voyant la servante entrebâiller la porte, et coupant
court à l'exposé du programme du ministre Le Riquier,
le bonheur de la France par le couci-coucisme...

— Mlle Andrée demande si elle peut dire bonjour
à monsieur Roger ?

— Que de cérémonies ! se récria M. Tournade :
entrez donc ! ma petite Andrée, entrez donc !...

Elle entra, un peu gênée, et comme étriquée dans
sa petite robe noire de tous les jours. Roger lui serra
gauchement la main en souriant. Elle sourit aussi
et lui récita, d'une voix pressée, quelques paroles de
félicitations qu'elle avait dû préparer en venant.

Mais quand elle eut terminé, Roger eut un mot
maladroit :

— *Et à part ça*, dit-il, comment vous portez-vous,
mademoiselle ?...

Tous les quatre s'étaient assis.

— Vous êtes pour longtemps à Lissac, Roger ?

— Hélas ; non, je repars cette nuit même ; pensez
donc que ce sont mes trois dernières semaines de
cours à Paris — c'est-à-dire le seul moment où l'on

travaille vraiment, le moment du « coup de collier »...
Or, je viens d'être si troublé tous ces jours-ci... Même
je me demande si j'ai été bien raisonnable en m'accor-
dant cette petite fugue de vingt-quatre heures...

— On est toujours raisonnable quand on vient
embrasser ses parents, dit Mme Tournade.

— Quand allons-nous te revoir, maintenant, mon
grand ? questionna M. Tournade.

— C'est justement ce dont je voulais vous entretenir, quand Andrée est arrivée : vous permettez, mademoiselle ?...

— Je ne vous gêne pas, au moins ? interrogea la
jeune fille.

M. Tournade lui fit amicalement signe de se taire :
est-ce qu'elle les gênait jamais ?...

— C'est à Valbel, dans le Bas-Anjou, que Le
Riquier se présente, dit Roger. Nous avons appris des
premiers qu'une vacance venait de s'y produire, par
un télégramme de Baston-Desbastides. Ce nom ne
vous dit rien ? C'est le gendre de Mme Hastière, qui
est précisément chef de gare de Valbel ; la mort
de Cerpeaux, l'ancien député de Valbel, est une véritable chance...

— Sauf pour la famille Cerpeaux...

— Oui, sauf pour la famille Cerpeaux, concéda
Roger. Une véritable chance... Nous savions par le
chevalier Postel que Le Riquier était disposé à se
présenter au premier siège vacant, n'importe où. Il
aurait pu tomber plus mal ! Valbel est une ville d'eaux
charmante, paraît-il, et qu'on est en train de lancer,
à grand renfort de publicité. La famille Guingois,
avec Léon Bardin et sa femme, ont décidé tout de
suite d'y passer leurs vacances : il y a là-bas plusieurs
hôtels très convenables... Et c'est ce qui m'avait
donné l'idée que peut-être...

— Que peut-être nous pourrions, nous aussi, comme eux, aller pousser à la roue pour faire élire ce Le Riquier — car c'est surtout, j'imagine, ce qu'ils vont faire là-bas, tes amis du syndicat Le Riquier? — dit M. Tournade.

— Peut-on en vouloir aux gens, mon cher père, de ne rien négliger pour mener à bien ce qu'ils ont entrepris ?... Pousser à la roue ? je suis certain que notre ancien ministre n'a pas besoin de beaucoup d'ouvriers : son carrosse doit parfaitement rouler tout seul... Mais il n'est pas mauvais, sans doute, de répandre dans une ville, au moment d'une élection, le plus de propagandistes possible...

— Qu'en penses-tu, Louise? questionna M. Tournade.

— Mon Dieu, si Valbel est une ville agréable, il n'y a pas de raisons pour que nous ne choisissions pas cette villégiature plutôt qu'une autre.

— Ville agréable, souligna Roger, tout à fait agréable... Bon air... promenades organisées... casino en construction...

— Casino en construction et fiancée en perspective, badina M. Tournade. Nous aurions surtout l'agrément d'être avec Roger, car je crains que si nous n'allions pas à Valbel, ce gaillard ne nous abandonne tout l'été pour rester auprès de sa belle...

— Ce serait là, en effet, insista Roger, un autre avantage de votre séjour dans cette coquette ville d'eaux, c'est que vous y verriez votre future belle-fille, vous y feriez la connaissance de toute ma future belle famille...

— Votre avis, Andrée ?... dit M. Tournade.

— Mon Dieu, monsieur, je n'ai guère à donner un avis à ce sujet... je ne sais,.. mais il me semble, en effet... ne serait-ce que le grand plaisir que vous feriez ainsi à votre fils...

La pauvre fille semblait fort en peine ; elle répéta
encore :

— Mais je n'ai pas d'avis à donner, mon avis ne
peut compter... Vous comprenez bien que cela ne me
regarde pas, monsieur Tournade...

M. Tournade réfléchit un instant, et dit :

— Cela vous regarde tout comme nous au contraire, car, si nous allons à Valbel, vous viendrez aussi,
ma petite Andrée...

Andrée rougit et répondit vivement :

— Aller à Valbel, moi monsieur Tournade...
quelle idée !...

— Une idée excellente, dit Mme Tournade, qui
avait vu un petit clignement d'œil que lui faisait son
mari. N'est-ce pas Roger ?

— Très bonne, très bonne, murmura Roger.

Andrée et Roger ne comprenaient pas si l'on voulait se moquer d'eux ou les éprouver :

— Vous savez pourtant, dit Andrée, ma chère
madame Tournade, que je ne prends jamais de vacances,
d'abord parce que je n'en ai pas besoin, étant donné
que je me fatigue très peu l'hiver et que le climat
est excellent ici... Ensuite, ajouta la jeune fille très
rouge, ensuite... parce que je ne peux guère en prendre
pour des raisons très prosaïques que vous comprenez,
madame...

M. Tournade se leva :

— Nous ne vous demandons pas d'explications,
mademoiselle Assermant, nous vous disons simplement que nous ne pouvons plus désormais nous passer
de notre lectrice, et que nous avions depuis longtemps
avec ma femme décidé de l'emmener avec nous l'été,
— et si ce n'est pas à Valbel, ce sera ailleurs...

Il fit un signe à sa femme :

— Veux-tu m'accompagner dans ma chambre,

Louise... J'ai quelques petites choses à te dire...

Et devançant toute nouvelle question de leur fils ou d'Andrée Assermant, M. et Mme Tournade laissèrent seuls les deux jeunes gens.

Andrée leva les yeux et vit que Roger était en train de la regarder. L'un et l'autre semblaient tout décontenancés ; ils se taisaient et n'avaient pas l'air très à leur aise... Enfin, pour mettre fin à une situation gênante pour tous deux, et rompre un silence pénible qui risquait de se prolonger, Roger proposa à son ancienne accompagnatrice de lui montrer des photographies de sa fiancée.

Andrée prit place dans un fauteuil. Roger sortit à nouveau de son portefeuille la série de clichés qu'il tendit à la jeune fille, et il se pencha par-dessus son épaule pour lui donner des explications. Sa joue frôlait insensiblement celle d'Andrée et machinalement les paroles qu'il avait dites quelques minutes auparavant à ses parents, lui revenaient aux lèvres :

— La voici devant la porte du *Grenell's Family...* Celle-ci est moins bonne, je l'ai prise à la tombée de la nuit ; elle fait la grimace... Mais là, avec son petit tailleur bleu, est-elle assez délicieuse !...

CHAPITRE II

PAR LE TRAIN DE 19 HEURES 01.

— Allo, Cœurs, allo... Allo, Cœurs... Ici Valbel... C'est vous, Meuriot? C'est Baston-Desbastides qui est à l'appareil... Bonjour, comment va Mme Meuriot? Le 2-107 a douze minutes de retard... Dites-moi, j'ai un wagon d'engrais pour vous... Quand venez-vous nous voir? Il y a du nouveau, vous savez...

Je ne peux pas vous dire par téléphone... Alors, douze minutes au 2-107. A bientôt. Au revoir... Oui, oui, je pense au wagon d'engrais... Mes respects à Mme Meuriot...

M. Baston-Desbastides, après cette courte conversation, comme en échangent souvent par téléphone les chefs de deux gares très voisines — Cœurs était à 5 kilomètres 700 de Valbel — M. Baston-Desbastides raccrocha l'appareil et fit signe à sa femme, qui venait d'entrer dans son bureau, qu'il écoutait ce qu'elle avait à lui dire :

— Une dépêche de maman, fit Mme Baston-Desbastides. Elle n'arrive que demain.

M. Baston-Desbastides se renversa dans son fauteuil et se mit à proférer, la tête en arrière, mille imprécations contre sa belle-mère :

— Demain ! demain ! Pourquoi pas après-demain ?.. Pourquoi pas dans quinze jours ou dans trois semaines ?... Mon Dieu, que ta mère est donc peu pratique, très intelligente, je te l'accorde, une femme supérieure, si cela peut te faire plaisir, mais qui n'a pas pour un sou le sens des affaires. Elle ne se rend pas compte que chaque minute qu'elle perd ainsi représente peut-être des milliers de francs. Demain ! Mais demain, rien ne dit qu'il ne sera pas trop tard... C'est tout de suite qu'il faut agir... Des indiscrétions peuvent se commettre... La nouvelle peut se répandre... Et quand tout le monde sera au courant, va-t'en voir un peu dans quelles conditions on lui demandera de traiter ; ce sont tous nos efforts inutiles, c'est toute ma combinaison par terre, et ta mère n'a pas même l'air de s'en douter... Demain !...

— Si je lui télégraphiais : *Urgence, viens ?*

— *Urgence, viens ?* Romanesque et excessive en tout, comme nous la connaissons, elle croirait qu'un des enfants a été écrasé, que je suis mort, ou que la gare est en feu ; elle nous arriverait dans un tel état qu'il n'y aurait qu'à la coucher tout de suite et qu'elle serait incapable·de rien entreprendre...

— En rédigeant soigneusement le télégramme, pour éviter toute confusion, suggéra Mme Baston-Desbastides...

— En rédigeant soigneusement le télégramme, sais-tu quel résultat tu obtiendras? La receveuse des postes se doutera de quelque chose, elle tournera et retournera ton texte de toutes les manières, elle l'apprendra par cœur, cherchera des explications, les inventera au besoin, et puis ira colporter partout, comme une vieille pie qu'elle est, que nous formons dans l'ombre je ne sais quels projets...

La jeune Mme Baston-Desbastides, née Germaine Hastière, semblait consternée.

— Non, non, s'écria M. Baston-Desbastides, la tête plongée entre ses mains, il n'y a rien à faire, il n'y a plus qu'à attendre les événements ; et si tout ce que j'avais si minutieusement édifié, si habilement, je puis le dire, s'écroule par la faute des inexcusables négligences de ta mère, tant pis, ma foi tant pis !... Moi, je saurai à qui nous devons nous en prendre !

Et M. Baston-Desbastides, outré, saisit un drapeau rouge, enfonça dans sa poche son sifflet à roulettes, et sortit en jurant, pour aller commander une manœuvre de trains de marchandises.

Mme Baston-Desbastides, qui s'était assise, songeuse, dans le fauteuil de son mari, et qui lisait d'un œil distrait la circulaire n° 21912, épinglée au mur (*Transport gratuit des chiens de chasse d'officiers ministériels*), Mme Baston-Desbastides entendit encore pendant quelques instants son mari qui, dans la salle d'attente, admonestait durement le lampiste, et qui, maintenant, donnait de toutes ses forces, pour passer son énervement, de stridents et brefs coups de sifflet...

Et Mme Baston-Desbastides songeait...

Son mari, le chef de gare de Valbel, avait bien changé depuis quelques années. Quand elle s'était mariée, c'était un homme calme et doux, qui semblait plus préoccupé de voir arriver ses trains que d'arriver lui-même.

Les fonctions de sous-chef à Mesmy-Triage, puis celles de chef à Serrigny-le-Beau, puis à Villeneuf-Or, né lui auraient guère permis, à vrai dire, d'avoir de très grandes ambitions : à peine s'il souhaitait alors de terminer sa carrière dans quelque importante bifurcation telle que Cœurs, par exemple.

Et quand il était arrivé à Valbel même — il y avait de cela quatre ans, puisque c'était juste au moment de la naissance de Doudou — rien ne laissait prévoir encore le revirement subit qui allait se produire en lui...

Valbel, au reste, n'était, quand il s'y était installé, qu'une honorable petite gare de catégorie tout à fait modeste, qui desservait, sur une ligne secondaire, un chef-lieu d'arrondissement de 4 700 habitants ; un site au demeurant charmant, une rivière poissonneuse — et six trains légers par jour, plus les « marchandises », ce qui représentait un trafic honorable.

Une des curiosités de Valbel était, au bout du *jardin-promenade*, une petite source qui n'avait l'air de rien du tout, une petite source innocente, et qui débitait, avec un petit bruit calme et régulier, trente litres d'une eau limpide à la minute.

Cette eau se perdait dans un canal souterrain qui avait été crevé sous Louis XVIII, disait-on, et

qui allait se jeter, à quelques kilomètres de là, dans
la petite rivière poissonneuse...

La source n'avait été, pendant très longtemps,
qu'un but de promenade, ou plus exactement, que
la limite d'une promenade : le dimanche, en effet,
les habitants de Valbel qui circulaient dans le jardin-
promenade avaient accoutumé de faire demi-tour
à la source, de façon à ne pas s'écarter du kiosque
à musique, autour duquel gravitaient généralement
les notabilités de l'endroit.

Et voici qu'un beau jour, le docteur Nanquette
(ancien interne des hôpitaux de Paris), avait eu
l'idée de procéder à une contre-analyse de l'eau
de la source. Une contre-analyse, car l'eau
avait été examinée déjà, sous le second Empire,
sans que rien de remarquable, d'ailleurs, y eût été
découvert.

Cependant, on ne tarda guère à apprendre, par la
rumeur publique, que de graves événements se préparaient à Valbel. A la suite de cette nouvelle analyse, le docteur Nanquette passait son temps à la
mairie et à la sous-préfecture ; des personnalités de
Lyon, puis de Paris, étaient venues, une clôture
enfin avait été placée autour de la source, qui était
devenue, en quinze jours, derrière sa palissade en
planches, l'objet de toutes les conversations.

Et un beau matin, M. Baston-Desbastides reçut,
ainsi qu'une cinquantaine de personnes importantes
de la ville, une convocation de la municipalité l'in-
vitant à se rendre le lendemain à la mairie.

Il y apprit que l'analyse avait fait découvrir
dans l'eau de la source, entre autres richesses,
0 gr. 04 de sels de fer et 0 gr. 07 de bicarbonate pour
un litre. De l'avis des spécialistes de Paris, les plus
éminents, l'eau de Valbel pouvait avoir des effets

curatifs merveilleux, et la municipalité n'hésitait pas, dans ces conditions, à constituer un syndicat d'initiative pour l'exploitation de la source et pour le lancement de Valbel comme ville d'eaux...

M. Baston-Desbastides, ce soir-là, regagna sa gare, très impressionné. Après le dîner, il entreprit longuement sa femme sur tous les avantages qu'il y aurait pour lui à ce que Valbel devînt rapidement une station connue et fréquentée :

— Il y a deux moyens, dit-il à Mme Baston-Desbastides, il y a deux moyens pour un chef de gare d'obtenir de l'avancement : ou bien passer d'une ville moins importante dans une ville plus importante ; ou bien demeurer dans une ville qui, elle-même, pour une raison ou pour une autre, devient plus importante... Dans cinq ans, Valbel-les-Bains doit être la première gare, et ton mari le premier chef de gare de la région.

A dater de ce jour, bien des choses changèrent dans le paisible petit chef-lieu d'arrondissement, bien des choses, à commencer par le caractère de M. Baston-Desbastides, que l'ambition rendit dur et maussade, et qui se mit à délaisser, pour le syndicat d'initiative, sa jeune femme, Teto, Ronron et Doudou...

Deux hôtels, de ceux qui, sur les guides, s'enorgueillissent de la mention « recommandé », assez importants, furent construits, dont un avec ascenseur. La première pierre d'un casino fut posée le 14 juillet ; une sorte de temple grec, dit *Etablissement des Bains*, fut élevé auprès de la pauvre petite source, qui ne comprenait rien, ou qui, en tout cas, restait bien indifférente au bouleversement qui se faisait dans la ville à cause d'elle ; il parut, au contraire, que ces grands murs blancs entre lesquels on l'emprisonnait, au lieu de lui donner plus d'importance, la rendaient plus menue, — et l'eau faisait, en éclaboussant la pierre, comme un petit bruit narquois, et semblait dire : « Mon Dieu, messieurs et dames, que d'embarras pour une pauvre petite source comme moi !... »

Bientôt, d'ailleurs, on l'empêcha même de chanter, la petite source ; elle fut captée et son cours divisé en deux branches, dont l'une était destinée à la buvette de l'établissement, l'autre à l'annexe réservé pour la mise en bouteilles.

Une petite fabrique de bouteilles, en effet, avait été installée non loin de là ; et des ouvriers avaient été embauchés pour coller des étiquettes sur ce qui s'appelle en termes du métier, *les verres*, de belles étiquettes imprimées par Colas et Briquet, typographes, et qui portaient la mention : *Eau de Valbel* — ou : *Demi-Valbel*, — suivie de l'énumération de toutes les qualités de cette eau merveilleuse, dont on disait, en particulier, qu'elle était, par excellence, le régime des dyspeptiques...

Colas et Briquet, typographes, avaient également été chargés de l'impression d'une affiche en deux couleurs d'après la maquette du peintre local Sicca, et qui représentait une forte femme d'aspect guerrier, armée d'une amphore dont elle versait le contenu sur une foule de malades qui s'en allaient tout ragaillardis... Les murs de Valbel et de quelques villes avoisinantes ne tardèrent pas à en être recouverts, encore que l'on eût fait remarquer avec justesse qu'il eût été plus urgent et de meilleure administra-tion, de placarder ces affiches dans des villes plus éloignées, où Valbel était inconnu.

Cependant, malgré tous ses louables efforts, le comité d'initiative de Valbel n'obtenait pas les résultats auxquels il aspirait. La première année,

une trentaine d'étrangers seulement étaient venus
goûter les charmes de Valbel — et son eau — et la
deuxième saison (juillet-août) avait à peine été plus
brillante que la première.

Le *Grand Hôtel du Monde et de l'Univers réunis*
(celui qui n'avait pas d'ascenseur) avait dû fermer
ses portes ; on laissait entendre que l'établissement
de bains avait *failli faire faillite*, et quelques milliers
de bouteilles d'eau de Valbel à peine avaient été
vendues dans la région.

On commença à murmurer.

Quelques personnes déclarèrent qu'il fallait attendre encore ; les frondeurs affirmèrent que l'eau de
la source ne valait rien ; mais la plupart des gens
s'accordèrent pour reconnaître que le député Cerpeaux
président du syndicat d'initiative, ne donnait pas
à la propagande toute l'impulsion nécessaire.

Ce Cerpeaux, disait-on, est un brave homme, mais
un homme mou ; un modeste, mais un timide ; un
garçon cultivé, mais d'une intelligence médiocre ;
et c'était surtout, à vrai dire, un ancien plombier, qui
se trouvait fort dépaysé dans les sphères nouvelles
où sa récente élection l'avait brusquement trans-
porté...

N'était-il pas scandaleux de penser que l'honorable Cerpeaux, tout honorable qu'il fût, n'avait pas
seulement pu obtenir de ses collègues de la Chambre
(à quoi servent, alors, les séances du matin ?) le vote
du projet de loi d'intérêt local changeant en « Valbel-
les-Bains » la dénomination de Valbel ?

Et sur le jardin-promenade, de petits groupes se
formaient, le dimanche.

— Ce n'est pas un Cerpeaux, chuchotait-on, qui
nous sortira jamais du marasme actuel !...

Et certains n'hésitaient pas à déclarer :

— Il faudrait à la tête de notre syndicat d’initiative une personnalité notoire, quelqu’un de connu, d’arrivé, avec des relations, de l’influence, quelqu’un qui ait déjà le « pied parisien », autre chose qu’un ancien plombier qui débarque de sa province !... Nous n’obtiendrons rien, tant que nous n’aurons pour nous lancer qu’un Cerpeaux, c’est-à-dire un enfant de Valbel à qui, d’abord, on peut reprocher justement, quand il prône notre ville d’eaux, d’être un apôtre prêchant pour sa paroisse !... Plaçons au contraire, à notre tête, un étranger, vieux routier de la politique, et nous aurons dans les réunions, dans les salons de Paris, dans les dîners officiels, un agent de publicité de tout premier ordre...

Et chacun approuvait ces sages discours, auxquels une seule objection pouvait être faite ; c’est que personne à Valbel ne connaissait de personnalité importante...

Et M. Baston-Desbastides s’écriait souvent :

— Il nous faudrait un ancien ministre !...

Mme Baston-Desbastides était rentrée, toute émue, un soir, de Paris, et le chef de gare de Valbel avait appris dans quelles conditions extraordinaires sa femme avait fait la connaissance de Le Riquier, ancien ministre — (un véritable *ancien ministre !*) — et comment elle avait trinqué avec lui, à la table du *Grenell’s Family*, à sa future réélection et à son prochain ministère.

M. Baston-Desbastides eut un cri :

— Voilà l’homme qu’il nous faut !...

Et il ajouta, un doigt sur la bouche :

— Mais, pas un mot !... j’ai mon idée !...

Il y a des gens qui sentent, dirait-on, le moment où l'on a besoin qu'ils meurent et qui, galamment, choisissent ce moment-là pour disparaître avec tact.

Et c'est ainsi que l'honorable Cerpeaux, quelques jours plus tard, comme s'il avait eu l'intuition que sa présence en ce monde gênait tout le monde, et que Baston-Desbastides avait quelqu'un pour le remplacer — plus probablement parce qu'il était miné, depuis fort longtemps, par une maladie de poitrine — M. Cerpeaux s'éteignit doucement dans son lit.

Ce fut, dans tout le pays, une explosion de douleur allègre et de regrets sincères mêlés à une vive satisfaction. Et l'on eut, le jour de ses funérailles, comme l'impression qu'on enterrait, en même temps que le pauvre homme, toute la malchance et toutes es espérances déçues du Syndicat d'initiative de Valbel.

— « Adieu, Cerpeaux ! » s'écriait, dans son éloge funèbre, M. le sous-préfet ; et, saisissant cette occasion véritablement exceptionnelle pour le tutoyer, bien qu'il n'en eût pas l'habitude, mais il était emporté par son éloquence :

— « Tu n'as connu, continuait l'orateur, tu n'as connu, au cours de ta laborieuse législature, que les difficultés et les déboires d'une station balnéaire à ses débuts ; tu fus l'ouvrier patient et vaillant des mauvais jours ; mais bientôt des milliers de baigneurs, qui auront dû la santé à tes efforts tenaces, béniront ta mémoire, et tes concitoyens se souviendront de ton nom, tes concitoyens émus et reconnaissants, lorsque luira l'aube prochaine des jours meilleurs. Adieu, Cerpeaux ! »

Des jours meilleurs, avait annoncé M. le sous-préfet ; après tout, seraient-ils meilleurs? Un grand nombre de sceptiques commençaient à en douter, en entendant répandre par tout le pays la nouvelle de la candidature du pharmacien Molinet, qui était peut-être un excellent pharmacien de petite ville, mais qui n'avait, lui non plus, aucune de ces qualités de brillant et d'entregent qui avaient manqué au regretté Cerpeaux, et qu'il apparaissait maintenant indispensable de trouver dans le nouveau député, si l'on voulait voir enfin Valbel, — Valbel-les-Bains, — prendre une extension digne des sacrifices et des ambitions de son Syndicat d'initiative.

Et comme on parlait, à la gare, de cette candidature Molinet, Mme Baston-Desbastides avait timidement suggéré à son mari que, puisqu'on cherchait un candidat qui fût ancien ministre, et qu'elle connaissait précisément un ancien ministre qui cherchait une place de député...

— Le Riquier, mon ami...

M. Baston-Desbastides était entré dans une colère effrayante, avait proféré quelques injures grossières et donné furieusement plusieurs coups de drapeau rouge sur la table, pour finir par déclarer, en maudissant le ciel de l'avoir doté d'une épouse aussi bavarde, que Mme Baston-Desbastides causerait la ruine de toute sa famille et la sienne propre, si elle prononçait encore, avant huit jours, le nom de Couci-Couçà...

— J'ai mon idée, te dis-je, puisque je te dis que j'ai mon idée !...

Et M. Baston-Desbastides était sorti, le sifflet à la bouche et le front préoccupé ; mais quand il fut débarrassé d'une urgente manœuvre de débarquement, il se ravisa et fit mander sa femme

par un homme d'équipe de confiance ; il la pria de
s'asseoir et, après l'avoir prévenu qu'il avait la
communication la plus grave à lui faire :

— Ma chère Germaine, lui dit-il, il faut que dès ce
soir tu partes pour Paris ; la mission dont je vais
te charger est des plus délicates, et tu n'auras pas
trop, pour la bien remplir, de toute ta finesse d'esprit
et de toute ton attention. Il s'agit, en effet, d'une
opération qui peut tripler ou quadrupler la fortune
de ta mère — et par conséquent la nôtre et celle de
nos enfants...

— Je t'écoute, mon ami.

— Valbel est actuellement, si l'on en croit la majorité de ses habitants, une station sans avenir ; de
l'avis presque unanime, les espoirs, que l'on avait
mis dans l'efficacité de ses eaux, ne parviendrons
jamais à se réaliser ; l'enthousiasme de la première
heure est tombé à plat ; les actionnaires de l'établissement de bains et ceux de l'*Hôtel du Monde et de
l'Univers réunis*, sont complètement découragés,
démoralisés ; Cerpeaux est mort, qui le remplacera?
Molinet ! Alors ils ne cherchent qu'à se défaire le
plus rapidement possible, même dans des conditions
manifestement désavantageuses, de parts qui, d'après
eux, ne leur rapporteront jamais rien...

Le chef de gare baissa la voix, et son sourire se
fit machiavélique :

— Tu comprends bien, ma chère amie, que si
tous ces gens apprenaient aujourd'hui qu'un Le
Riquier, ancien ministre, aspire à devenir leur député,
l'espoir renaîtrait immédiatement dans [leurs cœurs
— et qu'ils s'empresseraient, ce soir, d'aller serrer
précieusement dans leurs coffres ces actions qu'ils
sont disposés à abandonner aujourd'hui pour un
morceau de pain...

Mme Baston-Desbastides regarda son mari et fit signe qu'elle saisissait dans toute son ingéniosité magnifique, l'opération qu'il avait si subitement combinée. Mais le chef de gare alla jusqu'au bout :

— Puisque nous sommes les seuls à posséder, dit-il, toi, ta mère et moi, une information sensationnelle, à savoir que Le Riquier pose sa candidature à Valbel, il faut que nous profitions de notre avantage et que ta mère se décide, dans les vingt-quatre heures, c'est-à-dire avant que la nouvelle se répande, à acheter l'*Hôtel du Monde et de l'Univers réunis*, qu'elle peut avoir demain pour moins de deux cent mille francs et qui dans trois semaines vaudra plus d'un demi-million.

Et M. Baston-Desbastides se frappa vigoureusement la poitrine et déclara :

— Voilà comme je suis !... Un chef de gare ? Peut-être. Mais un homme d'affaires, certainement !...

Et il ajouta :

— Allons, embrasse-moi, Germaine ! Dans cinq ans, je n'aurai plus besoin d'un drapeau rouge et d'un sifflet à roulettes pour gagner ma vie... Grâce à mon intelligence et grâce à Couci-Couça...

Cet élan de tendresse passé, M. Baston-Desbastides reprit :

— Pour l'instant, ton rôle à toi, le voici : aller à Paris, sans perdre une minute, — tu prendras le train de 19 h. 01, — expliquer à ta mère que j'ai bien pesé le pour et le contre de l'affaire, ses avantages et ses risques, et que je me porte garant qu'il n'y a pas à hésiter ; consulter le chevalier Postel, en obtenir l'assurance que Le Riquier est prêt à se porter candidat, et que rien ne changera sa décision et, si ce point est confirmé, inviter ta mère à venir

immédiatement à Valbel pour y négocier l'achat
de l'hôtel.

Mme Baston-Desbastides présenta une timide
objection :

— Mais si l'hôtel n'est pas à vendre ?...

M. Baston-Desbastides sourit, et, répondit avec un
air supérieur :

— Ma pauvre amie, j'ai pris mes précautions...
Crois-tu donc que j'aie perdu mon temps à batifoler
entre les disques de fermeture, depuis que je sais
que Le Riquier marche avec nous ?... Tout est prêt,
ma petite, ta mère n'aura qu'une signature à donner
— et de l'argent... Je suis allé trouver Chignelle,
le directeur de l'hôtel... Je lui ai expliqué que ma
belle-mère, fatiguée par les soucis que lui causait
la direction, à Paris, d'une importante pension de
famille, aspirait maintenant à un peu de repos...
« C'est un petit hôtel comme le vôtre qu'il lui faudrait,
lui ai-je dit, un petit hôtel peu fréquenté, juste assez
pour lui laisser de quoi vivre... » Et c'est Chignelle
lui-même, le pauvre imbécile, qui m'a proposé d'acheter, et qui m'a fait l'article pendant une heure, pour
arriver à m'avouer qu'il céderait volontiers pour
200 000 francs un fonds qui lui en a coûté 400 000...
« Mon cher Chignelle, je parlerai de tout cela à ma
belle-mère, et nous réfléchirons... Nous réfléchirons... »

M. Baston-Desbastides éclata d'un rire triomphant.
Mais comme la sonnerie automatique annonçait le
train de 14 h. 29, le chef de gare vérifia sa montre
et dit à sa femme :

— Tu as quelques heures à peine pour te préparer.
Mais, à minuit, tu seras auprès de ta mère, et dès
demain matin vous pourrez toutes les deux consulter
le chevalier Postel sur les intentions formelles de
son patron. Si ces intentions nous sont favorables,

comme tout le laisse supposer, télégraphie-moi
immédiatement pour que je puisse prendre mes
dernières dispositions. Et pour ne pas donner l'éveil
à la poste, nous emploierons un langage convenu :
L'enfant va bien, si tout marche à notre gré ; *L'enfant va mal*, s'il y a des obstacles...

« L'enfant va bien ; l'enfant va mal... » nota, sur
son petit carnet de visites, Mme Baston-Desbastides.

A 19 h.01, elle prenait le train léger, le 176 B, qui
la menait à Cœurs, où passait à 21 h. 17, un très bon
express pour Paris.

Et le lendemain, à midi, une dépêche arrivait à la
gare de Valbel :

« *L'enfant va bien.* »

L'*enfant* allait très bien, en effet. Mme Baston-
Desbastides était rentrée, le soir même, toute fière
d'avoir accompli si brillamment sa mission de confiance et toute joyeuse aussi de retrouver son mari
que le succès entrevu rendait tendre et prévenant
comme aux premiers jours.

Elle raconta que Mme Hastière avait tout de suite
adopté d'enthousiasme le projet de son· gendre,
qu'elle en était toute frémissante, et qu'elle ne se
tenait pas d'aise à l'idée de diriger bientôt l'un des
principaux hôtels d'une ville qui, lorsque *son* ministre
en serait député, ne saurait tarder à devenir l'une
des plus importantes stations climatériques de France.

Le chevalier Postel, après une absence d'une heure
à peine — le temps de consulter Le Riquier, avait-il
dit — était revenu le sourire aux lèvres, affirmant
que « Son Excellence » se mettait à la disposition
des électeurs de Valbel, et que lui, Postel, faisait son

affaire de l'élection, élection qui lui, paraissait à ce point assurée qu'il n'hésitait pas à y engager personnellement une cinquantaine de mille francs.

Immédiatement, cela avait été dans le *Grenell's Family*, à qui imiterait le généreux exemple du chevalier Postel, qui n'avait pas caché que ses cinquante mille francs ne seraient apparemment pas suffisants pour couvrir les frais.

— Qu'est-ce qu'il faudrait encore ?

— Vingt-mille francs, vingt-cinq mille francs peut-être... Tout augmente !...

Les vingt-cinq mille francs avaient été immédiatement souscrits, au prorata de leurs moyens — et de leurs espérances — par les pensionnaires de M^{ne} Hastière, et par Mme Hastière elle-même, qui, maintenant, allait être une des premières intéressées n'est-ce pas, au succès de Le Riquier.

Au demeurant, touché par un tel empressement, le chevalier Postel avait promis que, si la somme était insuffisante—sait-on jamais au prix où montent toutes choses !... — il ne manquerait pas d'en aviser aussitôt, franchement, tous ses co-pensionnaires.

Mme Hastière arrivait donc le lendemain pour signer l'acte d'achat ; les Guingois, puis les Bardin ne tarderaient pas à la suivre, les clients du *Grenell's Family* devant tout naturellement former la base de la clientèle du nouvel hôtel que se proposait d'acquérir sa directrice ; et puis, tous ces gens ne seraient sans doute pas inutiles pour créer et entretenir, sur place, l'atmosphère de sympathie nécessaire à l'élection projetée.

Quant au chevalier Postel, il commencerait par demeurer à Paris, pour tout surveiller de haut, et puis il ferait la navette entre Paris et Valbel. Seul, l'ancien ministre mettait, disait le chevalier comme un point d'honneur à ne venir à Valbei qu'au dernier moment, quand tout serait prêt...

— Sacré Couci-Couçà ! s'écria plaisamment le chef de gare. Se doute-t-il seulement, à l'heure qu'il est, du service qú'il va nous rendre ?...

— C'est ce que je demandais hier au chevalier Postel, dit Mme Baston-Desbastides. Et le chevalier Postel m'a répondu :

— Oh ! non, madame ; il ne s'en doute guère, — et peut-être moins encore que l'on ne serait en droit de le supposer...

L'idée que Mme Hastière avait retardé son arrivée à Valbel rendait Baston-Desbastides fou furieux, et Mme Baston-Desbastides rêveuse et inquiète.

Pourquoi sa mère, pensait-elle, n'avait-elle pu partir, comme il avait été convenu ? Mme Hastière n'ignorait pas, cependant, combien il était urgent de *faire vite* : malgré toute la discrétion que le chevalier Postel avait promise, une nouvelle aussi sensationnelle que la candidature Le Riquier né pouvait demeurer longtemps cachée, — et, comme le disait Baston-Desbastides, une simple indiscrétion pouvait ruiner tous leurs plans...

Baston-Desbastides allait-il se rendre, lui-même, chez Chignelle pour lui dire de préparer l'acte de vente ? Un tel empressement semblerait bien suspect. Il y avait tout intérêt à traiter l'affaire en un coup, et négligement, comme une personne *qui n'y tient pas*...

L'arrivée du train de Paris, à 16 heures 42, redoubla la fureur du chef de gare et les appréhensions de sa femme.

Jusqu'à la dernière minute, en effet, l'un et l'autre avaient espéré que Mme Hastière se raviserait, et qu'elle pourrait, coûte que coûte, prendre le dernier train pour Valbel. Mais le train de 16 heures 42 emportait ce suprême et fragile espoir : il fallait, comme l'annonçait le télégramme, se résigner à attendre le lendemain.

Mme et M. Baston-Desbastides firent, le soir, en tête-à-tête, un rapide et pénible repas, au cours duquel ils échangèrent à peine quelques mots désagréables. M. Baston-Desbastides rendait naturellement sa femme responsable du retard de sa belle-mère, et s'efforçait, comme il va de soi, et suivant une tradition immuable dans toutes les discussions en général, et dans les discussions de ménage en particulier, s'efforçait à faire retomber sur les épaules de la personne présente la faute hypothétique de la personne absente.

Mme Baston-Desbastides ne calma son mari qu'en lui montrant, en sortant de table, trois remarquables drapeaux tricolores qu'elle avait elle-même confectionnés dans l'après-midi, pour le jour prochain où la municipalité ordonnerait de pavoiser la gare en l'honneur de l'arrivée de l'ancien ministre...

Elle avait également fait emplette, au bazar, d'un large coupon de toile sur lequel elle se proposait de rédiger un certain nombre de formules républicaines, à la fois, et couci-coucistes, telles que :

« Vive la France et Le Riquier !... »

Il était neuf heures du soir, et Mme Baston-Desbastides s'apprêtait à monter dans sa chambre pour y prendre quelque repos, quand elle entendit, à plusieurs reprises, la trompe d'une automobile qui venait de stopper devant la gare.

Elle se mit à la fenêtre et aperçut un chauffeur

extraordinairement barbu pour un chauffeur, qui, à la lueur de sa lanterne, aidait Mme Hastière à décharger une multitude de sacs à main perchés et ficelés sur le toit d'un taxi-auto...

Mme Baston-Desbastides, en un instant, fut dans les bras de sa mère, qui s'assit, épuisée, sur un wagonnet à bagages :

— Ah ! ma pauvre enfant, ces choses-là n'arrivent qu'à moi !...

Mais Baston-Desbastides accourait déjà, la casquette blanche en bataille :

— Eh bien ! vous pouvez vous vanter de nous avoir causé du souci depuis ce matin !...

Et sans s'attarder à des politesses hors de saison, M. Baston-Desbastides prenait à part Mme Hastière :

— Il n'est pas dix heures, belle-maman ; nous avons le temps encore d'aller voir Chignelle...

Et il ajouta :

— Seulement, il ne faut pas que vous ayez l'air de vous précipiter ainsi au débotté ; vous êtes arrivée, comme tout le monde, par 16 heures 42, et vous venez de dîner bien tranquillement chez vos enfants.

— C'est que, précisément, indiqua timidement Mme Hastière à titre de renseignement, c'est que je n'ai pas dîné...

Mme Baston-Desbastides avait déjà couru, sur un signe du chef de gare, jusqu'à la salle à manger, d'où elle rapportait des petits beurres.

Elle en donna aussi quelques-uns au chauffeur barbu, qui les émietta rapidement sur sa barbe, en remerciant avec politesse.

— Je vous en prie, belle-maman, insistait Baston-Desbastides, ne perdons plus une minute. Je me permets seulement de vous retirer ce cache-poussière... Pour tout le monde ici, vous êtes arrivée à 16 h. 42,

et je vous emmène faire un petit tour de ville, après
votre dîner...

En chemin, Mme Hastière raconta à son gendre
comment l'accomplissement des formalités de banque
l'avaient empêchée de retirer son argent à temps
pour prendre le train, et comment, pour ne pas
tarder davantage, et telle était sa hâte, égale à celle
de Baston-Desbastides lui-même, elle avait fini par
se décider à fréter un taxi-auto, dans lequel elle
roulait depuis huit heures d'horloge.

Mais le chef de gare, fiévreux et pressé, écoutait
à peine les propos de sa belle-mère. Après avoir
traversé un dédale de petites rues obscures et silencieu-
ses, comme le sont, la nuit, les petites rues de province, Mme Hastière et Baston-Desbastides attei-
gnirent une grande place — la place Gambetta —
sur laquelle donnait la façade de l'*Hôtel du Monde
et de l'Univers réunis*.

Toutes les fenêtres en étaient éteintes ; seul, un
rayon de lumière qui filtrait sous la porte rendit
quelque espoir au chef de gare.

Il sonna, resonna, puis sonna de nouveau...

Un long instant s'écoula, au bout duquel M. Chignelle, vêtu comme un homme qui s'est rhabillé
précipitamment au moment qu'il comptait se coucher,
M. Chignelle parut sur le seuil de l'*Hôtel du Monde
et de l'Univers réunis*.

— Qui me vaut l'honneur ?... interrogea-t-il
cérémonieux mais vaguement inquiet...

Mais Baston-Desbastides profitait, pour entrer, de
la surprise de Chignelle et de l'entrebâillement de la
porte.

— Nous passions par hasard devant votre hôtel....
C'est ce qui m'a donné l'idée de sonner... Permettez-
moi donc, cher monsieur, de vous présenter ma belle-

mère, Mme Hastière, dont j'ai eu, je crois, incidemment, tout à fait incidemment, l'occasion de vous parler...

CHAPITRE III

LES SOURIS DANSENT...

— Céleste, dit le chevalier Postel, qui avait en mains le livre de comptes et un crayon, Céleste, vous nous ferez ce soir un de ces entremets qui, par une piquante rencontre, se nomment précisément des « diplomates », et dans la confection desquels vous excellez...

Et il spécifia :

— J'ai quatre bons amis à dîner...

— Mais, monsieur le chevalier sait bien, riposta la cuisinière du *Grenell's Family*, toute indignée, que ce n'est pas aujourd'hui *jour d'entremets* et que Mme Hastière ne commandait de plats sucrés que les jeudis, dimanches et jours de fêtes... Aujourd'hui, c'est samedi, je ferai demain une crème renversée, pas autre chose, et pas avant !...

Le chevalier, sans même relever sa tête, penchée sur le livre pour composer le menu de la journée, répartit tranquillement en continuant à écrire:

— Je ne vous demande, Céleste, ni le jour que nous sommes, non plus que la date de votre naissance, ni ce que Mme Hastière avait accoutumé de faire ou de ne pas faire... Je vous demande tout simplement de nous servir, ce soir, un de ces « diplomates » savoureux, à la confection desquels, je le répète, vous excellez, et comme ils n'en ont pas aux Affaires Étrangères !...

Et comme la cuisinière s'apprêtait sans doute à se répandre en propos tumultueux et à exprimer, à la fin, *tout ce qu'elle avait sur le cœur*, le chevalier Postel l'arrêta d'un geste et lui dit, d'une voix douce et persuasive :

— A quoi bon, Céleste, à quoi bon ?... Vous savez bien qu'en son absence, Mme Hastière m'a chargé de gérer le *Grenell's Family*, que je m'acquitte de cette mission sous ma responsabilité propre, et, je n'hésite pas à l'ajouter, avec l'entier assentiment et la confiance absolue de votre patronne que je remplace ; vous savez que je suis libre d'agir, dans l'intérêt de la maison, comme bon me semble ? Eh bien c'est moi, chevalier Postel, gérant temporaire du *Grenell's Family*, qui vous déclare, Céleste, qu'il y aura ce soir, dans l'intérêt de cette maison, un « diplomate », un de vos merveilleux « diplomates » au menu de notre table d'hôte...

Céleste ne répondit rien : une sourde colère grondait au fond de son cœur contre cet homme, auquel elle devait obéir maintenant, parce qu'il avait pris sur Mme Hastière une si puissante influence que non seulement on lui avait aveuglément confié les clés de la maison, mais qu'on l'avait prié, en outre, de vérifier les comptes et de commander lui-même les menus — comme si elle, Céleste, n'avait pas été la personne tout indiquée pour de semblables besognes...

Faudrait-il donc envoyer d'urgence, à Mme Hastière, quelque télégramme ainsi rédigé :

« Madame, le chevalier m'oblige à faire entremets un samedi, venez vite... »

Mais *à quoi bon*, comme disait l'autre... Mme Hastière, et les Bardin et les Guingois, et Roger Tournade, tous les pensionnaires du *Grenell's Family*, et jusqu'à

la comtesse Hryniska, ne juraient plus maintenant
que par ce chevalier, ce secrétaire de ministre, ce
faiseur d'élections...

Et, comme le faiseur d'élections lui tendait, d'un
geste noble, le livre de comptes paraphé, Céleste
maugréa entre ses dents :

— Un « diplomate » un samedi ! Pauvre Mme Hastière ! Voilà à quoi mène la politique !...

Quand Mme Hastière avait décidé précipitamment
de se rendre à Valbel, comme était venue l'en presser
Mme Baston-Desbastides sa fille, le chevalier Postel
l'avait prise à part :

— Sans doute, le *Grenell's Family* ne tardera
guère à se dépeupler à votre suite, chère madame
et amie ; les Guingois et leur charmante fille, le
jeune Tournade et les petits Bardin, vous rejoindront
au premier jour à Valbel, où moi-même j'aurai fort
à faire, pour notre ministre, avec le sous-préfet, le
préfet et toutes les personnalités politiques influentes
de l'arrondissement et du département.

Mme Hastière ne put se tenir de soupirer d'aise
à la pensée que ces personnages ne manqueraient pas
de lui être présentés, à elle aussi.

— Mais, dit le chevalier Postel, vous ne pouvez
néanmoins abandonner un établissement de l'importance du *Grenell's Family* à des soins mercenaires,
laisser une telle maison à la merci de la domesticité.
Il faut, à votre place, quelqu'un de votre classe,
sans compter qu'à Valbel vous n'aurez pas trop de
toute votre liberté d'esprit pour l'accomplissement
de nos grands projets ; il faut que vous laissiez ici
quelqu'un de tel, je le répète, que vous soyez assurée
qu'entre ses mains la prospérité de votre maison
ne saurait décliner, la réputation du *Grenell's Family*,
votre œuvre, ne saurait déchoir...

— Quelqu'un... mais qui ? se désespérait Mme Hastière.

— Moi ! répliqua le chevalier Postel avec simplicité.

Et comme Mme Hastière se confondait en protestations :

— Vous, chevalier ! Mais c'est impossible, c'est indigne de vous, je n'oserais jamais...

— Laissez donc, dit le chevalier, plein de bonhomie, laissez donc !... Et ne me remerciez pas, cela m'amusera ; je dirai plus : cela me *reposera* l'esprit... Le chevalier Postel, directeur intérimaire du *Grenell's Family :* quoi de plus plaisant !...

Et Mme Hastière s'émerveillait une fois de plus :

— Ah ! ces diplomates !... Ces choses-là n'arrivent qu'à moi !...

Il avait été convenu que les Guingois seraient les premiers à partir après Mme Hastière, si, comme tout le laissait espérer, l'installation à Valbel semblait à Mme Hastière se présenter dans des conditions vraiment favorables.

Un télégramme vint bientôt confirmer ces espérances, un télégramme claironnant comme un bulletin de victoire :

— «Tout va bien, pouvez arriver, amitiés dévouées, veuve Hastière, directrice Hôtel Monde, Valbel. » On aurait tort de croire que l'« Hôtel du Monde et de l'Univers réunis » avait ainsi perdu son Univers en passant des mains de Chignelle dans celles de Mme Hastière. Une vieille tradition d'économie avait seule empêché Mme Hastière de réunir l'Univers au Monde. Aussi bien les Guingois purent donner à Roger Tournade leur adresse télégraphique ainsi libellée :

— *« Guingois, Monde, Valbel. »*

Aussitôt après le départ des Guingois, le chevalier Postel donna libre cours à son génie d'administrateur de pension de famille.

Les trois Guingois furent remplacés, à la table d'hôte, par *trois bons amis* du chevalier.

— Des diplomates, oui, chère madame Bardin mais des diplomates gais : il en existe !..

Des diplomates gais, et qui buvaient sec, et pour lesquels le chevalier Postel n'avait pas manqué, et avec raison, de commander à Céleste la chère la plus délicate...

Après le dîner, deux autres *bons amis* étaient venus aussi, et commencèrent, dans le hall-antichambre-bureau, une grande partie de cartes...

Et Roger Tournade, qui fumait son cigare en se promenant de long en large, et en rêvant d'Isabelle, avait constaté que les bons amis jouaient beaucoup d'argent.

Le lendemain, quatre autres bons amis, qui n'étaient pas venus la veille, se présentèrent à l'heure du dîner et tinrent tout en mangeant et buvant considérablement, des propos qui n'avaient point l'air d'être diplomatiques, mais sait-on jamais ce qui est diplomatie ou qui ne l'est pas ?...

Vers dix heures, les cinq bons amis de la veille arrivèrent à leur tour, et, à nouveau, le hall-antichambre-bureau se mit à retentir de cris, d'exclamations, de protestations et de « Banco » sonores.

Et comme Roger Tournade fumait encore son cigare, en pensant à ses bons parents, qui s'apprê-taient à partir eux aussi pour Valbel, le chevalier Postel s'approcha et dit :

— Que vous en semble, mon jeune ami ? Le jeu ne vous intéresse pas ?...

— Mais c'est que je ne sais pas jouer, Chevalier, avoua Roger...

— Eh bien, mon cher, voici pour vous une excellente occasion d'apprendre. N'oubliez pas que vous allez partir à la fin de la semaine prochaine pour une ville d'eaux, dans laquelle il y a un casino et par conséquent une salle de jeux... Quelle piètre mine feriez-vous devant les tables si vous ne saviez même pas la façon dont on mise... Venez avec moi... Combien voulez-vous risquer ?

— Peuh... Cent francs ! hasarda Roger...

— Parfait, nous allons tâcher de ne pas les perdre...

Mais le chevalier Postel s'était soudain ravisé :

— Au fait, dit-il, où sont donc vos jeunes amis Bardin ?

— Voulez-vous que j'aille les chercher ?..

— Je vous attends, cher ami, ramenez-nous aussi la comtesse Hryniska... J'aurais scrupule à paraître la tenir en dehors de notre compagnie...

Dans leur chambre, les petits Bardin bouillaient d'impatience; au moment que Roger leur vint apporter l'invitation du chevalier, Marthe Bardin était précisément en train de reprocher âprement à son mari la timidité excessive qui l'avait empêché d'aller de lui-même trouver le chevalier, et lui demander qu'il les invitât :

— Si tu crois, mon pauvre Léon, que c'est de cette façon que tu auras jamais des relations utiles...

Ils arrivèrent, un peu rouges.

La comtesse Hryniska, assez pâle, au contraire, avait à la main un profond sac à ouvrage, qu'elle tenait très serré.

— Allons, mesdames et messieurs, commença le chevalier Postel, imaginez que je suis professeur de

baccara et que je vais vous donner une petite leçon.
Soyez sages et attentifs. Commençons.

Mais la comtesse Hryniska, sans attendre, se pré-
cipitait à une table :

— Je n'ai pas besoin d'apprendre, dit-elle au
chevalier, je sais déjà.

Ses yeux brillaient très fort. Elle s'installa avec
autorité :

— Cent francs sur ma main, dit-elle...

A minuit, le chevalier Postel pria Gaston, le groom,
qui n'avait jamais veillé si tard, de passer des sirops,
des liqueurs et des gâteaux secs. Et il y eut par la
suite trois diplomates qui ne pouvaient plus se décider
à prendre congé, et auxquels le chevalier dut adresser
des objurgations véhémentes : il était quatre heures
du matin.

Le lendemain était un dimanche. Le Riquier,
qui s'était couché la veille de très bonne heure, se
plaignit à Valérie, qui lui apportait son petit déjeuner
du matin, de n'avoir pu fermer l'œil, ou plus exactement les yeux, de toute la nuit.

Ces déclarations laissèrent Valérie indifférente.

— Beau temps, dit-elle, en ouvrant les persiennes.

Le Riquier bâilla très longuement, s'assit sur son
lit pour faire sa tartine de beurre, et interrogea
Valérie :

— Zizi est levé ?

— Non, monsieur. Je suis allée le voir ; il dort
encore dans son grand lit comme un petit ange.

— C'est bon, c'est bon, dit Le Riquier, qui entendait qu'on ne l'attendrît point sur le sort de cet
enfant, qui était très gentil, c'est possible, mais
qui était tombé une belle nuit on ne sait d'où, juste

à point pour noyer dans la baignoire le *Dictionnaire
Européen* et anéantir définitivement un travail de
plusieurs années.

Il ajouta :

— Le courrier est arrivé ?

— J'ai mis sur le plateau de monsieur les journaux
et deux enveloppes de l'*Œil de la Presse.*

— C'est bien, je vous remercie, Valérie.

Le Riquier décacheta les enveloppes, l'une et
l'autre renfermaient un certain nombre d'articles,
soigneusement coupés par les employés de l'*Œil de la
Presse*, et où son nom était plusieurs fois cité.

Il déplia les journaux, constata rapidement qu'ils
ne renfermaient aucune nouvelle qu'il ignorât ; il
hocha la tête et se mit à déjeuner lentement en par-
courant un article de la *Revue de Province ;*

*« Ministres d'hier, ministres d'aujourd'hui, minis-
tres de demain: Du Combisme au Couci-Coucisme. »*

— Que l'humanité est singulière ! pensait-il en
beurrant sa tartine. On vit paisible dans une petite
maison de la rue des Patrons-Barbiers ; on travaille
doucement à une grande œuvre de longue haleine et
de haute érudition ; personne ne pense à vous, personne ne parle plus de votre ministère défunt, non
plus que du couci-coucisme... Un soir, quelque
feuillet s'envole par la fenêtre ; on court pour le
ramasser, le vent referme la porte ; il faut s'abriter
dans une calme pension de famille... Un commissaire
survient qui vous accuse on ne sait de quoi, qui vous
raccompagne chez vous, et qui vous soupçonne des
pires écarts de conduite, parce que des bandits ont
pénétré dans votre maison en votre absence et ligoté
votre servante dévouée...

« ... Et le lendemain, on se retrouve, n'y comprenant goutte, en tête-à-tête avec un gamin de quatre ans, qu'une sorte de sensibilité imbécile, jointe à la crainte des potins vous oblige à garder chez vous... un gamin de quatre ans, dont on ne sait rien, si ce n'est qu'il a noyé avec le *Dictionnaire Européen*, toutes vos plus secrètes et vos plus nobles ambitions.

« ... Et par là-dessus, voici que la presse s'empare de vous, se met à vous louer sans raison — ou à vous traîner dans la boue — et trente personnes que vous aviez vues un quart d'heure racontent partout qu'elles sont de vos intimes et fondent sur votre prochain ministère des espoirs que rien ne justifie...

— Oui, l'humanité est singulière !... » répétait Le Riquier, que sa tasse de chocolat trouvait décidément sans entrain et ses tartines beurrées sans appétit.

Et puis son attention était irrésistiblement attirée par un extrait du *Travailleur mondial*, organe surcommuniste, qui publiait une *Lettre ouverte au bourgeois Le Riquier*, avec, au début, ces mots vraiment discourtois, dont il ne pouvait cependant arracher son regard, et qui lui dansaient devant les yeux :

« Non, non, vieux politicien branlant, ce ne sont pas des birbes comme toi qu'il nous faut... »

Couci-Couça se lamentait :

— Lettre ouverte ? Est-ce que je leur écris, moi ?... Que c'est triste, mon Dieu, que c'est triste !...

Valérie disposait les vêtements de Le Riquier sur une chaise :

— Beau dimanche, insista-t-elle...

Et Le Riquier s'impatienta :

— Beau dimanche, beau dimanche, grommela-t-il, qu'est-ce que vous voulez que ça me fasse maintenant, — maintenant que je ne peux même plus me reposer le dimanche !...

— Comment cela donc, monsieur ?...

— Evidemment. Autrefois, je travaillais toute la semaine à mon dictionnaire, et quand le dimanche arrivait, j'allais me promener tout guilleret, avec la conscience d'une semaine bien remplie et pour gagner des forces nouvelles. C'était charmant. Mais, puisque je ne travaille plus la semaine, je ne suis plus fatigué, je n'ai plus aucune raison de me reposer le dimanche...

Et Le Riquier entra dans une colère assez puérile :

— Je m'ennuie, Valérie, je m'ennuie atrocement ! Je ne sais plus que faire ! J'en ai assez !

Et il jeta les journaux par terre :

— Sales journaux ! Sale politique ! Sale gosse qui est la cause de tout, de mon existence misérable et désorganisée !... Sale gosse, sale gosse !...

Puis, se radoucissant tout à coup, il ordonna à Valérie :

— Allez me le chercher tout de même, ce sale gosse : cela me changera un peu les idées !...

Une demi-heure après, le vieux ministre et le petit garçon étaient occupés tous deux — entre hommes — à jouer aux portraits.

— C'est une dame... elle est grande... elle a des cheveux gris... Elle habite ici... elle fait la cuisine...

— C'est Valérie !...

— Très bien. Et maintenant : c'est un petit garçon... Il a des yeux bleus... Des jolis cheveux blonds bouclés... Il n'est pas toujours très sage... Hier soir, il a renversé son verre à table... Eh bien, voyons tu ne trouves pas ?... Enfin, comment s'appelle-t-il ce petit garçon-là ?... Il joue aux portraits en ce moment...

Le petit garçon battait des mains :

— J'ai trouvé : il s'appelle Zizi...

— Zizi, ce n'est pas un nom ! s'exclama Le Riquier qui s'ingéniait ainsi à obtenir par surprise les renseignements que, depuis la « nuit historique », son jeune compagnon s'était toujours refusé à lui donner ; tu n'as par d'autres noms que Zizi ?...

— J'sais pas...

— Ta maman, comment s'appelait-elle ?...

— J'sais pas...

— Tu as bien une maman, cependant ?...

— J'sais pas...

Le Riquier n'insista plus. A chaque tentative, même insuccès ; impossible de rien tirer d'autre de l'étrange petit garçon, que cette longue série de *j'sais pas* qui finissait par mettre hors de lui le vieil homme d'État.

Tous deux recommencèrent alors à jouer aux portraits, un jeu qui réclamait de l'ancien ministre beaucoup moins de réflexion et d'imagination que le moindre éclaircissement touchant la mystérieuse existence du jeune Zizi :

— Voyons, Zizi, c'est un vieux monsieur... Il n'a pas de cheveux... — enfin pas beaucoup... Il cause en ce moment avec un petit garçon...

Après le déjeuner, alors que Le Riquier achevait sa tasse de café en compagnie de Zizi, autorisé, parce que c'était dimanche, à prendre un *canard*, Valérie vint l'avertir qu'un monsieur demandait à s'entretenir quelques instants avec lui.

— Monsieur... monsieur... Postale, je crois... comme la carte...

— Comment? quelle carte, ma fille?

—Eh bien, comme la carte Postale, monsieur...

— J'y vais, dit Le Riquier.

Il vida sa tasse, ordonna à Valérie de s'occuper

de Zizi, et d'éviter, notamment, qu'il versât dans le sucrier tout ce qui pouvait demeurer de liquide sur la table, et notamment tout le fond de la cafetière ; il alluma une cigarette pour se donner une contenance, et boutonna son veston d'appartement en pensant :

— Postale? Postale?... C'est peut-être le bonhomme qui a écrit la *Lettre ouverte...*

Et il eut un petit frisson désagréable.

La vue du chevalier Postel, dignement accoudé à une petite table en bois de rose, le rassura, et le rassura même tellement qu'il oublia le titre sous lequel s'était jadis présenté à lui le chevalier Postel, et que, voulant cependant lui en donner un, il s'avança, la main tendue :

— Mon cher comte, asseyez-vous donc...

— Comte ne puis, chevalier suis, monsieur le ministre, rectifia Postel, qui s'inclina ensuite très respectueusement.

— Eh bien, monsieur le chevalier, s'enquit Le Riquier, comment se portent les pensionnaires du *Grenell's Family* et leur aimable directrice?

— Tous vont à merveille, monsieur le ministre, et m'ont chargé de vous apporter, si vous voulez bien l'agréer, l'assurance de leur respectueuse sympathie.

— Vous leur transmettrez en retour, je vous prie, celle de tout mon bienveillant dévouement. Fumez-vous, cher monsieur?

— La cigarette. Merci, monsieur le ministre.

Le chevalier Postel donna du feu à Le Riquier, et prit une seconde allumette, après avoir éteint la première, pour allumer sa cigarette. Car il ne négligeait aucun de ces menus détails qui sont la marque d'une connaissance raffinée des usages de la meilleure société.

— Monsieur le ministre, dit-il après une courte pause, pendant laquelle il avait tiré quelques bouffées de tabac en silence, puis fait tomber la première cendre, d'un mouvement élégant de son petit doigt, vous ne sauriez imaginer, monsieur le ministre, à quel point votre passage au *Grenell's Family*, combien ce court passage a laissé des traces profondes dans l'esprit de la plupart des pensionnaires de notre maison.

— Ah bah ?

— Oui, monsieur le ministre. Ils y voient comme un signe de la Providence, ils se plaisent à répéter entre eux que vous êtes l'homme qui doit leur permettre de réaliser leurs plus chères espérances...

— Vraiment?

— Vraiment, monsieur le ministre.

Le chevalier Postel se leva, fit quelques pas, puis revint vers Le Riquier, légèrement étonné de ces brusques révélations, et lui déclara, avec un bon sourire :

— Je suis un psychologue monsieur, un psychologue au sens professionnel du mot; j'entends par là qu'après avoir passé le concours des Affaires Étrangères, je me sentis impérieusement attiré vers les études philosophiques, et je préférai momentanément à la Carrière, cette Université dont vous alliez devenir le grand maître; professeur à Bordeaux, j'occupai ensuite, non sans quelque succès, je le confesse, la chaire de psychothérapeutique à la Faculté de Lille. Peut-être même connaissez-vous le nom d'un de mes ouvrages, jadis fort apprécié, si apprécié, même, qu'il est maintenant épuisé et que je n'en ai même plus un exemplaire à offrir...

— Attendez... Il me semble, en effet...Rappelez-moi donc le titre?

— *Science et Psychologie.*

— *Science et Psychologie ?* Comment donc !... Je crois bien ! *Science et Psychologie !...* — car, ayant été ministre de l'Instruction Publique, ne se devait-il pas de tout connaître — et même de connaître des ouvrages qui n'avaient jamais existé que dans l'imagination de leur auteur.

Le chevalier sourit encore :

— Vous me voyez très flatté, monsieur le ministre, de ce que mes propres ouvrages m'aient recommandé auprès de vous, mieux que toutes les lettres d'intro- duction que d'influents amis auraient pu me donner...

— Je pense bien, insista Le Riquier : *Science et psychologie !...*

— ....Douze ans de ma vie, avoua modestement le chevalier Postel... Donc, puisque vous savez, monsieur le ministre, à qui vous avez affaire, je me permettrai de vous parler très franchement, comme un homme à un homme, ou, pour mieux dire, et puisque le maniement des affaires publiques est le meilleur des exercices de philosophie, comme un psychologue à un psychologue...

— Je vous écoute, mon cher professeur...

— Je me suis d'abord diverti quelque temps, je l'avoue, à écouter d'une oreille amusée et distraite tous ces projets fabuleux que votre prochain minis- tère — je dis bien, votre prochain ministère, monsieur le ministre — devait permettre de réaliser à mes différents co-pensionnaires du *Grenell's Family;* ah ! l'éternelle Perrette, du grand fabuliste ! L'un rêvait de chanter à l'Opéra ; l'autre, de faire jouer ses pièces à la Comédie-Française ; un troisième, que sais-je? Il y en avait même un qui se voyait déjà directeur d'un important Casino...

— Ah ! Ah !... Et qui cela donc?...

— Le directeur du Casino? Moi-même, monsieur le Ministre...

— Voyons, voyons, balbutia Le Riquier, je ne comprends plus... Vous aussi, mon cher professeur, vous...

Le Riquier fit un geste vague, comme si, de ses deux mains, il avait pétri et modelé les nuées...

— Parfaitement, monsieur le ministre, moi aussi. C'est que, voyez-vous, après m'être ainsi diverti, je me suis mis à réfléchir... Et j'ai pensé qu'il était impossible que vous ne redevinssiez pas ministre, et, pour commencer, ou plutôt pour recommencer, député, député tout de suite...

— Vous plaisantez, chevalier?

— Je n'oserais, monsieur le ministre. Comment ! me suis-je dit, nous avons là, sous la main, un homme qui, au milieu du désarroi général et de la faillite des partis, possède la véritable formule politique du moment, le *Couci-Coucisme*, qui peut, en nous apportant et en appliquant cette formule, rendre aux affaires de la France une allure normale, régulière, — ni trop avancée, ni trop conservatrice : Couci-couçà ! qui peut donner le bonheur à son pays d'abord et, par-dessus le marché, à une bonne dizaine d'individus qui lui en auront toute la vie une touchante reconnaissance... Un homme qui, sans doute, monsieur le ministre, aspire au calme et au repos, mais à qui ce repos doit peser bien lourdement. Et cet homme-là n'accomplirait pas son destin !... J'ai imaginé — il me suffisait, monsieur, pour cela, de vous avoir vu quelques instants, — que vous étiez un homme bon, qui ne voudrait faire de tort à personne, ni à son pays, ni à ses amis, ni à lui-même... Psychologue, monsieur, je suis psychologue... Et voilà pourquoi j'ai pensé qu'il fallait

venir vous dire toutes ces choses pour que... —
excusez-moi, monsieur, subjonctif oblige — pour
que vous les sussiez : et comme la philosophie des
choses n'en exclut pas le côté pratique, je vous pro-
pose, monsieur le ministre, de poser votre candidature dans l'arrondissement vacant de Valbel (Bas-
Anjou), et si vous appréhendez les fatigues et les
soucis d'une campagne électorale, de me charger de
tout, absolument tout, pour que la grande voix du
suffrage universel se fasse entendre, et qu'une majorité imposante vous renvoie à la Chambre, où vous
avez votre place marquée...

— Monsieur, monsieur... implora Le Riquier...

Le chevalier Postel acheva sa tirade :

— ... Où vous avez votre place marquée, et où le
chef de l'État ne tardera guère à venir vous chercher ;
mais je n'en dis pas davantage ; alors il vous appar-
tiendra, monsieur le ministre, de donner à la politique
de la France la ligne de conduite qui lui convient
et, peut-être aussi, de vous rappeler le zèle, le
dévouement, — et les aspirations, — de vos amis du
Grenell's Family...

Postel venait de parler avec force, et de déployer
une grande énergie, aussi bien dans ses gestes que
dans ses propos ; il possédait cette *action* que les
anciens considéraient comme l'essence même de
l'éloquence ; et pourtant, son discours achevé, il
demeurait aussi calme, aussi maître de soi, que s'il
n'avait été, dans cette affaire, qu'un témoin indifférent. Et ce fut Le Riquier qui s'épongea le front.

— Mais mon pauvre ami, dit-il, je vous assure...,
franchement..., vraiment...

Et il ajouta, non sans une ingénuité assez touchante :

— Enfin, chevalier, qu'est-ce que vous feriez...
si vous étiez à ma place ?...

Le chevalier Postel sourit, car il sentit bien qu'il avait partie gagnée ; c'était un homme de tête, et qui savait parer aux pires surprises du sort ; pourtant, un refus formel de Le Riquier n'eût pas été sans désagréments. Et Le Riquier s'en fût aisément rendu compte si, au lieu que le chevalier Postel se mît à sa place, ainsi qu'il l'y conviait, il avait dû se mettre, lui-même, à la place du chevalier Postel.

Maintenant que Postel avait dépensé les 25 000 francs qui lui avaient été remis par les pensionnaires enthousiastes et confiants du *Grenell's Family*, pour *l'élection de Le Riquier;* maintenant que la candidature Le Riquier avait décidé Mme Hastière à engager toute sa fortune dans des spéculations de terrains à Valbel, si Le Riquier s'était dérobé devant les électeurs du Bas-Anjou, s'il avait déclaré qu'il n'y avait pas, qu'il n'y avait jamais eu et qu'il n'y aurait jamais de candidature Le Riquier, ne disons pas que le chevalier Postel ne s'en serait pas tiré, ne disons pas, surtout, qu'il aurait remboursé les 25 000 francs, mais, tout de même, que de complications inutiles !...

— Allons, monsieur le ministre, c'est oui ! Puisque la France vous réclame : lisez les journaux !...

— Je ne les lis que trop, monsieur !...

— Puisque tant de braves gens ont mis tout leur espoir en vous...

— Les pauvres !

— Puisque vous avez, monsieur le ministre, un programme politique tout tracé...

— Croyez-vous?

— Puisque les électeurs de Valbel n'attendent qu'un signe de vous, — et que je me charge de tout le reste...

— Chevalier ! chevalier !...

— Puisqu'enfin vous vous ennuyez, monsieur le ministre, — votre intelligence, votre activité sans emploi, n'est-ce pas pitié? — oseriez-vous affirmer en face que vous ne vous ennuyez pas?

— Hélas !

— ... N'hésitez plus, monsieur le ministre. Je prends acte de votre décision. Je la notifierai demain, par voie d'affiches, aux électeurs de Valbel.

Le Riquier, les bras ballants, restait immobile et comme hébété.

— Vous n'avez plus de feu, monsieur le ministre, voulez-vous m'autoriser...

Et, plein de déférence, il ralluma la cigarette de Couci-Couçà.

— Et maintenant, monsieur le ministre, plus de paroles, des actes !... Simple supposition de psychologue : Parions que vous n'aviez même pas encore arrêté l'emploi de votre temps pour aujourd'hui...

— Je ne parie jamais, mon cher chevalier...

— Acceptez donc, en toute simplicité, l'invitation à dîner que je me permets de vous faire pour ce soir huit heures !...

Et, comme Le Riquier esquissait un geste poli, mais réticent :

— La cuisine de Mme Hastière vous inquiéterait-elle? badina le chevalier ; rassurez-vous, monsieur le ministre, Mme Hastière est à Valbel, — eh ! sans doute, à Valbel, pour y préparer votre élection ! — et, en son absence, la gestion du *Grenell's Family* a été confiée à mes soins, y compris les clés de la cave, et la surveillance des menus : je crois superflu, monsieur le ministre, de vous en dire davantage...

— Professeur, diplomate, politique et gourmet... Chevalier, vous êtes doué !...

— Non, monsieur, avoua modestement Postel ; je suis psychologue.

Le même dimanche avait vu, à la gare de Lissac le départ pour Valbel de M. Tournade le père, de Mme Tournade et d'Andrée Assermant.

M. Tournade, qui, en sa qualité d'architecte peut-être, avait l'esprit scientifique et excellait à résoudre les mystérieux problèmes que l'Indicateur des chemins de fer se plaît à poser malicieusement aux personnes qui l'interrogent, M. Tournade, plutôt que de se rendre par les petites lignes interlocales, tout droit à Valbel, avait calculé qu'il serait plus rapide, et surtout moins compliqué, de faire un grand coude et de passer par Paris.

Nous irons coucher cette nuit au *Grenell's Family*, avait-il déclaré, et cela nous vaudra de connaître enfin cette fameuse pension dont Roger nous a si souvent et si flatteusement entretenus.

— Télégraphions-lui ! avait suggéré Mme Tournade.

— A quoi bon? Il en aura la surprise... Nous savons qu'il y a des chambres libres, puisque les Guingois et Mme Hastière sont déjà à Valbel. Nous arrivons à neuf heures du soir; ce n'est pas une heure indue, pour Paris ; Paris n'est pas Lissac, et à neuf heures du soir, les Parisiens ne sont pas couchés.

— Soit ! avait dit Mme Tournade.

— Et puis, je ne serai pas fâché de surprendre ce gaillard à l'improviste et de voir comment il emploie ses soirées.

Une longue partie du trajet fut occupée par des conversations sur Roger, sur son avenir, sur Le Riquier et sur Valbel.

— Puisque tout le monde y va, dans ce fameux Valbel, il fallait bien y aller, nous aussi...

— La politique, c'est comme les chevaux de bois : cela m'écœure, mais cela m'amuse...

- - Nous serons aux premières loges...

— A propos de loges, Roger est peut-être au théâtre?

— Dans deux heures, en tout cas, nous serons près de lui...

Mais le train eut cinquante minutes de retard.

— Nous n'arriverons au *Grenell's Family* que vers onze heures... c'est ennuyeux... Nous aurions mieux fait de télégraphier...

— Il vaut toujours mieux télégraphier...

Et la pauvre Mme Tournade ne croyait pas si bien dire...

Un de ces fiacres de nuit, sonores et trépidants, et qui semblent n'avancer que parce que la terre tourne, finit par les amener, après un long voyage, au seuil du *Grenell's Family...*

Sur le pas de la porte, Gaston, le groom, semblait faire le guet. Le chevalier Postel, en réalité, lui avait donné cent sous pour qu'il montât la garde, de façon à prévenir *ses bons amis* d'une incursion toujours possible de la police...

C'est que *les bons amis*, ce soir-là, étaient arrivés plus nombreux que jamais, le chevalier Postel ayant voulu profiter de la présence de Le Riquier *pour faire les choses en grand...*

Et le calme, paisible, l'honnête hall-antichambre-bureau du pauvre *Grenell's Family* était maintenant transformé en un vaste tripot. Le Riquier, que les vins généreux du dîner, suivis de quelques verres d'alcool, avaient complètement anéanti, était affalé dans un fauteuil. La comtesse Hryniska, éperdûment

pâle, pontait avec nervosité, en serrant d'une main
crispée le profond sac à ouvrage qui contenait sa
fortune ; les petits Bardin dansaient ; Roger, très
ivre, venait de perdre deux cents francs et chantait
à tue-tête pour se consoler, une coupe de champagne
à la main, tandis que le chevalier Postel, digne,
mais surexcité, ne s'interrompait de jouer que pour
faire passer des boissons glacées et des liqueurs
de feu...

En descendant de voiture, Mme Tournade avait
dit gaiement :

— C'est Roger qui va être surpris !...

Mais les Tournade, hélas ! le furent bien davantage
de ce qu'ils apercevaient ainsi à travers la verrière
du hall... Le pauvre père, la pauvre mère se sentirent
remplis d'horreur.

— Partons ! partons ! allons ailleurs ; je ne veux
pas parler à mon fils dans cet état... Nous le verrons
demain, plus tard, à Valbel... Ah ! Paris !... Paris !...
Ah ! le malheureux !... le malheureux !... Mais
Andrée... Qu'est-ce qu'il y a ? Qu'est-ce que vous
avez, ma petite Andrée ?...

Dans le fiacre qui les emmenait *ailleurs*, Andrée
Assermant venait de s'évanouir.

CHAPITRE IV

LA PETITE PESTE.

— Le 92 fonctionne, hurla Doudou. Passe au 93,
grand'mère !...

Une sonnerie retentit peu après et le numéro 93
parut sur le tableau.

— Le 93 fonctionne, grand'mère. Passe au 94 !...

Et le même manège recommença de la sorte jusqu'au numéro 123, qui était celui de la dernière chambre du *Grand Hôtel du Monde et de l'Univers réunis*. Mme Hastière, la nouvelle directrice, tenant en effet à ce qu'aucun détail ne fût négligé, passait elle-même, pour la quinzième fois, la revue de toutes ses chambres, veillant à tout, surveillant tout.

— C'est bien mon Doudou, c'est bien ! Embrasse-moi.

Et elle ajoutait :

— Qui est-ce qui est content d'aider sa bonne grand'mère? C'est Doudou ! A qui sa bonne grand' mère va-t-elle donner dix sous pour la peine qu'il a prise? A Doudou !

Mais qui est-ce qui, malheureusement, a oublié son portemonnaie dans sa chambre? C'est grand' mère !

Et là-dessus, Mme Hastière descendait le vaste escalier tout moelleux de tapis tout neufs ; elle arrivait dans le hall où quelques pensionnaires oisifs parcouraient les journaux illustrés : elle saluait d'un sourire et prenait un air préoccupé.

— Je ne sais vraiment plus où donner de la tête !

Puis elle s'engouffrait derrière une porte vitrée sur laquelle s'étalaient, gravés et rehaussés de dorure, ces deux mots austères, mais qui faisaient impression : *Direction générale.*

Il y avait maintenant dix jours que le bureau de la *Direction Générale* était occupé par Mme Hastière, dix jours que le sort de l'*Hôtel du Monde et de l'Univers réunis* était passé entre ses mains, des mains nonchalantes et désenchantées de son prédécesseur Chignelle...

Diriger un hôtel de 123 chambres, dont huit avec salles de bains ; cent soixante lits, chauffage central,

ascenseur en construction, déjeuners et dîners à prix
fixe et service à la carte, comme cela, tout à trac,
au sortir du *Grenell's Family*, établissement modèle,
certes, mais de proportions exiguës, Mme Hastière
seule était capable d'entreprendre une tâche aussi
formidable, et d'y réussir.

Elle en avait vu bien d'autres !...

Au demeurant, nul étranger n'était encore venu
troubler Mme Hastière dans son installation ; à peine
avait-elle dû faire servir, un après-midi, un porto blanc
et un thé complet à deux automobilistes de passage.

L'Hôtel de l'Univers et du Monde Réunis n'abritait
encore sous son toit que le personnel indispensable
et les habitués du *Grenell's Family*, avec qui, n'est-ce
pas, il n'y avait pas à se gêner.

Les Guingois étaient arrivés les premiers (chambres
6 et 11, communiquant, l'une, avec salle de bains) ;
les parents Tournade et Andrée Assermant avaient
suivi ; ils avaient, à dire le vrai, de telles mines pincées,
ils affectaient des airs si revêches, si réservés, que
Mme Hastière les avait relégués au deuxième étage
dans les appartements 41 et 57 ; les petits Bardin,
qui avaient décidé, pour ne pas perdre au baccara
toutes leurs économies, de s'arracher brusquement
aux délices de l'administration Postel, les petits
Bardin s'étaient vu attribuer la chambre 29 ; la
comtesse Hryniska, qui s'était sans doute refaite au
jeu, annonça, elle aussi, son arrivée.

Puis ce fut, enfin, le tour de Roger, qui avait été
retardé par ses examens, et qui, bien que reçu, fut,
en gare de Valbel, très froidement accueilli par ses
parents qui, d'habitude, étaient l'indulgence même.

Il s'enquit après quelques baisers hâtifs :

— Qu'y a-t-il? Vous ne vous portez pas bien?
Isabelle serait-elle malade?

— On nous a dit qu'aujourd'hui elle devait aller à Cœurs avec sa mère...

— Voyons, voyons, est-ce que, par hasard, la pauvre enfant ne vous plairait pas? Mais parlez, je veux savoir...

— Nous ne pouvons rien te dire comme cela de but en blanc, en pleine gare, déclara M. Tournade ; mais *nous avons à te parler...*

Et quand M. Tournade prenait la peine de prévenir son interlocuteur *qu'il avait à lui parler*, Roger savait bien qu'il ne s'agissait plus de vaines paroles. Il n'insista pas, et, pendant le trajet, affecta d'entretenir ses parents de choses et d'autres, — d'autres plutôt.

Dès le perron de l'hôtel, Mme Hastière s'écria :

— Voilà mon petit Roger... Il ne manque plus que mon chevalier Postel pour que tout le *Grenell's Family* soit au complet, fidèle à son poste!... Comment va-t-il, ce cher chevalier?...

— Bien, madame, très bien... Il m'a chargé de vous transmettre à tous l'assurance de ses sentiments sympathiques et dévoués, et m'a prié de vous redire que quelques détails de mise au point le retiennent à Paris plus longtemps qu'il ne voudrait, mais qu'aussitôt débarrassé, il n'aura de cesse qu'il ne soit parmi nous (ce sont ses propres paroles). Je dois vous remettre également le texte d'une seconde affiche, un peu plus détaillée que la première, et que nous aurons à répandre, comme la précédente, avant dimanche prochain...

— Cher chevalier... soupira Mme Hastière. A propos, avez-vous vu l'effet que produit la première affiche dont il nous a envoyé le texte?... Vous ne l'avez pas lue en venant de la gare? M. Guingois en a fait coller partout... Tenez, mon petit Roger,

regardez, il y en a une juste en face du grand placard
bleu...

Roger aperçut et parcourut de loin les phrases
principales qui se détachaient sur le mur en énormes
caractères gras :

CHOISISSEZ :

UN APOTHICAIRE

(Quinze lignes illisibles de loin.)

UN ANCIEN MINISTRE

(Sept lignes illisibles de loin.)

Un MOLINET?   Un LE RIQUIER?

(Douze lignes illisibles de loin.)

ALLONS DONC !

— Voulez-vous, proposa Mme Hastière, que je
vous récite par cœur ce que vous ne pouvez pas
déchiffrer d'ici?

— Merci, inutile ! Je connais parfaitement le texte
de cette affiche : le chevalier Postel me l'a soumis
avant de vous l'envoyer, et je dois avouer, sans fausse
modestie, que les deux dernières lignes sont de moi...

« — *Est-ce pour vous rallier à une politique de boules
de gomme, — cita Mme Hastière, — que vous irez
bientôt voter? Allons donc !... »*

— C'est cela même, dit Roger.

— Ah ! notre ministre pourra se vanter, en tout
cas, déclara M. Guingois, qui venait d'entrer, que
nous avons tous collaboré de notre mieux, du meilleur
de notre esprit et de notre cœur, à son élection, et
que cette élection lui aura causé moins de soucis
qu'à nous-mêmes...

— Alors, vraiment, cher monsieur Guingois, les Belvaudois ont accueilli la candidature Le Riquier aussi favorablement que vous nous l'avez écrit?...

— Une explosion d'allégresse dans tout le pays, mon cher. On voterait aujourd'hui que Molinet n'obtiendrait pas trois voix. Pensez donc, un ancien ministre contre ce potard !... La lutte est inégale !...

— Montes-tu dans ta chambre, Roger? interrogea Mme Tournade qui s'impatientait : tu auras bien le temps de t'entretenir de toutes ces questions avec monsieur une fois que tu seras débarbouillé...

— Je viens, je viens, dit Roger. Vous permettez? A tout à l'heure.

Il y eut entre Roger Tournade et son père une longue et laborieuse explication. M. Tournade, rouge encore de honte, retraça à son fils la scène à laquelle sa femme, Andrée et lui-même, avaient eu la douleur d'assister, lors de leur passage à Paris. Roger se troubla, balbutia et avoua qu'en effet ce soir-là... mais que ses parents s'étaient exagéré l'importance de cette petite incartade exceptionnelle, que s'ils étaient entrés, ils se seraient rendu compte, qu'il leur eût suffi de toucher du doigt l'épaule de leur fils, qu'il serait certainement alors revenu à la réalité, que... que...

— Crois-tu donc, malheureux, s'indigna M. Tournade, que ta mère aurait eu le courage d'embrasser son fils qui hoquetait d'ivresse? Crois-tu donc que sa dignité ne s'opposait pas à ce qu'elle prît la moindre part que ce fût à une scène d'orgie si épouvantable que la pauvre Andrée s'est évanouie — tu m'entends : évanouie — dans le fiacre qui nous emmenait loin, le plus loin possible de ce bouge, de ce lieu de débauches, qui ose s'intituler le *Grenell's Family*...

— Mais je te jure, mon cher papa...

— Tu auras beau jurer, tu ne nous feras pas croire,
après ce que nous avons vu, que le *Grenell's Family*
soit toute l'année une maison convenable, une pension
qui mérite le nom de pension de famille, une pension..
enfin une pension comme nous imaginions qu'elle
devait être, digne de toi, digne de nous : *toute l'année,*
sauf précisément le soir où nous passons par Paris !
Les anges ne se font pas démons une fois par hasard :
c'est tout l'un ou tout l'autre. Et je suis désespéré
de constater, mon petit, que pour ce qui est de ton
Grenell's Family, c'est tout l'autre...

— Enfin voyons, ma chère maman...

— Ta mère n'a rien à voir ; ce n'est, hélas ! que
trop vu. Peut-être, au fait, est-ce notre faute? Nous
t'avons envoyé à Paris sans prendre aucune précaution... Nous espérions dans le hasard heureux
et dans ta sagesse. Mais tu es tout de suite tombé
dans un milieu...

— Ah ! Paris, Paris ! gémit Mme Tournade.

— ... Dans un milieu dont le moins qu'on puisse
dire est que c'est un milieu singulièrement louche, —
pour ne pas dire plus...

— Mais c'est absurde, c'est fou, mon pauvre papa...
Laisse-moi parler...

— A quoi bon? Parlerais-tu trois jours de suite,
que ma première impression ne changerait pas,
Roger ! D'ailleurs cette impression, ici même,
l'*Hôtel du Monde et de l'Univers* vient encore la
renforcer : faux luxe, confort d'attrape-nigauds,
poudre aux yeux, gravures libertines dans les chambres...

— Papa ! papa !...

— Tout cela sent le rastaquouère!... Et puis, veux-tu
notre avis? Le Riquier et Postel? des politiciens
doublés d'escrocs ; Mme Hastière? une marchande

à la toilette ; les Bardin? deux petits fats ; Baston-
Desbastides ? un fantoche ; M. Guingois ? un ambitieux. Pour ce qui est d'Isabelle...

— Je l'aime, trancha Roger ; n'y touchez pas. Et
puisque vous vous obstinez à ne pas vouloir
m'écouter, c'est bien. Tout ce que je vous demande,
c'est de prolonger malgré tout votre expérience, de
m'accorder ici le mois que vous m'avez promis.
Je ne doute pas que le contact de tous ces braves
gens ne vous fasse reconnaître un jour votre erreur ;
mais sachez dès aujourd'hui, mes chers parents,
que rien ne pourra me détacher de celle à qui j'ai
donné ma parole... Et puisqu'il y a un train qui
arrive de Cœurs dans quelques minutes, je vous
demande la permission d'aller la chercher à la gare...
A ce soir...

Mme et M. Tournade échangèrent un regard chargé
de désolation.

Roger revint sur ses pas :

— J'espère, du moins, que vous n'avez soufflé mot
de tout ceci à M. Guingois et qu'il ne s'est rien passé
en mon absence, entre vous et lui?...

— Nous nous sommes toujours comportés vis-à-vis
de tout le monde comme des étrangers ; nous avons
feint d'ignorer absolument tes fiançailles et n'avons
jamais échangé avec les Guingois que ces vagues
propos et ces banales politesses qu'échangent entre
eux des voisins d'hôtel.

Et comme Roger allait se retirer, M. Tournade lui
dit, en ouvrant tendrement les bras :

— Faut-il vraiment, mon fils, que ce soit à nous,
tes parents, de faire le premier geste de réconcilia-
tion, après la douleur que tu nous as causée?

Roger embrassa son père, puis sa mère :

— Un mois, je ne vous donne pas un mois, dit-il,

pour que vous reveniez à de meilleurs sentiments
sur tous mes excellents amis, et sur ma chère petite
fiancée...

En descendant, Roger croisa dans l'escalier
Mme Hastière, qui se démenait en donnant des
ordres à une femme de chambre :

— Je vais chercher Isabelle à la gare, dit-il.

Mais en s'éloignant, la phrase de son père lui revint
à l'esprit : Mme Hastière? *Une marchande à la toilette.*

Il avisa dans le hall M. Guingois, laborieusement
penché sur une feuille de papier.

— Je copie le texte de la deuxième affiche ! s'écria-
t-il sans interrompre son travail. Un document
merveilleux !...

M. Guingois? *Un ambitieux,* avait dit son père.

Les petits Bardin? *Des fats !* Il les rencontra près
du Monument aux morts : eux aussi se rendaient
à la gare, pour y chercher Isabelle. Et comme Léon
Bardin montrait à Roger toutes les affiches sur lesquelles revenait sans cesse le nom de Le Riquier,
le jeune fiancé se rappela les termes méprisants
de son père : *Un politicien doublé d'un escroc...*

Sur le quai, les Bardin lui présentèrent le « fantoche » Baston-Desbastides et Roger, silencieux,
songeait à la façon dont son père avait conclu :
« *Et pour ce qui est d'Isabelle, c'est...* » avait dit M. Tournade, — c'est quoi? Il aurait mieux fait de le laisser
achever, pour connaître au moins le fond de sa
pensée...

— Regarde Roger, dit Mme Bardin tout bas à son
mari. Quel front préoccupé !... En vérité, pour un
fiancé qui attend sa belle !...

— Peut-être y a-t-il eu déjà, chuchota Léon,
quelque explication orageuse entre cette Andrée
Assermant et lui...

— Sait-on jamais où peut nous entraîner la jalousie d'une ancienne amie ?

— Un bol de vitriol est si vite lancé !...

— Mon Dieu ! mon Dieu ! gémit la petite Bardin en se serrant contre son mari, toute ravie d'avoir à trembler ; comment cette affaire va-t-elle se terminer?...

— Du calme, ma petite Marthe, je t'en supplie. N'allons pas égarer nos esprits, et réservons, de grâce, toute notre activité et tous nos soins à l'élection de Le Riquier... L'important est surtout que cette Andrée ne trouble pas la fête...

— Je vais parler d'elle ce soir à Guingois, très sérieusement. Il est impossible, tu le comprends bien, que nous restions ainsi à la merci d'un scandale qui ruinerait notre autorité dans Valbel et qui pourrait compromettre gravement, par conséquent, les chances de notre candidat !...

— Quelle affreuse femme que cette Andrée ! dit Marthe Bardin.

Mais la voix de Baston-Desbastides retentissait dans la salle d'attente, annonçant l'approche d'un train :

— Direction de Mézon-Courzon-Villezon !

Roger aperçut, penchée à la portière, Isabelle Guingois qui lui adressait un gentil bonjour de sa main gantée. Il se précipita pour l'aider à descendre.

Aussitôt sur le quai, Mme Guingois lui déclara :

— Je suis bien contente que vous soyez ici, mon cher ami ; nous avons précisément, Isabelle et moi, *à vous parler...*

Elles aussi ! pensa Roger.

Mais Baston-Desbastides, qui passait en criant le nom de la station avec enthousiasme, s'arrêta un instant et baisa galamment la main de Mme Guingois.

— Chère madame !... dit-il.

Puis il s'éloigna, hurlant plus vigoureusement encore :

— Valbé-cl, cinq minutes d'arrê-et ; train diré-ect pour Mézon, Courzon, Villezon !

— Mes chers amis, je viens de recevoir une longue lettre recommandée du chevalier Postel, déclarait Mme Hastière, le lendemain matin, à Guingois, à Baston-Desbastides, à Léon Bardin et à Roger Tournade réunis dans le hall de l'hôtel, des nouvelles d'hier soir, aussi bonnes que fraîches : à Paris, tout va bien. Le chevalier s'occupe en ce moment de constituer un dossier de l'affaire : Premièrement, des fiches sur chacun des électeurs de l'arrondissement ; leurs opinions, leurs votes récents, leur influence ; renseignements tout à fait confidentiels qu'il a obtenus... par complaisance... vous me comprenez?...

— Ah ! ce chevalier ! se réjouit M. Guingois. Il saura employer nos vingt-cinq mille francs !...

— Secundo : toute une série de propos à tenir, de discours à prononcer, d'affiches à coller, ce qu'il appelle spirituellement les « matières premières de la cuisine électorale » ; troisièmement : un emploi du temps très détaillé, avec un itinéraire des villages à parcourir...

— Quel prodigieux esprit d'organisation ! constata Roger.

— C'est un homme qui connaît son monde et qui sait s'y prendre, appuya Léon Bardin.

— Mais ce qui le retient encore quelques jours à Paris, continua Mme Hastière, est à la fois parti-

culièrement grave et intéressant : il fait des
démarches en très haut lieu pour obtenir en faveur
de Le Riquier l'appui gouvernemental. Or, écrit-il,
si nous avons le sous-préfet avec nous, c'est partie
gagnée sans bataille... Il nous recommande, jusqu'à
son arrivée, de veiller à ce que les affiches continuent
à être partout répandues avec le plus grand soin, et
de ne pas manquer à faire, chaque fois que nous en
avons l'occasion, de la propagande orale contre ce
Molinet...

— Qu'il compte sur nous !

— Il n'y a qu'une chose qui ne va pas, avoua
Mme Hastière avec un sourire.

— Quoi donc?...

— Mais c'est dans un tout autre ordre d'idées,
heureusement. A son grand regret, le chevalier a été
obligé de se séparer de Céleste : elle avait été inso-
lente, il l'a mise à la porte.

Et Mme Hastière crut bon d'ajouter :

— Je ne la regrette pas. Depuis le jour qu'elle avait
failli me faire manquer le déjeuner du ministre, cette
fille n'avait plus mon estime. Il paraît même qu'elle
a menacé le chevalier de m'écrire des lettres anonymes sur son sujet !... Ce sont les mœurs nouvelles !... Délicieux, n'est-ce pas?

Mais personne n'écoutait plus.

Penchés chacun sur une épreuve de la seconde
affiche, Bardin, Guingois, Roger et Baston-Desbastides, un crayon à la main, cherchaient à découvrir quelque erreur typographique.

— Un accent aigu sur l'*é*, dit Roger, là, dans la
quatrième phrase : « Il lui faut une singulière, une
étrange audace, à ce pharmacien... »

— Dans la treizième ligne, il y a une répétition :
« Son programme? Gagner 27,000 francs par an!

Notre programme? Vive Valbel et vive la France ! »

— Eh bien?...

— Il y a deux fois le mot *programme*...

— C'est certainement fait exprès ! affirmait Guingois en essuyant les verres de son binocle.

— Est-ce que vous pensez toujours à mon *chant d'élection?* demanda Roger à Léon.

— J'ai même terminé le premier couplet, mon cher. Cela se chante sur l'air de la *Madelon*, naturellement :

Le Riquier ! Le Riquier ! Le Riquier !

Il faudra que je lance la chanson incessamment.

Cependant, alors que ces messieurs dressaient ainsi leur plan de campagne politique, et s'excitaient mutuellement à la lutte, dans la chambre n° 6 (appartement réservé aux Guingois), Isabelle et Marthe devisaient avec la plus grande animation,

— Eh bien ! ma petite, interrogeait Mme Bardin, comment l'as-tu trouvé? comment s'est-il comporté avec toi depuis hier soir?...

— Il me paraît changé.

— Tu n'es pas la seule, hélas ! à t'en apercevoir, ma pauvre chérie. Nous en parlions précisément à la gare, Léon et moi ; c'est inquiétant.

— Je suis bien malheureuse !...

— Ma pauvre mignonne !... Il ne t'a mise au courant de rien? Tu n'as pas pensé à lui demander, à la fin, ce que signifiait la présence de cette demoiselle Assermant?

— Je n'ai pas osé... Tu comprends, j'attends que ui-même... Mais il n'a pas l'air bien bavard, quand il s'agit de la personne en question... C'est à peine, d'ailleurs, s'il me parle de ses parents...

— Toujours aussi revêche et désagréable, la belle famille?...

— C'est triste à dire, mais je m'y habitue. Maman m'a raisonnée et je trouve qu'elle n'a pas tort, ce n'est pas eux que j'épouse, c'est Roger...

— Savent-ils que tu es fiancée, oui ou non?...

— Ils sont prévenus ; j'en suis certaine. Roger m'a avoué qu'il n'avait pu résister au désir de leur annoncer la nouvelle.

Marthe se frappa le front :

— Suis-je sotte ! S'ils n'étaient pas prévenus, ils n'auraient pas eu l'idée d'amener ici leur candidate officielle, à eux, cette Andrée Assermant, pour vous opposer l'une à l'autre, vous mettre toutes les deux aux prises devant Roger !...

— Crois-tu, tout de même, que vraiment?...

— Mais Mme Hastière ne t'a donc pas raconté la façon dont les Tournade lui ont présenté la jeune personne? *Mademoiselle Andrée Assermant, la meilleure amie de notre Roger.* Quel tact !

— Quelle honte !

— Au reste, je ne voudrais pas te causer de chagrin, ma pauvre chérie ; mais Léon lui-même, — et tu connais Léon : un garçon qui ne s'emballe pas, qui réfléchit, qui est plein de mesure et de bon sens, — Léon m'a déclaré ce matin qu'il ne serait pas étonné d'apprendre que la *meilleure amie* n'est qu'une ancienne liaison de Roger, et qu'elle vient ici pour faire quelque chantage ou pour causer quelque scandale..

— De connivence avec la famille de Roger?...

— Oh ! cette famille !...

Isabelle ne put davantage contenir ses sanglots et se jeta dans les bras de Marthe, qui s'efforçait maintenant d'apaiser la crise de larmes qu'elle venait de provoquer :

— Mais non... Mais non... Tout cela n'est rien. Tu sais que tu possèdes ici des amis tout dévoués, bien

décidés à seconder ton amour... Voyons, pauvre
mignonne !... Là... Tu verras que nous triompherons
de cette petite peste et que ton Roger sera à toi...
et que notre Le Riquier sera député — et que ce n'est
pas la fille Assermant qui nous empêchera de devenir
deux jeunes femmes bien parisiennes, fêtées dans le
monde des lettres et dans le monde des théâtres ; tu
verras, ma chère, tu verras... Veux-tu que j'appelle
Mme Hastière, qui passe dans le couloir, pour que
nous lui demandions conseil ? Si, si ! c'est une femme
pleine de ressources et dont l'avis pourra nous être
utile...

Et sans attendre la réponse d'Isabelle, *cette petite
folle de Marthe*, comme disait Mme Guingois, avait
hélé Mme Hastière au passage et lui avait expliqué
la cause des soucis et des larmes de son amie, affaissée,
avec un triste sourire, sur le fauteuil rouge de la
chambre.

Mais Mme Hastière soupira, en hochant la tête
avec un air confidentiel :

— Mes pauvres petites, croyez-vous être les seules
à vous préoccuper du *cas Assermant?*... Vous ne
voyez dans sa présence ici que le côté sentimental :
qui, d'elle ou d'Isabelle, épousera Roger?... Mais
c'est qu'il y a le côté politique, — mais oui, politique
— et j'en venais presque à me demander si cette
Assermant ne serait pas quelque agent secret de
nos adversaires du clan Molinet,.. Nous nous sommes
entretenus de la question pendant plus d'une heure,
hier soir, en secret, M. Guingois, M. Bardin et moi.
Un drame passionnel ici, dans cet hôtel ! c'en serait
fini de notre réputation et de celle de Le Riquier :
n'oublions pas que l'*Hôtel du Monde et de l'Univers
réunis*, mon hôtel, est officiellement le G.Q.G. du
comité Le Riquier !...

— Que faire, ma bonne madame Hastière ?

— Aucune hésitation : contraindre cette fille à quitter Valbel le plus tôt possible.

— Mais le moyen?

— Évidemment, ça n'est pas commode !... La mettre à la porte, purement et simplement, comme j'en aurais le droit après tout, moi, la directrice, c'est risquer de provoquer nous-mêmes le scandale, ou de le précipiter. Il faudrait quelque chose de plus discret, qui n'eût pas l'air de venir de nous... Une dépêche qui la rappellerait dans son pays... Un héritage, un procès qui l'obligerait à nous quitter... Que sais-je...

Isabelle soupirait toujours...

— Je crois que j'ai trouvé, dit Mme Hastière...

Il y eut pendant une heure encore, dans la chambre n° 6 de mystérieux conciliabules, et les plus animés. Tour à tour, Mme puis M. Guingois, puis Baston-Desbastides et Bardin y furent mandés. Les uns et les autres, répartis sur les chaises, sur les fauteuils, voire sur la table et sur le lit, donnèrent leurs avis respectifs.

Roger, vaguement inquiet, se demandait quel pouvait être l'objet d'une aussi longue discussion dont il était si singulièrement exclu.

Les paroles que Mme Guingois lui avait dites la veille, en descendant du train, lui revinrent à l'esprit :

— *Roger, j'ai à vous parler...* Paroles lourdes de sous-entendus menaçants...

Ses parents, peut-être, avaient-ils manifesté trop clairement leur antipathie?... Fallait-il croire qu'Andrée elle-même?... Non !... Andrée semblait s'effacer le plus qu'elle pouvait ; à peine eût-on pensé qu'elle habitait l'hôtel ; on ne l'y rencontrait guère, Roger

l'avait entrevue, en particulier, un instant le matin ;
ils n'avaient échangé que quelques mots... A table,
assise entre Mme et M. Tournade, elle parlait peu
et paraissait contrainte et gênée toutes les fois qu'elle
avait à répondre...

— Pauvre petite !... pensa Roger. — Je me
demande vraiment quel besoin mes parents avaient
de l'amener ici, dans quel but, quelle idée singulière...

Et comme il réfléchissait de la sorte, Toto, qui
remplissait l'office de groom bénévole non rétribué,
vint le prévenir que sa grand'mère avait sonné, et
qu'elle serait heureuse qu'il se rendît à la chambre
n° 6, *où l'on avait quelque chose à lui dire.*

— Encore !...

Roger avait hâte d'être fixé une bonne fois, hâte
d'en finir avec tous ces mystères autour de lui, qui
l'emplissaient à la longue d'une angoisse vague...

Il croisa dans l'escalier Andrée Assermant qui
descendait, prête à sortir ; elle lui sourit gentiment :

— Je vais faire le tour du pays, dit-elle...

— Toute seule?

— Je n'ai personne pour m'accompagner : votre
papa et votre maman sont fatigués ; ils ont promis
pourtant qu'ils viendraient avec moi ce soir jusqu'à
l'établissement...

Et elle s'éloigna :

— Au revoir, monsieur Ro... au revoir, Roger...

— Au revoir, mademoi..., au revoir, Andrée.

Roger se hâta vers la chambre d'Isabelle.

On lui avait préparé une chaise près de la fenêtre.
Il s'y assit très vite, pour que l'on ne s'aperçût point
que ses jambes tremblaient légèrement. Il avait, en
effet, l'impression d'être un accusé, et sa fiancée
Isabelle, elle-même, semblait faire partie des juges.

Elle avait les yeux très rouges, mais elle les fixait sur lui, aussi sévèrement que tous les autres membres de l'étrange tribunal.

Et le poids de tous ces regards pesait lourdement sur Roger, qui se sentit extrêmement mal à l'aise.

M. Guingois prit la parole :

— Mon cher Roger, c'est pour vous entretenir de Mlle Assermant que nous sommes tous rassemblés ici.

Pauvre Andrée !... C'était bien elle !... Ces trois syllabes : *Assermant*, prononcées par M. Guingois, avaient tout de suite quelque chose de froid, de glacial, comme une clé qu'on vous glisse dans le dos pour arrêter un saignement de nez. Et Roger désirait ardemment qu'on lui parlât de tout, sauf d'Andrée Assermant...

En sorte qu'il se trouvait maintenant dans la situation du candidat qui sait tout, absolument tout son programme, sauf le chapitre sur les *allophytes*, par exemple, et à qui l'examinateur, précisément, pose cette malencontreuse question :

— Parlez-moi donc, monsieur, des *allophytes*.

Roger balbutia :

— Andrée Assermant... Pourquoi? Comment donc?...

Mais M. Guingois l'arrêta d'un geste :

— Nous avons tous décidé, mon cher Roger, d'éviter d'entrer dans le détail de nos innombrables griefs contre elle. J'ose espérer que vous vous rendez compte aussi bien que nous de ce que sa présence ici a d'offusquant, d'intolérable, et, qui plus est, de dangereux... Non, mon petit, inutile de protester, vous aurez la parole tout à l'heure, mais pas sur ces questions. Si vous n'êtes pas de notre avis, si vous n'estimez pas, comme nous, parfaitement inadmissible qu'une de vos anciennes amies vienne se dresser ici en rivale de ma fille, ici, c'est-à-dire à Valbel, ne discutons plus ; tout est rompu, mon gendre !

M. Guingois se mit à rire :

— Mais nous n'en sommes pas là, n'est-ce pas, mon bon ami, Dieu merci !... Et je suis sûr que la présence de Mlle Assermant vous est moins agréable qu'importune...

— Mettons : indifférente, — dit Roger, avec un sourire forcé.

— Mettons. Quoi qu'il en soit, le *comité d'élection* de Le Riquier...

— Siégeant en séance plénière, — précisa le chef de gare Baston-Desbastides.

— Le comité d'élection veut se mettre à l'abri d'un scandale passionnel, improbable certes, mais ne devons-nous pas prévoir l'improbable?...

— ... Bien dit, appuya Léon.

— Improbable en un mot, mais admissible ; pour l'éviter, il n'y a pas deux systèmes : il faut faire partir Mlle Assermant.

Roger esquissa un mouvement de révolte, qu'apaisa M. Guingois.

— C'est à prendre ou à laisser, mon bon Roger. Il faut choisir dans l'existence : Isabelle ou Andrée.

— Mais Isabelle, parbleu, cria Roger ; qui vous parle d'Andrée !...

— En ce cas, avez-vous sous la main un procédé élégant pour nous débarrasser de Mlle Andrée? Non? En voici un : la parole est à Mme Hastière.

M. Guingois s'assit, en saluant. Quelques applaudissements accueillirent plaisamment la fin de son discours, comme pour souligner le caractère de bonhomie que l'on voulait, malgré tout, conserver à cette discussion...

— M. Le Riquier, au cours du banquet qu'il a présidé, il y a quelques jours, au *Grenell's Family*, déclara Mme Hastière, M. Le Riquier m'a demandé si je ne connaissais pas une jeune fille recommandable, de bonne famille, et instruite, capable de s'occuper à la fois de son intérieur et du jeune et *mystérieux petit garçon qui s'est, d'autorité, installé* auprès de lui et partage son existence. « Si jamais, m'a -t-il dit, vous voyez quelque personne susceptible de faire mon affaire, envoyez-la-moi, votre recommandation sera la meilleure, et vous me tirerez d'un gros embarras... »

Roger se taisait et réfléchissait ; après tout, si les Guingois ne lui voulaient pas d'autre mal, la pauvre Andrée ne serait-elle pas plus heureuse dans la maison de ce vieux monsieur, qui paraissait brave homme, et chez qui elle trouverait toute tranquillité, au moins matérielle...

Mais Mme Hastière poursuivait :

— Les conditions de notre ministre sont superbes : deux cent cinquante francs par mois, la vie bourgeoise, et pas de soucis. Qu'est-ce que c'est, en effet, que la direction d'un intérieur, quand on n'a à s'occuper que de deux personnes !...

— Mme Hastière voudrait bien un poste de ce genre !... dit en riant la petite Mme Bardin...

— Vous me chargez, en somme, résuma Roger, de proposer à Andrée Assermant de devenir la demoiselle de compagnie de M. Le Riquier?

— C'est cela même. Faites-le doucement, et avec votre tact coutumier ; songez, et dites-le lui, que son bonheur est assuré...

Roger se leva brusquement.

— J'y vais, dit-il.

Il revint, au bout d'une heure, très rouge ; il venait

d'avoir avec ses parents une longue explication.
Quand les Tournade avaient appris, en effet, la
mission de leur fils auprès d'Andrée, ils étaient
entrés dans une violente colère, à laquelle un abat-
tement profond avait succédé ; après avoir essayé
de détourner leur fils de son barbare projet, avec
de grands cris et de grands mots, c'était par les sentiments et par la douceur qu'ils avaient tenté de le
ramener à eux.

— Tu veux donc la faire mourir de chagrin, cette
pauvre fille, l'obliger à quitter Valbel, à partir pour
Paris, subitement, comme une domestique qu'on
chasse. Roger, Roger, quelle indignité ! Et qui donc
a pu prendre sur toi un empire si grand, que tu ne
sentes plus la laideur et l'injustice de ce que tu vas
faire?

Mais Andrée qui rentrait de promenade avait
supplié les Tournade de la mettre au courant de ce
qui se passait. Et quand elle avait su que Le Riquier
cherchait une demoiselle de compagnie, elle s'était
écriée, suppliante :

— De grâce ! de grâce ! mes bons amis, laissez-moi
partir !... Si vous saviez comme je suis honteuse de
me sentir ainsi à votre charge ! combien mon inaction
me pèse !... combien je souffre même...

« Une place de demoiselle de compagnie, la direction d'un intérieur, m'occuper d'un enfant : mon
rêve !... Et puisque c'est chez M. Le Riquier, que
Roger connaît, qui viendra peut-être même quelquefois ici, j'aurai l'occasion de vous revoir, de vous
remercier, de vous dire... Laissez-moi m'en aller !...
Laissez-moi m'en aller !... »

Et Roger maintenant annonçait gravement la
nouvelle au « comité » :

— Andrée Assermant accepte, mes chers amis, la

situation que vous lui offrez. Elle partira ce soir même pour Paris par le train de 19 heures 01.

Il y eut dans toute la chambre n° 6 de telles exclamations de joie, qu'elles parvinrent jusqu'aux oreilles d'Andrée Assermant.

La pauvre petite, qui préparait ses malles, se jeta sur son lit et fondit en larmes.

Et quand Roger se retrouva quelques instants plus tard, tout seul dans sa chambre, il lui semblait entendre encore tous ces gens qui criaient, tous, et même Isabelle :

— La petite peste ! la petite peste !...

Et sans comprendre pourquoi, il avait envie d'ouvrir la porte, et d'aller se jeter dans les bras de ses bons parents pour y pleurer...

CHAPITRE V

LA « MARCHE DU VÉSUVE ».

M. Le Riquier, quand on sonna — c'était après le déjeuner — était occupé à jouer au bilboquet dans son cabinet de travail, non qu'il estimât que le jeu de bilboquet fût un travail, mais parce que, depuis qu'un hasard dramatique avait brusquement interrompu la mise au point de son *Grand Dictionnaire Européen*, il n'avait encore trouvé que le bilboquet pour procurer à son esprit délicat le même genre de divertissements supérieurs qu'il avait tirés jusque-là de l'érudition...

Il eut, au coup de sonnette, un mouvement de mauvaise humeur contre le visiteur importun.

— Serait-ce encore, pensa-t-il, ce chevalier Postel, que j'ai déjà vu ce matin? Il m'avait pourtant bien

promis de partir aujourd’hui même pour Valbel,
et que je n’entendrais plus parler de lui, ni de politique, jusqu’au jour de mon élection... Mais avec ce
diable d’homme, sait-on jamais?... On le croit à
Paris, il est à Valbel ; et il a beau vous raconter qu’il
est à Valbel, il est bien capable d’apparaître au
même instant rue des Patrons-Barbiers...

— Monsieur, annonça Valérie, c’est une jeune fille
qui demande à parler à monsieur...

— Une jeune fille... Qu’est-ce qu’elle veut?...

— C’est de la part de Mme Hastière. Elle m’a remis
cette lettre...

— Bien, bien, dit Le Riquier, je sais ce que c’est :
une personne pour s’occuper de Zizi... Enfin, qu’elle
entre !...

Il décacheta l’enveloppe que lui tendait Valérie. Dans
une épitre doucereuse, Mme Hastière lui recomman-
dait très chaudement Mlle Andrée Assermant, « jeune
fille d’excellente famille ayant eu quelques revers
de fortune, qui n’empêchaient pas qu’elle fût, au
reste, méritante et pleine de bonne volonté »...

— Mademoiselle Assermant? interrogea Le Riquier,
en voyant la jeune fille, qui se tenait modestement
sur le seuil du cabinet de travail, où Valérie l’avait
conduite.

— Oui, monsieur.

— Eh bien ! Mademoiselle, puisque Mme Hastière
s’intéresse à vous, vous lui direz que j’ai pris bonne
note de sa recommandation, et que, le cas échéant,
je ne manquerai pas... je serai très heureux...

Le Riquier regarda la jeune fille et hésita :

— ... Très heureux de vous signaler à des amis
aussitôt que j’entendrai parler d’une place vacante...

Andrée eut un mouvement de surprise :

— C’est que Mme Hastière m’avait dit, monsieur...

Le Riquier sourit.

— Elle vous a peut-être dit, en effet, que je cherchais moi-même une dame de compagnie, ce qui n'est
pas tout à fait exact... J'avais incidemment déclaré à
Mᵐᵉ Hastière, un soir que je dînais chez elle, qu'il me
serait agréable de trouver quelqu'un qui s'occupât
de mon intérieur... Ce sont de ces choses que l'on dit
sans y attacher autrement d'importance. Vous savez
bien ce què c'est, n'est-ce pas, mademoiselle?

— Bien sûr, monsieur ! balbutia Andrée.

— Et puis, il faut ajouter que, ce soir-là, je m'étais
trouvé quelque peu surpris par l'arrivée inopinée
d'un petit enfant que je n'attendais pas... Mais,
depuis, j'ai pu constater que ce petit enfant n'apportait aucune gêne dans mon existence, aucun
surcroît de tracas pour Valérie ni pour moi, au contraire... Bref, je me suis organisé, parfaitement
organisé. Je regrette, mademoiselle, je regrette, je
n'ai besoin de personne, de personne du tout...

Andrée baissa la tête, désemparée, et esquissa une
retraite.

— Excusez-moi beaucoup de vous avoir dérangé,
monsieur...

— Du tout, du tout, mademoiselle... C'est moi,
je vous en renouvelle l'assurance, c'est moi qui suis
désolé... Mais croyez bien que, le cas échéant...

Et Le Riquier, saluant Mˡˡᵉ Assermant, s'apprêtait
à fermer la porte, lorsqu'il avisa, stationnant le long
du trottoir, un vieux fiacre à galerie, chargé d'une
malle.

Il sursauta :

— Ah ! ça, voyons, voyons... je ne comprends plus...
qu'est-ce que c'est que cette malle?...

La jeune fille se troubla :

— Mais, c'est ma malle, monsieur...

Le Riquier croisa les bras, plein d'une stupeur indignée et entra dans une de ces fureurs puériles qui lui étaient coutumières :

— Mais c'est une bouffonnerie !... Mais c'est de la démence !... Mais je ne vous connais pas et vous ne me connaissez pas !... Est-ce moi qui suis le maître de régler ma vie comme je l'entends, ou Mme Hastière? Et parce que Mme Hastière vous aura raconté je ne sais quoi, vous prenez une voiture sans me consulter, et vous débarquez sur le pas de ma porte avec une malle ! Mais c'est à ne pas croire !... Avec une malle !... C'est insensé !...

La colère de cet homme, cette colère si contraire à ce qu'elle en pouvait attendre, et à laquelle elle ne comprenait rien, acheva de faire perdre à Andrée toute contenance. Elle ne put retenir ses larmes et éclata bruyamment en sanglots :

— Mme Hastière m'avait tellement affirmé... Je n'avais qu'à me présenter... Vous m'attendiez... Alors, je n'ai pas hésité à partir... et j'ai même retiré ma malle de la consigne de la gare... pour n'avoir pas à y retourner...

Le Riquier porta ses poings à ses tempes, au comble de l'exaspération :

— Quelle gare? quelle consigne? Vous n'êtes pas de Paris? d'où venez-vous?...

— Mais je viens de Valbel, monsieur...

— De Valbel ! Toujours Valbel ! Qu'est-ce que vous y faisiez, à Valbel?...

— J'y passais mes vacances, monsieur...

— Et avant vos vacances, où habitiez-vous?...

— J'habitais Lissac, monsieur...

— Li... quoi?

— Lissac... Plateau-Central... J'étais professeur de piano...

— Et pourquoi êtes-vous partie?

— Pour aller avec mes amis, les Tournade, à
Valbel...

— Et pourquoi n'êtes-vous pas restée à Valbel
avec vos amis les Tourmachin?...

Andrée baissa la tête et ne répondit rien.

— Vous ne connaissez personne à Paris? Non?
Heureusement que vous me connaissez, alors... Parce
que, sans moi, je me demande ce que vous seriez
devenue... Il est vrai que sans moi vous ne seriez pas
à Paris...

— Mais, monsieur, je ne veux pas vous imposer
ma présence... Je vais m'en aller... Je vous assure...
Au revoir, monsieur...

Le Riquier, sans écouter, donnait l'ordre au cocher
de monter la malle de la jeune fille sur le perron. Puis
il se tourna vers Andrée.

— Mademoiselle, je vous en prie, plus un mot !
Je ne comprends goutte à tout ce que vous me dites,
si ce n'est que vous êtes sans domicile... D'ailleurs,
si je cherchais à comprendre tout ce qui m'arrive
depuis un mois !... Donc, plus un mot, je vous le
répète !...

Et il ordonna :

— Valérie, s'il vous plaît, aidez donc le cocher
à monter cette malle dans la chambre bleue, à côté
de la chambre de Zizi !...

Le soir, au petit salon, Le Riquier, assis dans son
fauteuil, considérait Andrée Assermant, qui avait
pris le jeune Zizi sur ses genoux et qui lui enseignait
le maniement du bilboquet.

— Cette jeune fille, pensait Le Riquier, n'est point

aussi sotte que je l'avais d'abord imaginé ce matin
en la voyant pleurnicher comme une petite niaise.
A table, elle m'a fort intelligemment répondu. Et la
façon dont elle enseigne le bilboquet à Zizi semble
dénoter un esprit sérieux et méthodique...

Il l'interrogea :

— Ne m'avez-vous point dit que vous étiez professeur de piano?

— Si, monsieur.

— Est-ce que vous savez jouer?

Andrée Assermant se mit à rire :

— Sans doute, monsieur. Voulez-vous qu'avant
d'aller coucher Zizi, je vous fasse un peu de musique?...

Le Riquier approuva :

— Très bonne idée... Seulement ne me jouez pas
n'importe quoi... attendez : je vais vous dire : allu-
mez la petite lampe à gauche, là. Dans le casier à
musique, là, là, vous y êtes... Ne voyez-vous pas une
Marche du Vésuve... Vous l'avez?... C'est mon grand-
père qui l'a composée... Vous me feriez plaisir...

Mais Andrée Assermant, déjà, ayant fait tourner
le tabouret jusqu'à une hauteur convenable, plaquait
les premiers accords, simplets, mais parfaits et
sonores, de la *Marche du Vésuve.*

Le Riquier, charmé par les accents d'une mélodie
qui avait fait les délices de sa jeunesse, Le Riquier
se mit alors à dodeliner de la tête et à battre la mesure,
à contre-temps, d'ailleurs — en fredonnant les
étranges couplets de son bisaïeul :

> *Tels des nains sortant d'une étuve...*
>
> (etc., etc., etc.)

— Somme toute, pensa-t-il, pourquoi ne gar-
derais-je pas cette petite jeune fille à mon service?...

Elle s'occupera de Zizi et veillera sur des détails
domestiques qui ne manquent pas, à la longue, de
m'importuner sérieusement... Ce sera parfait.

Et par un revirement soudain, il se demandait :

— Comment ai-je pu même me passer aussi longtemps d'une personne si indispensable?...

Puis, réfléchissant, il sourit :

— Depuis la « nuit historique » du *Grenell's Family*,
voici la deuxième personne qui tombe mystérieusement chez moi : un bébé de trois ans, une gouver-
nante de vingt-cinq ; qui pourra bien être la troisième? Un vieillard ou un nègre?

Pourtant, Le Riquier ne semblait pas autrement
préoccupé de cette éventualité singulière ; et tout
à l'audition de la *Marche du Vésuve*, il en scandait,
avec son pied, le refrain entraînant et gaillard.

Tels des nains sortant d'une étuve...

Tandis que le candidat Le Riquier était ainsi bien
au calme dans sa petite maison de la rue des Patrons-
Barbiers, les soucis de sa candidature (et il n'avait
pas l'air de s'en douter) agitaient fort l'*Hôtel du Monde
et de l'Univers réunis.*

Le départ d'Andrée Assermant, l'arrivée du chevalier Postel, le décret de convocation des électeurs
de Valbel pour le deuxième dimanche à venir, —
on ne sait plus où donner de la tête, disait Mme Hastière, qui avait la tête solide...

Et voici que Molinet, le candidat apothicaire Molinet, semblait se réveiller derrière ses bocaux, à en
juger par ses dernières affiches aussi vertes qu'inju-
rieuses pour « Le Riquier et sa clique » !...

— Sa clique, sa clique ! s'était écrié M. Guingois,

tout bouillant de colère... C'est nous, sa clique !

Et il brandissait une canne vengeresse :

— Eh bien, il en demande, il en aura de la clique !...

— Et de la bonne ! appuyait Mme Hastière, palpitant de terreur indignée.

Heureusement, le chevalier était là, toujours si digne, si mesuré, et de qui se dégageait une impression de confiance et de force : un homme, et un *chef* !... Il fallait cette présence réconfortante !...

Léon Bardin n'avait-il pas vu autour d'une odieuse affiche de Molinet tout un attroupement de badauds sympathiques qui riaient comme des imbéciles d'une grossière caricature où Le Riquier était représenté sous les apparences d'un chien qui veut attraper un os pendu trop haut à une ficelle — un os sur lequel étaient écrits les mots : « Chambre des députés ».

Baston-Desbastides, hors de lui, racontait qu'il avait surpris un gamin de douze ans occupé à coller des papillons dans les w.-c. de la gare, des papillons avec ces simples mots :

Le Riquier-Menteur ; LE RIQUIER-MENTEUR ; LE RIQUIER-MENTEUR.

Mme Hastière avait appris par sa première femme de chambre, Elodie, qu'un « Comité d'élection Molinet », analogue au « Comité d'élection Le Riquier », s'était clandestinement constitué et qu'il avait pour siége la *Pâtisserie des Alliés* (Hagard, successeur).

Guihgôis avait aussitôt suggéré au chevalier Postel de répandre des affiches vengeresses, sur lesquelles on insulterait à plaisir la corporation des pâtissiers et celle des pharmaciens ; mais le chevalier l'en avait dissuadé, répondant que la propagande par affiches était maintenant un moyen d'action insuffisant et périmé, et que c'était dans des réunions publiques qu'il entendait désormais faire connaître aux Belvaudois le programme politique de son candidat.

— Je m'occuperai dès ce soir de louer la salle du Casino pour une conférence que je compte faire jeudi après-midi. Vous verrez que nous ne nous ennuierons pas...

En attendant, la petite Mme Bardin arrivait, à bout de souffle, en tendant au chevalier, avec un rire nerveux, une boîte de cachets pharmaceutiques :

— Regardez, chevalier, regardez... comment notre adversaire a travesti ses étiquettes...

M. Guingois et le chevalier jetèrent les yeux sur la boîte, et lurent :

PHARMACIE CENTRALE DE VALBEL

MOLINET

Pharmacien de 1re classe, républicain

Votez tous pour lui !

Cachets N° 47,009. — *Un le matin et un le soir avant chaque repas.*

Le Riquier, menteur ! LE RIQUIER, MENTEUR !

LE RIQUIER, MENTEUR

— C'est fou ! gémit M. Guingois, absolument fou ! Cet homme sort de la légalité... Car enfin la loi... On n'a pas le droit... Le Code civil...

Mais le chevalier Postel haussa les épaules, laconique et dédaigneux :

— La lutte sera chaude, dit-il.

Puis il alluma un cigare, et s'en fut.

Jusqu'au jeudi, jour de la conférence, les pensionnaires de l'*Hôtel du Monde et de l'Univers réunis* vécurent dans la fièvre. Le chevalier Postel, interrogé sur ses projets, répondait froidement qu' « il savait ce qu'il avait à dire » et se bornait à répéter que « l'on ne s'ennuierait pas jeudi au Casino ».

A peine avait-il été plus loquace pour demander à ses collaborateurs les quelques milliers de francs supplémentaires dont il était besoin pour régler *certaines affaires d'importance* et de l'issue desquelles pouvait dépendre le sort de l'élection...

— Qu'est-ce, au reste, disait-il, que dix mille francs de plus ou de moins sur un capital de 75,000 francs?

Et comme les Guingois, Bardin et Baston-Desbastide largement aidés par Mme Hastière, avaient avancé la somme au chevalier, celui-ci s'était empressé d'aller à la poste envoyer un mandat télégraphique à la boîte postale 107...

— C'est la receveuse des postes qui m'a confié ce renseignement, affirma la femme de chambre.

Et tous s'esclaffaient :

— Boîte postale 107 ! Ah ! notre chevalier connaît son affaire !...

Le déjeuner du jeudi fut silencieux et sévère ; on sentait cette minute grave, et nul n'avait l'esprit tourné au badinage.

Un malheureux automobiliste de passage, qui avait demandé à être servi, fut renvoyé sans égards, et Mme Hastière décida à ce propos de fermer l'hôtel pendant quinze jours :

Fermé pour cause d'élection.

Isabelle elle-même ne témoignait à Roger qu'une indifférence agacée.

Certes, le départ d'Andrée avait dissipé les nuages qui avaient d'abord assombri le séjour à Valbel des deux fiancés. Mais, désormais sûre de Roger, Isabelle Guingois jugeait que l'heure n'était pas aux fadeurs et aux paroles tendres :

— Nous aurons bien le temps de penser à nous,

avait déclaré cette cornélienne jeune fille, lorsque Le Riquier sera au pouvoir...

Et elle avait ajouté :

— En attendant, mon cher Roger, soyez assuré que je tiens pour une excellente preuve de votre amour tout ce que vous pourrez faire pour l'élection de notre ami... En collaborant à son succès, c'est à notre futur bonheur que vous travaillerez.

Aussi, Roger n'avait-il pas manqué de se jeter énergiquement dans la lutte, s'offrant à coller lui-même des affiches, pour piquer la curiosité des Belvaudois. L'héroïque jeune homme alla provoquer Molinet jusque dans sa pharmacie, le candidat Molinet, à qui il vint demander pour cinq sous de guimauve, que ce praticien se refusa d'ailleurs à servir à la grande stupéfaction d'une vieille dame, insuffisamment informée, qui était en train de se peser.

— Vous ne voulez pas me donner pour cinq sous de guimauve?

— Non, monsieur, je ne vous donnerai pas pour cinq sous de guimauve !...

— Et si je vous en demandais pour vingt-sept mille francs?...

Il y avait eu un échange de mots très violents, et le fils de Molinet, qui se tenait dans l'arrière-boutique, serait intervenu, à ce que l'on racontait du moins, tenant en main un revolver d'ordonnance...

— Si je le retrouve jamais, celui-là, avait dit Roger.

Il le retrouva.

Il le retrouva le jeudi, qui se tenait les bras croisés, à l'entrée du Casino, bien avant l'heure fixée pour la conférence Postel.

Roger se contenta de passer très digne, la tête haute, mais il sentit que des événements graves se préparaient, et que la journée ne s'achèverait pas sans que des coups fussent échangés.

Une foule compacte se pressait dans la salle inachevée du Casino ; beaucoup étaient venus par curiosité, quelques-uns pour se distraire, très peu pour se former une conviction : bref, cette réunion politique était comme n'importe quelle autre réunion politique, où la majorité des assistants apporte son opinion bien arrêtée à l'avance, une opinion inébranlable et qu'aucun argument ne saurait modifier. D'ailleurs, puisque les femmes ne votent point, expliquez-moi ce que venaient faire ici la crémière, par exemple, et la directrice des *Nouveautés Modernes?*

Le chevalier Postel escalada les marches de la tribune que Mme Hastière avait fait dresser et, sans hésitation ni vains préambules, entra tout de suite dans le vif de la question :

— Belvaudois, dit-il, deux candidats sont en présence : l'un, qui a fait des études en pharmacie, l'autre qui a fait des études de politique ; l'un a passé sa vie entre des bocaux, l'autre a vécu dix ans dans les couloirs de la Chambre ; on vous demande de choisir entre les deux votre député : — choisissez-le !...

Une voix s'éleva au fond de la salle, pour s'informer, assez inopinément, de la famille de l'orateur, ou plus exactement de sa sœur...

Le chevalier Postel dédaigna l'interruption.

Que penseriez-vous de Le Riquier, continua-t-il, Le Riquier, ancien député, ancien ministre, s'il venait vous dire le jour de ses soixante ans : « Mes bons messieurs, mes bonnes dames, je me sens vieillir, la politique ne me réussit guère ; je vais tâter de la pharmacie, et je compte sur votre clientèle !... »

La voix insistait pour avoir des nouvelles de la sœur du chevalier.

— ... Et pourtant, Belvaudois, n'est-ce pas là ce que vient vous proposer Molinet, pharmacien : « Je suis vieux, vous dit-il, je ne fais plus mes affaires : élisez-moi donc député !... »

Et le chevalier Postel prononça, plein de superbe :

— On ne s'improvise pas pharmacien, Molinet ! Mais sachez aussi que l'on ne s'improvise pas homme politique !...

— Et ta sœur? répétait toujours la même voix aiguë et opiniâtre, car il semblait, vraiment, que ce fût une idée fixe !...

Roger Tournade avisa tout à coup, dans la foule cet interrupteur entêté, reconnut le fils Molinet, s'avança résolument, et une paire de claques retentit, suivie d'une courte bagarre.

Le chevalier Postel, à la tribune, olympien et détaché de toutes ces vaines contingences, avait poursuivi son discours :

— Au moins, Molinet, êtes-vous de ces bourgeois sérieux et modestes, travailleurs et probes, qui constituent le fond le meilleur de nos vieilles provinces françaises, et qui sont dans les petites villes l'honneur de leurs concitoyens?...

Indifférente à cette controverse, une partie du public ne s'occupait plus maintenant que du match Tournade-Molinet junior ; enfin, les adversaires séparés et solidement maintenus chacun de son côté, Mme et M. Tournade réussirent à entraîner leur Roger, « Roger, pauvre enfant !... », loin de ces affreuses « batailleries politiques » qui leur faisaient horreur, et dans lesquelles ils tremblaient toujours qu'un malheur n'arrivât.

A l'hôtel, on lui donna, pour le calmer, un grog bien chaud, et sa mère le supplia de s'allonger pendant une heure dans sa chambre...

Roger était encore au lit quand les Guingois, les
Bardin, Baston-Desbastides, Mme Hastière, le chevalier Postel, tout l'État-major Le Riquier, ren-
trèrent, le feu aux joues et les yeux étincelants ; la
péroraison du chevalier, affirmaient-ils, avait été un
coup de massue, un « véritable coup de massue » pour
Molinet ; l'assistance avait été transportée par l'éloquence précise — pas de mots : des faits !... — de
l'orateur... Bref, tout allait pour le mieux, et après
cette réunion qui avait groupé toutes les notabilités
belvaudoises, tous les espoirs étaient permis !

Personne ne songea à s'inquiéter de la santé de
Roger, et M. Guingois se montra même aigre-doux :

— Quand on se mêle de donner une paire de claques,
lui avait-il conseillé, on ne disparaît pas ensuite
comme par crainte d'en recevoir à son tour... Je
vous dis cela pour l'avenir... Votre brusque départ
pouvait être assez fâcheusement interprété, et nous
devons nous efforcer de ne prêter le flanc en aucune
manière à la critique...

— Chevalier Postel ! appelait, dans le hall,
Mme Hastière fébrile ; une lettre de Le Riquier !...
Une lettre pour vous !... Vite, vite !...

Et tout le monde se rassembla dans le bureau de
la direction générale, devant même que le chevalier
ne s'y fût rendu.

Il prit l'enveloppe que lui tendait Mme Hastière
et la décacheta soigneusement avec la pointe de son
canif en ivoire incrusté.

— Vous permettez? dit-il. Et il se mit à parcourir
tout bas ce singulier billet :

Monsieur, j'ai appris sur votre compte un certain

*nombre de choses qui ne me plaisent guère. Il y a là
des marchandages secrets que je devine sans vouloir
les approfondir, mais dont j'entends me dégager
complètement. Ne comptez donc sur aucun appui de
ma part; je quitte Paris ce soir même pour l'Italie;
ne me faites pas élire si vous voulez.*

LE RIQUIER.

Une ride creusa le beau front pensif du chevalier
Postel ; sans aucun doute, cette jeune fille, dont on
lui avait vaguement parlé à son arrivée, et que
Mme Hastière avait eu la sottise d'envoyer à Le
Riquier, cette jeune Andrée Assermant, était entrée
dans les bonnes grâces de l'ancien ministre et lui
avait donné des détails qu'il eût mieux valu taire...

— Bah ! songea le chevalier en relisant la dernière phrase du billet :

« *Ne me faites pas élire si vous voulez...* » Voilà ce
qui signifie très clairement : « *Faites-moi tout de
même élire si vous pouvez, et malgré ce que je vous ai
dit !...* » Allons ! Il n'y a rien de perdu, ni même de
changé...

Et, mettant un doigt sur la bouche, il répondit
à Mme Hastière qui le pressait de questions :

— Secret d'État, madame, secret d'État !

— Au fait, s'exclama la directrice de l'*Hôtel du
Monde et de l'Univers réunis*, il y avait aussi dans
le courrier une lettre pour vos parents, mon cher
Roger... Voulez-vous la leur remettre?... Secret
d'État, chevalier? Il y a donc des secrets pour vos
très vieux et très discrets amis?...

Roger alla frapper à la porte de ses parents, un
peu gêné.

— Je vous apporte des nouvelles d'Andrée Assermant, dit-il.

— Veux-tu nous lire sa lettre?

— C'est qu'elle est adressée à Mme Tournade, maman, et non pas à moi...

— Que de façons !... donne donc !... dit M. Tournade.

Il déchira l'enveloppe :

Chère et excellente Madame,

Je m'excuse de... Bon. Elle va bien. Le Riquier l'a convenablement accueillie. *Il y a un petit garçon de quatre ans très gentil dont je dois m'occuper et qui est le plus beau et le plus intelligent des bébés...* Bon. Elle est très contente... Bon...

— Mais lis donc au lieu de commenter, s'impatienta Mme Tournade.

— *Je serais tout à fait heureuse, chère madame, si je ne vous savais à Valbel, au milieu de toutes ces batailles politiques qui me font trembler pour vous. M. Le Riquier semble se faire au sujet de son élection beaucoup moins de tracas que Mme Hastière à elle toute seule... Il se soucie même si peu de cette élection que nous partons demain soir pour le lac Majeur...*

— Cela, par exemple, c'est inouï !... proclama l'architecte ; pour le lac Majeur !... Tu entends, Roger?...

— J'entends, j'entends !...

— *Je ne voudrais pas terminer cette lettre, sans vous recommander instamment, chère madame, de vous méfier du chevalier Postel, de ne jamais traiter aucune affaire avec lui,* EN MON NOM, *de supplier Roger d'être sans cesse sur ses gardes ; c'est que j'ai découvert, en causant avec M. Le Riquier, des choses si terribles que je ne serai vraiment tranquille que lorsque je vous saurai loin de Valbel et du Chevalier...* Tu entends, Roger, et elle met un « post-scriptum » : *Je vous supplie*

*aussi de ne souffler mot de tout cela à qui que ce soit,
sauf à Roger...*

— Mon Dieu, mon Dieu ! s'exclama Mme Tournade, quelle abominable aventure !... Si nous partions
tout de suite, monsieur Tournade ?

— Allons, ma pauvre maman, dit Roger, faut-il
prendre, à mon tour le ton mystérieux et dramatique d'Andrée, pour te supplier maintenant de ne
pas prêter une oreille trop crédule à tout ce que cette
malheureuse imagine ?... Elle, d'habitude si ordonnée,
si nette, si simple, Andrée ne doit pas être dans son
état normal... Peut-être le chagrin d'un départ si
précipité lui aura-t-il tourné la tête... Et la voilà qui
édifie toute une histoire extravagante sur quelques,
vagues indices...

— Et son départ pour l'Italie, avec Le Riquier
ça n'est pas vague...

— Cela ne signifie rien...

— Cela signifie qu'il est bien étrange qu'un ancien
ministre qui n'a soi-disant pas assez d'argent pour
assumer les frais de son élection, trouve le moyen de
faire un voyage d'agrément en Italie, au moment
précis où l'on aurait besoin de lui en France...

— C'est un original, et voilà tout...

— Si c'était un original, Andrée Assermant ne se
plairait pas en sa compagnie, et ne resterait pas à
son service...

On frappa.

— Roger, vous êtes là ? demanda Léon Bardin.
Vite !... une affaire grave pour vous... Nous sommes
très ennuyés..., mais il paraît que cela ne peut pas
s'arranger...

— Qu'y a-t-il ? interrogea M. Tournade.

— C'est le fils Molinet... Vous savez, Roger, celui
que vous avez giflé il y a une heure... Eh bien ! le fils

Molinet envoie deux de ses amis pour vous demander une réparation par les armes...

— Comment? Roger, Roger? questionna Mme Tournade, éplorée, je ne comprends pas bien. Mon petit, explique-moi : *une réparation par les armes?...*

— Un duel, dit M. Tournade, tremblant de chagrin.

Et comme Mme Tournade défaillait, les trois hommes se précipitèrent pour la soutenir.

— Ne vous inquiétez pas, madame, disait Léon Bardin, pour réconforter la pauvre femme... Un duel, qu'est-ce c'est qu'un duel?... Nous servirons de témoins à votre fils... Et puis, dites-vous qu'au point de vue de l'élection de Le Riquier, ce duel, après tout, n'est peut-être pas une mauvaise chose...

CHAPITRE VI

De Valbel a l'ile des pêcheurs.

— On me réveillera demain matin à sept heures, ordonna le chevalier Postel, en montant dans sa chambre. Veuillez également téléphoner au garage : que l'auto soit à ma disposition pour huit heures moins le quart. J'irai seul.

Mme Hastière, docile et empressée, prenait des notes sur un petit calepin. Le chevalier Postel changea sa serviette de bras, s'inclina et disparut.

Il y eut dans le hall de l'*Hôtel du Monde et de l'Univers* un grand silence. Mais quand on entendit la porte de l'appartement 2 se refermer — c'était la chambre du chevalier — les conversations reprirent basses, d'abord, puis s'animant de plus en plus.

— Après-demain soir, à cette heure-ci, nous serons fixés, soupira M. Guingois en consultant sa montre.

— Huit jours encore d'une vie semblable, et c'en
était fait de ma malheureuse intelligence, déclara
Mme Hastière, en soufflant.

— Et cependant, chère directrice et amie, s'il y a
ballottage?

— Tais-toi, papa, de grâce ! Ballottage ! s'écria
Isabelle...

Mais Léon Bardin, très énervé, mordait sa moustache :

— Mieux vaut encore un ballottage qui vous laisse
quelque espoir qu'un échec définitif.

— Mais les pointages, mon Léon, les pointages...
insinuait tendrement la petite Mme Bardin.

— Les pointages ! ricanait Baston-Desbastides...
Parlons-en ! ou plutôt n'en parlons pas. Je les ai six
fois recommencés, et jamais de résultat positif...
D'ailleurs, tant que le vote d'un bonhomme n'est
pas dans l'urne, pas de pointage possible !...

— Vous exagérez, Baston, vous exagérez... dit
Mme Hastière.

— Je dis ce qui est. La preuve? On me pointe *votant
pour*. Demain, je tombe malade ; après-demain, je
compte parmi les abstentionnistes...

— Vous voterez, mon cher Baston, dussions-nous
vous pousser en petite voiture jusqu'à l'isoloir...

— Mais quand bien même les pointages seraient
exacts, combien donnent-ils de majorité à notre Le
Riquier? Deux cents voix, tout au plus...

Mme Hastière s'épongea le front :

— La lutte sera chaude, le chevalier l'a dit...

— Et pour que le chevalier l'ait dit !...

— Il espère convaincre demain, dans les villages,
avec son *discours à effet*, une soixantaine de molinistes avérés...

— Pourvu qu'il ne tombe pas malade, *lui !*...

Ce *lui* avait quelque chose de désobligeant pour Baston-Desbastides. Mais le chef de gare ne releva pas le mot. Il poursuivait sa pensée :

— Quoi qu'on fasse, dit-il, on n'arrivera pas à convaincre les Belvaudois qui n'y mettent pas de la bonne volonté, que l'absence de leur candidat soit naturelle... Le chevalier Postel, tout chevalier qu'il soit, n'a aucune raison valable à nous donner. A ce sujet l'attitude de Le Riquier est incompréhensible !... On se présente ou on ne se présente pas, mais quand on se présente on vient sur place, que diable !...

— Calmez-vous, Baston ! Vous tenez là des propos dignes de Molinet !...

Et Mme Hastière s'excusa auprès de ses hôtes :

— C'est la fatigue qui lui fait perdre un peu la tête !

— Quand Le Riquier, poursuivit le chef de gare, tenace, quand Le Riquier était à Paris, l'explication du chevalier était relativement plausible : nous lui préparons la députation à Valbel, il se prépare un ministère à Paris... Encore aurait-il pu s'absenter vingt-quatre heures pour venir saluer ses électeurs !...

— Les drapeaux sont prêts à la gare, dit Mme Baston-Desbastides.

— Mais maintenant, non content de rester soigneusement à l'écart, le voici qui s'éloigne, et qui part pour l'Italie !... Pourquoi faire, en Italie? Il n'y a pas de Ministère du Macaroni !

Mme Hastière arrêta son gendre, qui élevait la voix, comme pour crier le nom d'une gare :

— Plus un mot, de grâce, Baston ! Dirait-on pas que vous cherchez à ébranler notre confiance, notre foi, et par conséquent notre énergie et nos chances de succès !... Si vos discours venaient jusqu'aux oreilles du chevalier Postel, qui est en train de travailler, le malheureux, comme tous les jours, jusqu'à des deux heures du matin (hier il s'était endormi dans son fauteuil, avec le Code pénal sur les genoux!...) s'il vous entendait, notre pauvre ami se croirait à la pharmacie Molinet, parmi les traîtres !... Le Riquier n'est pas ici? Pourquoi? *Parce qu'il a affaire ailleurs.* Nous n'avons pas à en savoir davantage : c'est le chevalier Postel qui nous l'a dit...

Et Mme Hastière, avec des sourires, s'efforçait à remonter chacun de ses hôtes, que la fatigue et l'heure tardive semblaient abattre très particulièrement ce soir-là :

— Allons ! mes amis, courage ! Nous voici près du but ! Dans deux jours...

Elle était debout et se laissait complaisamment aller à une improvisation abondante, car, d'une façon en quelque sorte contagieuse, l'éloquence du chevalier Postel semblait animer maintenant ses propres discours...

— ... Sans doute, mes amis, sans doute, pérorait-elle, y a-t-il eu dans nos rangs de fâcheuses défaillances, mais qui n'ont été pour nous que l'occasion de mieux nous sentir les coudes, de mieux serrer les rangs...

Et, cependant que Mme Hastière continuait à remuer des grands mots de réunion publique, qui résonnaient un peu creux, dans le hall à demi-éclairé de l'*Hôtel du Monde et de l'Univers réunis,* Isabelle Guingois et Mme Bardin s'abandonnaient aux pensées mélancoliques dont Mme Hastière avait ramené le cours en parlant de *fâcheuses défaillances.*

L'annonce d'un duel entre Roger Tournade et le fils Molinet s'était rapidement répandue dans tout

Valbel, causant à la population entière la plus légitime émotion et la plus intense. Et le *Petit Indépen-
dant du Bas-Anjou*, importante gazette départe-
mentale, sans se départir toutefois de son *indé-
pendance*, n'avait pas manqué à se faire l'écho de
cette émotion.

Une première information de douze lignes avait
résumé les faits : *En marge d'une élection.* Et le
lendemain, sous la rubrique : *Propos de chaque jour*,
le fin et spirituel lettré qui signait Louys Pauda —
un pseudonyme, peut-être? — (comment peut-il,
chaque jour, trouver quelque chose de nouveau?)
avait consacré à l'événement un article tout entier,
un article marqué de son tact et de son bon sens
coutumiers, un article dans lequel il regrettait que
deux braves jeunes gens missent ainsi leur vigueur,
leur activité, et *jusqu'à leur vie*, au service de la politique : « Plaise à Dieu, terminait-il, que la voix de
la raison fasse taire la voix de ce que ces jeunes
batailleurs appellent l'honneur; plaise à Dieu qu'une
mort prématurée ne vienne pas priver la France
d'un de ces jeunes et courageux enfants, dont elle
a plus que jamais besoin. »

L'hypothèse de la *mort prématurée*, dont parlait
Louys Pauda, avait jeté les parents de Roger dans
le désespoir le plus profond. La pauvre Mme Tournade
était allée s'écrouler aux pieds de son fils, en l'ad-
jurant, au nom des plus tendres sentiments, de ne
pas risquer inutilement sa vie.

— Roger, mon enfant, mon petit, ce n'est pas
seulement avec ta vie, c'est avec celle de ton père,
avec la mienne que tu joues !... Roger, Roger !...

Mais Roger était demeuré inébranlable, et comme
buté, déclarant sans vouloir rien entendre que son
honneur exigeait qu'il acceptât le combat, et qu'Isa-

belle, d'ailleurs, ne consentirait jamais à l'épouser s'il ne remplissait pas jusqu'au bout son devoir d'homme.

M. Tournade, affolé, avait alors entrevu dans une intervention d'Isabelle un dernier moyen de salut :

— Si c'est *elle* qui le lui demande, qui le supplie, comme nous le faisons, de ne pas se battre, peut-être l'écoutera-t-il mieux que ses vieux parents? Peut-être consentira-t-il à lui obéir, non pas à faire des excuses à Molinet, mais simplement à dire ces quel-quelques mots qui suffiraient, j'en suis sûr, pour éviter cet abominable, cet affreux duel...

Et le vieux M. Tournade, tout ému, et un peu honteux d'une démarche qui lui coûtait beaucoup, — mais que n'aurait-il fait pour sauver son fils ! — M. Tournade était allé trouver Isabelle, lui avait demandé un entretien particulier, et l'avait pressée pendant un long moment de donner elle-même à Roger des conseils de sagesse et d'opportune pru-dence.

Mais Isabelle, à qui son père avait fait la leçon la veille, Isabelle, insensible aux touchantes paroles de M. Tournade, était demeurée plus que jamais cornélienne.

— Je suis désolée, avait-elle dit, de ces tragiques événements, je pleure et je prie pour Roger ; mais j'estime que... il est nécessaire que... l'honneur exige que... Roger se doit à lui-même..., et un peu à moi... dans la situation présente...

Et de tous ce fatras de mots, il ressortait que non seulement Isabelle ne consentirait jamais à détourner Roger de son duel, mais qu'elle insisterait, au con-traire, pour qu'il poursuivît les choses jusqu'au bout...

— Songez donc, monsieur Tournade, à l'impression

désastreuse que causerait dans Valbel la défection
de Roger !... Voulez-vous voir le nom de votre fils
honteusement disqualifié sur toutes les affiches de
Molinet? Voulez-vous donc qu'on le traite, dans tous
les carrefours, de poltron et de lâche?... Si vous le
voulez, monsieur Tournade, moi je ne le veux pas...
Je l'aime trop pour cela !...

Et Isabelle maintenant mettait en cause son
amour.

— Oui, ! c'est parce que je l'aime que je veux
qu'il combatte, et que je veux qu'il soit vainqueur !...
C'est parce que je l'aime que je veux...

Mais M. Tournade, indigné, avait coupé la parole
à sa future belle-fille :

— Ce n'est pas parce que vous l'aimez, c'est parce
que vous voulez que Le Riquier soit élu !...

Et Isabelle s'était écriée :

— Parfaitement, monsieur ! c'est parce que je
veux que Le Riquier soit élu ; et je veux qu'il soit
élu pour que Roger puisse entrer à l'Opéra ; et je
veux que Roger entre à l'Opéra pour que je puisse
l'épouser ; et c'est parce que je l'aime que je veux
l'épouser !...

Et là-dessus, Isabelle avait défailli ; la petite
Mme Bardin était arrivée juste à temps pour la soutenir et pour plaindre sa malheureuse amie d'avoir
pour belle famille des gens *sans cœur* comme ce vieux
Tournade...

— Ma pauvre chérie, ma pauvre mignonne !
Heureusement que le fils n'est pas comme les parents...
Évanouie !... Ils t'ont causé de la peine jusqu'à
l'évanouissement !... C'est abominable... Veux-tu
de l'eau de mélisse? Non? ma petite Isabelle !...
Isabelle !... Tu ne vas pas tout de même tomber
malade? Vraiment, il ne manquerait plus que ça !...

Le fiancé refuserait d’aller sur le terrain et la fiancée serait au lit... Que deviendrait notre Le Riquier, au milieu de tout ce désarroi?...

Mais Le Riquier, précisément, était bien loin...

La présence d’Andrée Assermant avait d’abord complètement modifié son genre d’existence. Au pénible labeur du *Dictionnaire Européen*, puis à l’insupportable inaction à laquelle il avait été quelques jours condamné, avait succédé maintenant une vie toute nouvelle et fort agréable.

C’est que la maison n’était plus vide ; la table n’était plus déserte, le couvercle du piano s’ouvrait et se fermait ; Zizi riait ; Couci-Couçà pouvait échanger ses impressions avec quelqu’un qui ne fût pas la cuisinière ; la lecture des journaux lui semblait alors plus attrayante et les livres de la bibliothèque moins ennuyeux ; il sortait beaucoup plus volontiers, et, sortant, était obligé de surveiller sa toilette et la coupe de ses cheveux et de sa barbe...

N’était-il pas retourné deux fois au théâtre, dont une fois avec Andrée? Et Zizi avait été conduit au cirque...

— Monsieur voit bien, déclarait Valérie, qu’il est content d’avoir quelqu’un auprès de lui... Monsieur voit bien que la vie n’est plus possible autrement pour monsieur et que si monsieur veut que monsieur se porte bien...

Et la vieille servante insinuait :

— Moi, je connais quelqu’un qui ferait beaucoup mieux auprès de monsieur que cette petite demoiselle Assermant. Bien gentille, cette petite demoiselle Assermant... mais enfin, tout de même... La personne que je pense... la personne que, depuis dix ans, monsieur m’a défendud nommer... si monsieur voulait...

Mais monsieur ne voulait pas.

— Ne venez pas me troubler avec vos sornettes, ma fille. Je suis parfaitement heureux de la sorte : je veux n'entendre parler de rien.

Une lettre du chevalier Postel arrivait chaque jour à Paris, et mettait Le Riquier au courant de la situation à Valbel. Les premières lettres l'avaient intéressé ; mais, peu à peu, le détail de ces petites querelles de village, auxquelles il était si intimement mêlé, et toutes ces questions d'affiches, de pointages, de pâtissier, de charcutier, le lassèrent, puis lui causèrent un invincible écœurement...

Il ne décachetait plus les enveloppes du chevalier Postel qu'avec un déplaisir manifeste et n'était content que lorsqu'il s'était débarrassé d'une lecture qui l'importunait comme un pensum.

Un jour, après le déjeuner, au fumoir, il consulta Andrée :

— Au fait, lui dit-il, renseignez-moi donc un peu : quelle sorte de gens sont tous ces hôtes de l'*Hôtel du Monde* qui s'occupent ainsi, avec tant d'empressement, de me faire élire à Valbel?...

Et comme Andrée hésitait, il lui confia ses sentiments :

— C'est que voyez-vous, pour ma part, mademoiselle, je regrette beaucoup, maintenant, qu'on m'ait, presque de force, entraîné dans cette bagarre. Quand j'ai accepté de laisser poser ma candidature à Valbel, j'étais un malheureux homme désemparé, inoccupé : ce coquin d'enfant avait déchiré tous les feuillets de mon immense travail, et je me trouvais désormais sans but dans l'existence... Et puis ce chevalier Postel m'avait tourné la tête avec toutes ses théories sur le couci-coucisme...

Le Riquier se carra dans son fauteuil et but une petite gorgée d'eau-de-vie.

— Mais le couci-coucisme, mademoiselle, le couci-coucisme, s'il existe, ne peut pas être une doctrine politique... Faire un bon déjeuner, fumer un bon cigare, boire un petit verre de bonne eau-de-vie, s'asseoir dans un bon fauteuil, écouter de la bonne musique, voilà le couci-coucisme...

— ... Garder chez soi, avec le sourire, un petit enfant qui tombe on ne sait d'où, le choyer et l'emmener au cirque, recueillir une pauvre jeune fille qui serait peut-être allée se suicider...

— ... Ce qui aurait été bien dommage...

— ... Faire la charité sans prendre de grands airs de bienfaiteur, laisser profiter les autres, sans égoïsme, d'une large et douce aisance, voilà aussi le couci-coucisme, cher monsieur Le Riquier...

Et Le Riquier, que ce petit dialogue amusait, poursuivit :

— ... Mais insulter des pharmaciens sur des affiches, jouer des coudes pour tâcher d'arriver dans la bousculade, monter à la tribune pour prononcer de grandes phrases tonitruantes et vides, édifier laborieusement des combinaisons louches, et je ne sais quelles manigances, cracher, suer, hurler, mentir, non, non, cela n'est plus le fait d'un couci-couciste...

Le Riquier éclata de rire :

— Et la preuve que le couci-coucisme ne peut en aucune façon se concilier avec la politique, c'est que le seul jour où je me sois avisé d'affirmer ce programme de clairvoyance et de sagesse, et de répondre *couci-couça*, cinq cents députés se sont levés pour me faire tomber ! — Couci-Couçà ! Couci-Coucisme !... Ce chevalier Postel est fou !...

Il tira quelques confortables bouffées de son cigare confortable :

— Quel homme est-il, ce chevalier Postel?

— Mais, monsieur, vous le connaissez mieux que moi, je ne l'ai jamais vu... Quand j'étais à Valbel, il n'était pas encore arrivé, et quand je suis arrivée à Paris, il venait, m'avez-vous dit, monsieur, de partir pour Valbel : nous nous sommes vraisemblablement croisés en chemin de fer... Au reste, l'aurais-je vu cinquante fois, dit Andrée, avec un feint enjoûment, et qui semblait plus troublée qu'elle ne le voulait paraître, je ne saurais rien vous apprendre que vous ne sachiez déjà sur votre vieux camarade d'études?

— Sur mon vieux camarade d'études?... Quel vieux camarade d'études?

— Mais..., le chevalier Postel, monsieur.

Le Riquier demeura abasourdi :

— Qui vous a dit que j'étais le vieux camarade d'études du chevalier?...

— Enfin ! n'êtes-vous pas son ami intime?...

— Je ne l'avais jamais vu de ma vie avant toutes ces aventures !...

— N'est-ce pas lui qui vous a fait élire à la députation, il y a quinze ans, n'est-ce pas à lui que vous aviez dû votre ministère?...

Le Riquier sursauta dans son fauteuil :

— Quelles sont ces folies? Je le connais depuis deux mois à peine !... Expliquez-moi..., Pouvez-vous m'expliquer?...

Andrée Assermant comprenait maintenant que le malheureux Le Riquier, que Roger Tournade et que tous ses amis avaient confié leur sort à un escroc. Elle voulut d'un coup dévoiler à Le Riquier toute cette imposture... Mais, brusquement, quelque chose l'en empêcha.

Elle s'approcha de Le Riquier et lui dit, d'une voix tremblante :

— Monsieur le ministre, je vous disais tout à l'heure que je ne connaissais pas le chevalier Postel, ce n'est peut-être pas tout à fait exact... Je dois le connaître... Un soir, il y a quinze jours, en passant par Paris, avec Mme et M. Tournade, nous avions voulu descendre au *Grenell's Family;* mais sans pénétrer jusque dans le hall, nous avons aperçu à travers la verrière une scène... une scène épouvantable, monsieur Le Riquier... Pardonnez-moi — mais les choses sont trop graves pour que je ne dise pas tout — vous étiez assis dans un fauteuil et vous aviez l'air (quel terme employer?) vous aviez l'air très fatigué ; Roger, mon fiancé, buvait et chantait ; il y avait un couple qui dansait, et beaucoup de messieurs jouaient aux cartes en criant... Au milieu d'eux se tenait un homme âgé, très grand et très fort, avec des cheveux grisonnants taillés en brosse, des yeux gris très vifs et très brillants... Il conservait un air froid, calme et digne au milieu de tout ce désordre...

— Mais... déclara Le Riquier, c'est précisément notre homme : le chevalier Postel...

Et Andrée Assermant, de nouveau, comme dans le fiacre des Tournade, Andrée Assermant devint très pâle, très pâle, et pensa s'évanouir...

Le chevalier Postel était son père.

Le lendemain matin, après une nuit de fièvre, elle avait prié Le Riquier de venir dans sa chambre.

— Monsieur, lui dit-elle, je vous supplie de ne pas me reparler de notre conversation d'hier, dont l'issue, vous le voyez — et elle s'efforça de sourire — a été si fâcheuse.

— Calmez-vous, c'est entendu, ma chère mademoiselle Andrée, j'ai déjà tout oublié...

— Je vous supplie, monsieur le ministre, au nom
de toute la reconnaissance que je vous dois, je vous
supplie de ne plus vous occuper en rien du chevalier
Postel, ni de ses amis, ni de Valbel... On a odieuse-
ment abusé de votre bonté, de votre confiance...
Vous êtes entre les mains...

— Mais c'est que je n'ai pas l'intention d'y rester !...
Je vais rendre tout ce monde-là à ses occupations et
renvoyer ce chevalier à son industrie en abandonnant
avec fracas ma candidature à Valbel...

Andrée Assermant leva vers Le Riquier ses mains
jointes :

— Non, non, monsieur, de grâce, ne faites rien,
absolument rien, laissez-les simplement, sans plus
vous intéresser à eux, ou du moins au chevalier
Postel...

Le Riquier n'insista pas :

— Écoutez, mademoiselle, il y a un moyen bien
facile d'arranger les choses, ou plutôt de les laisser
s'arranger toutes seules ; allons-nous-en ; eh bien,
oui, profitons de l'été pour faire un voyage... Un
petit voyage en Italie... Est-ce que vous connaissez
l'Italie?... Quand voulez-vous que nous partions?
Demain?... Ce sera charmant ; avec Zizi et Valérie,
nous irons au lac Majeur...

Et Le Riquier se frotta les mains :

— Partons ! Partons !... Et ce sera une façon bien
plus originale de nous venger de toute cette bande...
Je vais aller chez Pook, retenir des billets... Et puis
j'écrirai tout de même une petite lettre de ma façon
à notre ami Postel... Et nous verrons s'il fera élire
un ministre qui se moque de ses électeurs au point
d'aller se promener à l'Isola Bella !...

Et quand il eut dans son portefeuille quatre places pour Stresa, Le Riquier s'assit à sa table et commença d'écrire au chevalier Postel cette lettre qui devait lui causer tant de soucis :

Monsieur, j'ai appris sur votre compte un certain nombre de choses qui ne me plaisent guère... etc., etc.

L'île des Pêcheurs est sans doute la plus plaisante du lac Majeur. Elle ne possède pas la flore extravagante de l'Isola Bella, sa voisine, mais elle a sur elle la supériorité de la *vie*. Isola Bella est un splendide jardin, mais ce n'est qu'un jardin, et que l'on visite escorté d'un guide ; l'île des Pêcheurs est un délicieux petit village, avec des petites rues, une petite église, et des petits enfants Italiens très sales qui galopent derrière vous en disant très vite un très grand nombre de mots qu'heureusement on ne comprend pas.

L'*Albergo Pescatorum*, où Le Riquier, avec Andrée Assermant, Valérie et Zizi, avait décidé de descendre, l'*Albergo Pescatorum* n'avait pas l'allure grandiose des somptueux palaces de Stresa. C'était une sorte de modeste *Grenell's Family* italien, mais sans signora Hastière, ni cavalier Postel ou Postellini...

Et cependant que Riquiéristes et Molinistes étaient aux prises dans Valbel, Couci-Couçà, le sourire aux lèvres, faisait visiter à « sa petite famille » les côtes délicieuses du Lac Majeur. Et c'est un soir, en revenant de Pallanza, qu'Andrée Assermant trouva une lettre absolument affolée de la pauvre Mme Tournade, qui lui apprenait le duel imminent de Roger avec le fils Molinet. La lettre avait mis deux jours pour lui parvenir : à l'heure où Andrée parcourait les lignes de sa vieille amie éplorée, le sort en était jeté : Roger s'était battu.

Andrée demanda à Le Riquier la permission de se retirer dans sa chambre.

— Qu'y a-t-il, mademoiselle, vous paraissez complètement bouleversée...

Andrée ne put retenir ses larmes :

— C'est affreux, monsieur... Un de mes amis..., un de mes plus chers amis... le fils de ces Tournade, dont je vous ai si souvent parlé... Roger, vous le connaissez d'ailleurs...

— Eh bien?...

— Le pauvre garçon se bat en duel demain... c'est-à-dire qu'il doit se battre aujourd'hui même... à l'épée... C'est atroce !... Il est peut-être tué à l'heure qu'il est...

Le Riquier tenta de calmer Andrée :

— Voyons, ma petite amie, ne laissez pas votre imagination courir inutilement. C'est peut-être, au contraire, son adversaire qui est fort mal en point... Mais pourquoi se bat-il?

Andrée éclata en sanglots :

— Mais il se bat pour vous ! Et c'est ce qui est abominable !... Il se bat pour votre élection, avec le fils de Molinet !...

Le Riquier sembla consterné :

— Pour moi ! C'est insensé ! Il se bat pour que je sois élu ! Mais aussi, ma pauvre Andrée, pourquoi m'avez-vous interdit de mettre un terme à cette comédie ridicule, — et dangereuse, vous voyez bien ! C'est votre faute ! Sans votre incompréhensible défense, je me retirais d'une lutte qui ne sert à rien, et toutes ces odieuses batailles autour de mon nom étaient évitées...

Andrée Assermant, dans sa chambre, se jeta sur

son lit et se mit à pleurer plus fort encore, dans son oreiller :

— Mon Dieu ! gémissait-elle, quelle situation atroce !... Si Le Riquier se retire, les Guingois, les Bardin, toute cette bande de gens ambitieux et sans cœur se retourneront contre mon père, ils découvriront son imposture, ses escroqueries, réclameront l'argent qu'ils ont prêté, et le feront traquer par la police. — Il irait en prison ! Je ne veux pas ! Je ne veux pas !... Mais ce duel à cause de lui !... Si Roger est tué, ce n'est pas seulement un vol, c'est un assassinat que mon père aura sur la conscience !... Et s'il n'est pas tué, serai-je un jour récompensée de toute l'inquiétude, de tout le désespoir qu'il m'a causés ?... Serai-je payée par son amour de toutes les larmes que j'ai versées pour lui ? Non ! Hélas ! Ce n'est pas moi qu'il aime, ce n'est pas moi qu'il épousera !... C'est Isabelle, Isabelle, qui m'a fait chasser comme une servante qui trompe ses maîtres ! Isabelle qui m'appelait *la petite peste !*... Quelle horreur !... Et quand bien même Roger ne l'aimerait plus, voudrait-il de moi lorsqu'il apprendra que je suis la fille d'un Postel !... Et pourtant, suis-je responsable, mon Dieu, de cette passion du jeu qui a perdu mon père, qui m'a obligée à le quitter, à changer de nom, qui me prive d'un foyer, qui me fait la fille d'un escroc, peut-être d'un criminel !...

Et Andrée Assermant, de nouveau, était prise d'une irrésistible envie d'en finir avec une vie qui ne lui avait jamais donné que douleur, d'aller se jeter dans le beau lac tout proche...

Une dépêche, le lendemain, lui apprit laconiquement le résultat du duel :

« *Roger légèrement blessé bras. Tournade.* »

Mais, deux jours après, une dépêche un peu plus détaillée apportait à Andrée Assermant cette autre nouvelle :

« Arrivons tous trois Stresa vendredi. Prière retenir chambres. Affectueux souvenir. Tournade. »

Mme Tournade se jeta dans les bras d'Andrée, cependant que M. Tournade, tout ému, et que Roger, un peu pâle, trompaient leur émotion en s'occupant des malles et des valises.

— Ah ! ma pauvre enfant, quels affreux moments nous avons passés... Ce duel !... Ce coup d'épée !... Ce sang !... Ah ! nous en aurons à vous raconter, nous en aurons!...

Roger serrait gauchement la main de la jeune fille.

— Et quand tout cela a été fini, continua Mme Tournade, je vous jure que nous n'avons eu, mon mari et moi, qu'une envie : partir ! partir ! Il n'y avait que ce grand garçon qui ne voulait pas s'en aller !... Mais cet enfant nous en avait trop fait voir ! nous nous sommes vengés en l'emmenant de force !...

— ... Et je suis certain, poursuivit M. Tournade, que dans quarante-huit heures, notre gaillard ne trouvera pas la vengeance bien pénible et qu'il se félicitera de ce que nous l'ayons arraché à cette abominable vie de Valbel...

Roger souriait et respirait l'air pur. Cette petite gare italienne le ravissait.

— ... Je m'en félicite déjà, dit-il aimable.

Le Riquier, qui donnait la main à Zizi, s'avançait au-devant du petit groupe avec un air un peu gêné, balbutiant :

— Je suis navré, mon cher monsieur, mon cher jeune homme... mais je suis ravi aussi... quand j'ai appris que... mais maintenant que je sais...

— Ah ! monsieur le ministre, déclara M. Tournade en s'épongeant le front, vous êtes la cause de bien des soucis — et de soucis dont ma pauvre femme et moi, avons eu notre part, je vous le jure !...

Le Riquier prenait un petit air penché et pitoyable, comme pour dire : vous voyez pourtant que je serais bien incapable, quant à moi, de faire le moindre mal à personne, et que je ne suis responsable que bien indirectement de tout ce qui est arrivé...

M. Tournade souffla bruyamment :

— Nous sommes tout de même bien contents, dit-il.

— Nous vous avons retenu des chambres à l'*Hôtel des Voyageurs*, mais si vous le désirez, il y aura demain de la place à l'*Albergo Pescatorum*...

— Mon Dieu, Roger, qu'en penses-tu?...

— Je pense, déclara Roger, que puisque nous avons d'excellents amis à l'*Albergo Pescatorum*...

— Va pour l'*Albergo Pescatorum !*...

Dans la voiture où ils montèrent pour se rendre à l'hôtel, Mme Tournade commença à entretenir Andrée Assermant de tous les tragiques événements qui s'étaient déroulés depuis son départ.

Et ses sous-entendus « qui en disaient long » firent rapidement comprendre à la jeune fille que les Guingols, après le duel, avaient été « au-dessous de tout »...

— C'est que, voyez-vous, ma pauvre petite, soupirait-elle tout bas, quand on se mêle à la politique, il ne vous reste pas beaucoup de loisirs pour la sensibilité...

Et quand elles furent seules, toutes deux,
Mme Tournade donna libre cours à toute son indignation ; elle rapporta à Andrée la première parole
qu'avait dite Isabelle quand elle avait appris que
Roger avait été légèrement blessé au bras :

— ... Cela fera très bon effet sur les électeurs, on le
plaindra, et on pensera à voter pour Le Riquier !...

Et Mme Tournade ajoutait, sans plus s'adresser
à Andrée, — mais, n'est-ce pas, Andrée était bien
forcée de l'entendre :

— Non, non ! Il n'est pas possible que cette enfant
sans cœur devienne notre fille !..

CHAPITRE VII

LE TROISIÈME TÉLÉGRAMME.

Le sort en était jeté — ou du moins était-il en
train : c'était un beau dimanche, et les Belvaudois
votaient.

Par une ironie singulière, qui est le fait de nos lois
constitutionnelles, les partisans les plus farouches
de Le Riquier n'avaient pas le droit d'exprimer leurs
suffrages.

Mme Hastière, Germaine sa fille, Mme Guingois,
la petite Mme Bardin, Isabelle, se voyaient interdire
l'accès des urnes parce qu'elles étaient femmes ;
Guingois et Bardin, parce qu'ils n'avaient pas à Valbel
les six mois de séjour requis ; et Postel, le chevalier
Postel lui-même, l'homme qui certainement, dans
tout Valbel, avait pris la part la plus active à la
préparation de l'élection, le chevalier Postel était
obligé de rester, les mains dans les poches, à l'*Hôtel
du Monde et de l'Univers réunis.*

M. Guingois trépignait d'indignation :

— S'il manque huit voix à Le Riquier pour être
élu, nous saurons que c'est à l'imbécillité du mode
de scrutin que Molinet doit sa victoire...

— Cela nous fera une belle jambe, maugréait
Mme Guingois.

M. Baston-Desbastides qui pouvait voter, lui, —
car les chefs de gare, en dépit de leur uniforme,
n'en sont pas moins électeurs, — le chef de gare
Baston-Desbastides avait trouvé ce moyen d'affirmer
sa supériorité sur ses amis, qui était de les faire
trembler ; il prenait un air bougon et disait :

— Je voudrais tout de même bien voir sa figure,
à ce Le Riquier...

— Voyons, mon cher Baston... Vous savez bien...

— Je sais que ce n'est pas mon habitude de voter
pour des gens que je ne connais pas !...

Mme Hastière, affolée, tirait son gendre par le pan
de sa redingote à boutons d'or :

— Taisez-vous, de grâce, Baston, taisez-vous !...

Mais le gendre ne voulait pas en démordre :

— Quand on demande aux gens de vous élire
député, on prend la peine de venir les saluer !... J'ai
dit.

Et c'était là, d'ailleurs, résumée, la partie la plus
frappante de l'argumentation adverse : car Molinet
n'avait pas négligé de signaler aux Belvaudois l'*incorrection des procédés de M. Le Riquier, incorrection
qui ne pouvait celer que quelques louches compromissions, ou que la crainte d'une lutte loyale et directe.*

Le chevalier Postel lui-même en avait convenu :

— L'absence de Le Riquier lui fait plus de tort
que toutes les affiches de son adversaire...

Et il s'était ménagé cette porte de sortie :

— Mais il y a des devoirs, dans la vie, que l'amour

de la patrie vous oblige à remplir ; Le Riquier, pour remplir l'un'de ces devoirs, a préféré le salut de la France à un succès électoral. Le salut de la France l'appelait en Italie, le succès de son élection à Valbel ; il est parti pour l'Italie, je ne puis, en bon Français: le lui reprocher...

— C'est ennuyeux tout de même, se plaignit Mme Guingois.

Et la petite Mme Bardin, très aigre, renchérit,

— Le salut de la France intervient à un bien mauvais moment...

Mais le chevalier répondait amèrement, avec un sourire blasé et désenchanté :

— Que perdriez-vous dans cette affaire, si elle ne réussit pas? Quelques milliers de francs ! Et vous vous plaignez ! Que dirai-je alors, moi, moi qui ai engagé plus de cinquante mille francs?

— Mais mon hôtel, gémissait Mme Hastière, cet *Hôtel du Monde et de l'Univers réunis,* qui me coûte les yeux de la tête, le tenez-vous pour rien, chevalier? Si je n'ai pas derrière moi Le Riquier pour me soutenir, pour m'aider, pour me pousser, si notre ennemi intime, Molinet, devient au contraire député de Valbel, ce n'est pas cinquante mille francs que je perds, c'est deux cent mille ! Deux cent mille francs, au bas mot, chevalier !

Le chevalier Postel se mira dans une glace de poche, brossa ses moustaches, et répondit avec indifférence :

— Deux cent mille francs? Mais je vous rachèterai, à ce prix-là, chère madame Hastière !...

Sur ces mots, le chevalier Postel se retira dans sa chambre, laissant les hôtes de Mme Hastière et Mme Hastière elle-même dans une grande perplexité.

Le chevalier Postel, en dépit de son calme, de ses

attitudes froides et distinguées, et de 'ses sourires
de coin, le chevalier Postel était peut-être plus
anxieux que tous ses amis du *Grenell's Family*. Sans
doute avait-il brûlé soigneusement la lettre de Le
Riquier; mais les termes accablants lui en revenaient
sans cesse à l'esprit, et le troublaient si profondément qu'il ne pouvait retenir un tremblement
qui agitait ses longues mains blanches et fines.

*« J'ai appris sur votre compte certaines choses qui
ne me plaisent guère... »*

— Qu'est-ce que cette Andrée Assermant a bien
pu lui dire? Que j'ai emprunté de l'argent pour
l'élection? Que je me suis vanté d'être son ami
intime?

Et le chevalier Postel ne pouvait se défendre d'un
léger remords :

— J'ai été beaucoup trop imprudent dans cette
affaire ; cette *escroquerie à l'élection* m'avait séduit
et je me suis laissé griser... Il était absolument fou
de raconter à tous ces braves gens des choses si faciles
à vérifier... Comment m'y suis-je donc pris ?...

Il avait envie maintenant de faire sa valise en
cachette, de commander l'auto pour une dernière
inspection électorale, et de disparaître...

A la réflexion, il jugea plus sage d'attendre les
résultats du scrutin.

— S'ils sont favorables, se dit-il, Le Riquier sera
tellement ravi qu'il ne sera plus question de « certaines choses qui ne lui plaisent guère »... Après tout,
qu'ai-je fait de mal? Et surtout qu'ai-je fait de mal
s'il est élu? Je lui ai demandé l'autorisation de le
présenter aux Belvaudois, il a accepté. Je l'ai prévenu de ce que les Guingois, Bardin and C° attendaient de lui, il n'a pas sourcillé. J'ai emprunté de
l'argent? Il en faut pour une élection. On me demande

comment je l'ai employé? Je réponds que les gens
à qui je le distribuais, je leur ai donné ma parole
de ne jamais dévoiler leurs noms (un mois de prison
avec sursis, et l'admiration de tous mes amis parce
que je ne veux pas trahir ma parole). Et du reste,
n'avais-je pas le droit de me payer un peu moi-
même de toute la peine que j'ai prise et de tous les
risques que j'ai courus?...

Le chevalier reprenait confiance :
— Tout va bien, mais il faut que Le Riquier
passe.
Et voici que Baston-Desbastides, qui revenait de
la mairie, où il avait voté, rapportait des rensei-
gnements ; le chevalier descendit pour l'interroger
sur les conversations qu'il avait entendues :
— Peuh ! Peuh ! Ni bien ni mal.
— Enfin, plaisanta M. Guingois, j'imagine que
Le Riquier aura au moins une voix, la vôtre...
Mais Baston-Desbastides releva fièrement la tête
et répondit :
— Qu'en savez-vous, monsieur?
Et, de fait, on ne sut jamais si le chef de gare avait
voté pour ou contre...
Mais Mme Hastière sortait du bureau de la
direction brandissant, avec de grands cris, une feuille
de papier quadrillée toute noircie de chiffres :
— Je viens de refaire un pointage très serré : il
y a ballottage !... Il y a ballottage!...
Le chevalier dissimula un léger haussement
d'épaules.

Le lendemain lundi, comme il pleuvait — le ciel
bleu quelquefois est gris, même en Italie — Le Ri-

quier, les Tournade et Andrée Assermant avaient été contraints de rester à l'hôtel.

Roger Tournade, depuis huit jours, menait avec ses parents, dans l'Ile des Pêcheurs, une vie calme et reposante qui contrastait délicieusement avec l'agitation folle et les tracas sans nombre qu'il avait abandonnés à Valbel.

Le matin, vers dix heures, quand on lui apportait au lit ce qu'il appelait son *chocolado* avec ses copieuses *tartina di beurro*, Roger ne pouvait s'empêcher de s'étirer longuement, de bâiller voluptueusement, et de songer avec un sourire très ironique au « Comité d'élection » et à ses fièvres :

— Comment ! disait-il à son père, c'était donc pour ce petit vieillard innocent et paisible que toute une ville était en émoi, et qu'une foule en délire échangeait des injures, des imprécations et des coups !... Ce bon vieux Couci-Couçà, qui semble avoir à tel point horreur du désordre qu'il est parti pour l'Italie de façon à n'entendre même pas l'écho des rumeurs qu'il provoque... comique... vraiment comique !...

— Et mystérieux, pourtant, mon petit Roger... répondait M. Tournade... Mystérieux et même incompréhensible... car pourquoi Andrée se refuse-t-elle maintenant à donner la moindre explication sur la lettre qu'elle nous a écrite?... (Elle qui, pourtant, n'a guère l'habitude de cacher ses secrets à ta mère). Et ce brave Le Riquier, avec qui j'ai longuement causé, hier soir, tandis que tu écrivais à Isabelle, s'est embrouillé dans de vagues histoires, finissant par me dire qu'il ne savait pas lui-même au juste ce qu'il voulait... mais il m'a répété, en effet, qu'il n'avait plus aucune estime pour le chevalier Postel..

— Tu ne lui as pas demandé pourquoi, dans ces

conditions, il lui avait confié le soin de s'occuper de son élection?

— Il n'a pas voulu me répondre...

— Je crois qu'il est plus discret, cependant, de ne pas lui parler encore des cinq mille francs que j'ai avancés pour son succès... Cela pourrait le froisser...

— Mais si, par hasard, mon pauvre petit, tes cinq mille francs étaient restés dans les poches du chevalier Postel?

— Oh! papa...

M. Tournade ne répondait rien, mais faisait un geste vague pour montrer qu'*avec ces gens-là, tout était possible.*

Roger Tournade soupirait, oubliait, au moins momentanément, les cinq mille francs, car ce n'était pas la question qui le gênait le plus.

Vis-à-vis d'Andrée Assermant, en effet, sa situation était encore plus fausse que vis-à-vis du ministre. Après tout, Le Riquier était censé ne pas savoir. Du reste, le savait-il, même, que Roger Tournade lui avait donné cinq mille francs pour son élection? Mais Andrée Assermant savait bien, elle, qu'Isabelle Guingois la détestait; elle savait bien que Roger l'avait trahie, puis chassée, pour faire plaisir à sa rivale... Elle savait bien tout ce qu'on lui avait injustement reproché; elle se rappelait les injures dont on l'avait accablée... Et cependant la pauvre fille était aimable, douce et souriante. Et c'étaient précisément cette amabilité, cette douceur et ces sourires, qui rendaient Roger tout honteux de lui-même, tout honteux de sa conduite et de son indignité.

A maintes reprises, il avait cherché l'occasion d'exprimer à Andrée des regrets, de lui faire des excuses, de lui demander humblement pardon. Mais ces occasions-là, quand *on n'ose pas* soi-même les provoquer, ne se présentent jamais.

Mme Tournade, plusieurs fois déjà, avait pressé son fils de dire quelques mots affectueux à Andrée « pour ne pas la laisser sur la navrante impression de son départ de Valbel ». La bonne femme, sans qu'elle s'en rendît compte, et malgré les plus louables intentions, ne faisait que retarder les choses. C'est que Roger se cabrait :

— Peut-être ai-je été plus rude avec Andrée que je ne l'aurais voulu... Et je lui dirai un jour que je le regrette vivement. Mais je ne veux pas qu'elle puisse imaginer... enfin que... que j'ai cessé d'aimer Isabelle et que je viens de nouveau solliciter son amour...

Et Roger Tournade s'exaltait :

— N'allez pas croire, parce que je suis loin, que je serai moins fidèle à ma fiancée !... N'allez pas croire parce que je suis loin, que mon cœur ne bat plus aussi fort pour elle !... N'allez pas croire... Je l'aime... Je l'aime... Je l'aime !...

M. Tournade, qui entendait ces protestations hochait la tête : « Il l'aime ! Il l'aime ! Il l'aime !... Il dit beaucoup qu'il l'aime... Peut-être vaudrait-il mieux pour Isabelle, que Roger criât moins fort son amour et qu'il le ressentît et le prouvât davantage... »

Quoi qu'il en soit, Andrée et Roger profitèrent de ce qu'il pleuvait ce lundi-là, et de ce que Le Riquier jouait au jacquet avec M. Tournade, pour aller tous les deux dans le minuscule salon de l'albergo, sous prétexte qu'il y avait là un bon vieux piano, sur lequel ils pourraient faire tous deux un peu de musique, « comme au bon vieux temps »...

— Il y avait si longtemps, si longtemps ! Je ne vais plus rien me rappeler ! s'écria Roger, en riant.

Mais Andrée, qui était beaucoup plus fine, lui répondit doucement :

— Mais moi, Roger, je n'ai rien oublié...

Et elle lui dit cela si gentiment, et d'une voix si charmante et si fraîche, que Roger se sentit tout ému et rougit jusqu'aux oreilles...

L'*occasion* attendue se présentait : Roger eut le courage de ne pas la laisser échapper. Il parla.

Et il parla tant, et si longtemps, qu'il finit par en dire beaucoup plus qu'il ne voulait, et qu'il en dit cependant beaucoup moins encore que ce que lui soufflait son cœur.

— Certes, Isabelle était une jeune fille bien charmante, pleine de grâce, et qui rendrait sans doute son mari très heureux... mais c'était aussi une fiancée bien froide, et bien peu affectueuse, et bien ambitieuse... chez qui il eût tant aimé retrouver toutes les qualités d'Andrée : la bonté et l'indulgence, particulièrement...

— Ah ! ce n'est pas vous, ma chère Andrée, qui m'auriez obligé à jeter à la porte une pauvre et douce jeune fille sans défense... Non... Non... Je le sais bien... Ce n'est pas vous qui m'auriez excité à frapper Molinet... Non, non, je le sais bien... Et puis, est-ce qu'après ma blessure vous n'auriez pas abandonné là tous les tracts politiques et toutes les affiches, et toutes les réunions, pour venir à mon chevet me tenir compagnie et me réconforter?... M'auriez-vous même laissé partir avec des regards froids, et des yeux secs?... Non, non, je le sais bien... Et n'auriez-vous pas trouvé quelques heures pour m'écrire, depuis une semaine?... Même une semaine d'élections !...

Et Roger reprenait non sans incohérence :

— Ah ! voyez-vous, ma chère Andrée, je suis bien

content d'être fiancé, et il me tarde bien d'être à
l'Opéra ! — Tenez ! encore ce détail ! Auriez-vous
attendu que je fusse à l'Opéra pour m'accorder votre
main ? — Il me tarde bien d'être à l'Opéra pour
pouvoir me marier... Mais je vous raconte toutes ces
choses pour vous expliquer ma conduite envers vous...
ou plutôt, n'est-ce pas... comme circonstances atté-
nuantes... Vous me comprenez... Comment, vous
pleurez? Mais vous savez bien que je n'ai pas voulu
vous faire de peine, Andrée, ma petite Andrée...
Vous savez bien que je vous...

— Laissez-moi, Roger, laissez-moi !

— Vous savez bien que je vous aime... que nous
nous aimons bien... que je vous aime bien, Andrée...
Andrée, calmez-vous, je vous aime..., je vous aime
tout court... Ma chère, chère Andrée... Ma chérie...
Je vous... Je t'aime...

Andrée s'arracha aux bras de Roger, et se précipita toute en larmes hors du petit salon. Elle tomba
sur Mme Tournade, qui arrivait en brandissant un
télégramme :

— Le Riquier élu ! Le Riquier élu !...

Roger jeta un coup d'œil distrait sur la dépêche
que lui tendait Mme Tournade, qui ne comprenait
rien à l'attitude des deux jeunes gens :

— Parfait, dit-il... Parfait... Que dit Le Riquier?...

— Il ne dit rien...

Mme Tournade hésita, et voyant qu'Andrée se
tenait à l'écart, elle glissa dans la main de Roger un
autre télégramme qui n'était pas décacheté.

— C'est une petite pensée d'Isabelle, je pense :
Tu liras cela tout à l'heure...

Elle se tourna vers Andrée :

— Eh bien ! ma petite, vous venez féliciter notre
ministre ?

— Je vous suis, dit Roger, en remontant le nœud de sa cravate.

Deux minutes après, il entrait à son tour dans la salle à manger : Le Riquier et M. Tournade, accoudés sur le tapis rouge et vert, relisaient la dépêche.

Roger, très pâle, s'approcha de Le Riquier :

— Permettez-moi, cher monsieur le ministre et député, de vous apporter toutes mes félicitations les plus sincères et très respectueusement sympa-thiques... Je regrette d'avoir moi-même, par ailleurs, aujourd'hui, une mauvaise nouvelle à vous annoncer... Je soumets ce télégramme à votre appréciation, monsieur le ministre...

Et d'une main tremblante, il tendit à Le Riquier la dépêche que lui adressait M. Guingois, auquel la joie et la folie des grandeurs avaient, sans doute, tourné la tête...

Puisque n'avez pas été à peine serez pas à honneur tout rompu Guingois.

Et voici que Le Riquier bondit, pris d'une rage encore inconnue des Tournade :

— Les mufles ! criait-il, les mufles ! Ah ! Ah ! vraiment... Tout est rompu parce que je suis élu ! Eh bien ! ils vont voir, ils vont voir et ils verront !...

Et sans que personne eût le temps de comprendre, de se ressaisir, ou de s'interposer, Le Riquier mettait son chapeau sur sa tête ; il se rendait à la poste et y expédiait à l'adresse du chevalier Postel le troi-sième télégramme suivant :

..Puisque c'est comme cela, je démissionne ! Le Riquier.

Et le ministre insista, auprès de la buraliste ita-lienne, pour payer la taxe du point d'exclamation.

*_**

Depuis deux jours, tout Valbel s'adonnait aux réjouissances, et vivait dans une atmosphère indescriptible ; la façade de l'*Hôtel du Monde et de l'Univers réunis* était illuminée, le soir ; et de larges drapeaux, cousus par Mme Baston-Desbastides, flottaient au vent en signe d'allégresse. Guingois et Bardin avaient organisé des cortèges de *couci-coucistes*, qui avaient défilé devant la pharmacie Molinet, au chant de *Quand Le Riquier...* (paroles de Léon Bardin, sur l'air de *la Madelon*). Et derrière sa devanture baissée, Molinet avait pu entendre, la rage au cœur, les ironiques accents de ce refrain :

Car Le Riquier, qui connaît son affaire,
Quand il sera de nouveau député,
Trouvera sa place au ministère,
Le Riquier ! Le Riquier ! Le Riquier !

— A quoi bon tout cela, se disait le chevalier Postel, en relisant pour la quatrième fois la dépêche du ministre, tandis que les Guingois et que Mme Hastière le pressaient de questions importunes... A quoi bon ?... Il aurait encore mieux valu, alors, que Molinet passât.

— Mon cher Postel, si vous ne lisez pas tout de suite le télégramme, dit M. Guingois en souriant, je vais aller demander à la receveuse des postes ce qu'il vous apprend...

Le chevalier Postel prit un air très naturel et déclara, comme s'il sortait de pensées trop profondes :

— Je ne vous l'ai pas lu encore ? Excusez-moi... Je faisais déjà des projets : « *Affectueux et reconnaissants remerciements à tous ; comptez sur moi ; venez vite*

Italie, très urgent, besoin de vous. » Et alors, voyez-vous, poursuivit le chevalier Postel en éclatant de rire, j'étais en train de combiner le moyen le plus rapide de me rendre en Italie...

— Comment, cher chevalier, vous ne vous reposeriez même pas huit jours?...

— Lisez vous-même, chère madame... *Très urgent, besoin de vous, venez vite.*

Trois heures après, l'*automobile électorale*, une puissante voiture, l'emportait à toute allure vers Cœurs, la bifurcation où il y avait un excellent rapide pour Paris.

Et déjà l'affolante nouvelle de la démission de Le Riquier, partie de la poste, se répandait dans Valbel avec une vertigineuse rapidité. Mais lorsqu'elle parvint aux oreilles de Mme Hastière, celle-ci haussa dédaigneusement les épaules :

— La dépêche ? mais je l'ai vue, moi, la dépêche, de mes yeux vue... Et alors, n'est-ce pas, il ne faut pas venir nous raconter des histoires...

*
* *

Quand Andrée Assermant apprit que Le Riquier, par son télégramme de démission, venait de ruiner auprès des Guingois, des Bardin et de Mme Hastière le crédit du chevalier Postel son père, et cela, à l'instant même où Roger recommençait peut-être de l'aimer et aurait pu demander sa main, Andrée Assermant voulut tout de suite se jeter aux pieds des Tournade et de Le Riquier, leur raconter sa vie, puis les quitter pour aller de nouveau tenter de se refaire, incognito, une petite situation de professeur de piano dans une ville quelconque où du moins elle jouirait du repos que procure l'indifférence...

— Car penser que vous *savez;* me dire, toutes les fois que je rentrerai dans une pièce où vous êtes, toutes les fois que vous me parlerez, que vous me regarderez : ils sont au courant ! Non, non, cela n'est pas possible ; et si je vous supplie, mes chers bons amis, de pardonner le plus que vous pourrez à mon malheureux père, je vous adjure de ne pas m'imposer la torture de rester près de vous... Je vous remercie de vos innombrables bontés pour moi : je garderai toute ma vie, madame Tournade, le souvenir des délicieuses soirées de Lissac, et celui de votre paternel accueil, monsieur Le Riquier, et celui de tout ce que vous m'avez dit hier soir, Roger, dans le petit salon de l'*Albergo Pescatorum*... mais maintenant, c'est fini ; je pars... Adieu...

Et Andrée Assermant s'était jetée en sanglots dans les bras que lui ouvrait Mme Tournade, tandis que Le Riquier, que Roger et son père écrasaient avec des coups de pouce furieux quelques-unes de ces grosses larmes d'homme qu'il n'y a pas moyen de retenir.

Tous étaient consternés par le récit d'Andrée...

C'était de sa bouche qu'ils apprenaient en somme, avec une longue partie de l'existence d'Andrée qu'ils ignoraient, toute l'étendue de l'escroquerie du chevalier ; et c'était d'elle qu'ils apprenaient surtout que cet escroc était son père...

Le Riquier, le premier, reprit légèrement ses esprits et put questionner Andrée.

— Savez-vous, ma petite, si votre malheureux père n'en est qu'à son premier coup... ou si déjà ?... Enfin, s'il ne tient qu'à moi d'arranger cette affaire...

— Je ne sais pas, je ne sais pas, gémit Andrée. Depuis cinq ans je n'avais pas reçu de ses nouvelles... Il a fallu que je passe par ce *Grenell's Family*..

Le ministre reprit :

— Ecoutez-moi, .Andrée. Rien n'est peut-être
encore perdu. Si c'est la première fois que votre père
entreprend une affaire louche, s'il n'est pas poursuivi
déjà pour d'autres délits, je vous promets d'arranger
l'affaire et de la couvrir entièrement. Il a prétendu
qu'il était mon meilleur ami ? Je le soutiens... Il a
emprunté de l'argent ?...

— Je le rembourse ! s'exclama M. Tournade...
Car je ne veux pas, moi, qu'une fille honnête comme
vous, Andrée, pâtisse encore pour les fautes de son
père !

— La vertu de cette petite vaut qu'on la récom-
pense, pleurait Mme Tournade, son existence a toujours été trop triste... trop méritante...

Et comme Andrée suppliait Le Riquier de ne pas
la bercer de faux espoirs, l'ancien ministre lui répondit :

— Pendant quelques jours, demeurez encore ici ;
nous aurons peut-être besoin de vous... Je vais sur
l'heure prendre des renseignements sur votre papa...
et faire diligence pour le sauver, s'il est temps encore...

Et le brave homme murmurait :

— Mais penser que ce Postel n'a jamais été pro-•
fesseur de philosophie... Pourtant, pourtant, *Science
et Psychologie...* j'avais vu cet ouvrage quelque part...

Le chevalier Postel se présenta, fort élégant, à l'*Albergo Pescatorum*, demanda s'il serait possible qu'on
lui servît à déjeuner, et s'enquit pour savoir si *monsieur le ministre Le Riquier était sorti ?*

Le chevalier venait jouer dans l'île des Pêcheurs
la dernière de ses cartes : impressionner Le Riquier

par son sang-froid, par son énergie, par son talent ; le convaincre qu'on avait abusé de sa crédulité et qu'il avait au contraire à sa disposition l'homme le plus dévoué et le serviteur le plus correct.

— Et puis qu'est-ce que je risque?... S'il se fâche, ce ne sont par les gendarmes italiens qui m'arrêteront jamais... Je rentrerai en France comme j'en suis parti, c'est-à-dire en galant homme — ou bien je n'y rentrerai pas...

Et, là-dessus le chevalier Postel se fit annoncer à Le Riquier. Celui-ci, après un long moment de stupéfaction, se ressaisit. Il griffonna bien vite quelques mots pour M. Tournade, lui disant quelle visite il allait recevoir, et lui recommandant de veiller à ce qu'Andrée Assermant ne sortît pas de sa chambre avant une heure. Tournade ainsi prévenu, Le Riquier descendit dans la salle à manger, où le chevalier Postel l'attendait.

— Monsieur, lui dit-il, pas un mot, je vous prie. Je suis au courant de tout, et j'espère que vous ne comptez pas me faire perdre un temps précieux en vous confondant en explications malheureusement inadmissibles...

Le chevalier Postel, suivant la coutume qui lui était chère, renversa sa tête en arrière et passa la main dans ses cheveux, avec un regard fier :

— Puis-je connaître au moins le reproche essentiel, le reproche fondamental que vous m'adressez, monsieur ?

— Non monsieur, pas de poses, pas de grands mots, de grâce : la situation est trop grave. Quand vous saurez de qui je tiens ces renseignements...

— Et de qui donc, s'il vous plaît? fit le chevalier vaguement inquiet...

— De votre fille, monsieur, qui est ici, dans cet hôtel : Mlle Andrée Assermant est votre fille.

Alors, comme par enchantement, le chevalier Postel quitta ses grands airs, son sourire factice s'effaça, ses yeux se fixèrent sur le tapis et son corps qu'il raidissait se voûta, puis s'affaissa :

— Ma fille... Vous connaissez ma fille... Alors, monsieur le ministre... c'est tout différent... Ma pauvre enfant... Je me confie à vous, monsieur, je la confie à votre bonté... J'étais venu pour vous demander de me sauver, moi, c'est elle que je vous demande d'épargner maintenant... Elle vous a tout dit ?..! Non ?... Voulez-vous que je vous raconte... J'avoue, je demande pardon... Pas pour moi, pour elle...

Le Riquier se sentait très ému : cet homme qu'il avait connu si hautain, si fier, si hardi, quelques jours, quelques minutes auparavant, s'abandonnait maintenant comme un petit enfant parce qu'on lui avait parlé de sa fille...

— Êtes-vous déjà poursuivi pour un délit quelconque ?

— Poursuivi ? Jamais, dit Postel.

Le Riquier eut un soupir de soulagement.

— Alors, je vais prier mon ami, M. Tournade, qui s'intéresse vivement à Andrée, je vais prier M. Tournade de venir.

Les trois hommes, pendant plus d'une heure, examinèrent la situation qui leur était faite. Quand ils l'eurent éclaircie et quand ils eurent trouvé des solutions à chacun des problèmes qui se posaient à eux, M. Tournade manda son fils qui tremblait d'impatience dans sa chambre :

— Roger, lui dit-il, tu peux te jeter aux pieds de M. Le Riquier, comme M. Postel vient de le faire : ton vieil ami vient de sauver l'honneur de... du père d'Andrée... et peut-être, grâce à lui, elle et toi, pourrez un jour être heureux tous les deux...

Roger se troublait et ne savait quelle contenance prendre. Il salua :

— Monsieur Postel, dit-il...

— Allons, dit Le Riquier, je vous présente le futur député de Valbel. Toutes réflexions faites, voyez-vous, le métier politique n'est plus de mon âge, ni de mon goût... On ne peut pas à la fois prétendre à la députation et aspirer au couci-coucisme... Je m'en suis douté le jour où le ministère est tombé à cause de moi... Et, puisque j'ai démissionné avant-hier, je maintiens ma démission : je ne veux pas être député de Valbel !... Seulement, comme je ne veux pas non plus perdre le chevalier Postel, ni Andrée, ni faire votre malheur, mon cher Roger, je démissionne pour *raison de santé*, et c'est lui, Postel, mon ami, mon secrétaire, qui est *mon* candidat à la prochaine élection...

Il a trouvé 1.200 voix de majorité pour moi, il en trouvera bien 6.000 pour lui...

Le Riquier sourit :

— Et puis, je crois que le chevalier Postel réussira parfaitement dans le métier... Allons, mon petit Roger, vous aurez un beau-père ministre et ce sera lui, en mon lieu et place, qui comblera les Hastière, les Bardin, les Guingois... et ce sera lui qui vous fera entrer à l'Opéra, si vous ne préférez la chimie, et si vous ne craignez de gâter, en chantant pour tout le monde, une voix charmante que votre femme aimerait peut-être mieux garder pour elle toute seule... votre pauvre petite Andrée...

Et tous se taisaient maintenant pour écouter parler le bon vieillard qui venait de les sauver tous.

— C'est que je l'aime beaucoup, votre petite

Andrée, chevalier ; et je suis sûr qu'au moment où elle quittera ma maison pour partir dans celle de son mari, je me trouverai tout désemparé...

Il désigna Zizi, qui passait sur les bras de Valérie :

— Tenez, quand elle ne sera plus là, qui est-ce qui s'occupera de ce petit gamin de quatre sous ?

Valérie regarda le plafond avec un air faussement indifférent :

— Qui s'en occupera ? Oh ! Pour ça, je n'en suis pas en peine...

— Je sais, je sais, dit Le Riquier. Vous êtes bien dévouée, ma bonne Valérie, mais votre cuisine vous laisse peu de temps pour vous occuper de Zizi ; elle vous en laissera de moins en moins, et Zizi à mesure qu'il grandira, exigera de plus en plus des soins... Son éducation...

— Pour ça, je n'en suis point en peine..., répéta Valérie.

J'ai quelqu'un que je connais...

— Et qui ça donc, s'il vous plaît ?...

— Qui ?

— Eh !... la mère de ce petit enfant, pardieu, monsieur le ministre...

Le Riquier bondit :

— Vous connaissez la mère de cet enfant ? Radotez-vous, ma fille, ou le soleil d'Italie vous a-t-il rendue folle ?...

— ... Et je crois que monsieur la connaît encore mieux que moi... poursuivit Valérie... vu que c'est la fille de monsieur qui est la mère de cet enfant... et que Zizi est, comme de juste, le petit-fils de monsieur... Dis bonjour à ton grand-père, Zizi, dis-lui bonjour...

Et la bonne Valérie racontait toutes les misères qu'avait subies Mlle Lucienne avec le peintre italien, depuis le jour de son enlèvement par Luigi Faliero,

Luigi qui avait été délicieusement romanesque et bohême jusqu'au jour où la fortune de sa femme lui avait permis d'acheter un petit fonds de commerce de pâtes alimentaires... A la suite de quoi, le peintre romanesque était devenu le plus vulgaire et le plus brutal des mercantis... Lucienne s'était réfugiée à Paris, avec son fils Zizi... C'était elle, Valérie, qui les soignait depuis longtemps dans une petite chambre... Alors, n'est-ce pas, comme M. le ministre ne voulait plus entendre parler, de sa fille, elle avait eu l'idée d'introduire Zizi, en simulant une agression....

— Et voilà, monsieur, c'est tout simple, termina Valérie.

— C'est tout simple, s'exclama Le Riquier. Ah ! vous trouvez ? Eh bien, pas moi...

— Monsieur ne serait pas heureux de revoir sa malheureuse fille... ?

Le Riquier regarda autour de lui : il venait de sauver Postel ; grâce à lui, les membres du *Grenell's Family* verraient un jour leurs espoirs réalisés ; Andrée Assermant, qui ne se doutait encore de rien, la pauvre petite, allait enfin être récompensée ; Roger Tournade épouserait une jeune fille délicieuse qui le rendrait heureux ; les vieux Tournade auraient la plus charmante et la plus aimante des belles-filles... Fallait-il pas qu'il songeât maintenant quelque peu à lui-même ?...

Valérie renouvela sa question :

— Enfin, monsieur n'est pas content de mon idée ?...

— Couci-couça, dit Le Riquier.

6689-22. — CORBEIL. IMPRIMERIE CRÉTÉ.